JN076592

Record of Erotic Warrior
2
Story by Masaman Illustration by B-Ginga

星里奈
リリィ

ミーナ
イオーネ

「きゃっ！　何よ、これ」
ミーナは上手く避けたが、星里奈が避けきれずに
白い半透明の液体を頭から被った。

エロいスキルで
Record of Erotic Warrior
異世界無双
著:まさなん
イラスト:B-銀河

Contents

第三章（裏）ルート　貴婦人

第一話　石を売る人々

何の因果か、異世界に飛ばされた俺はそれなりに冒険者としてやっている。

中世ヨーロッパ風のこの世界では、剣と魔法と身分が支配し、地上には数多（あまた）の危険な魔物が跋扈（ばっこ）し、お宝と死が待ち受けるダンジョンまであるときた。現代の地球とは大違いだ。

量産型勇者の一人として魔法陣で呼ばれた俺だが、役に立たない勇者の肩書きなど、もはや名乗ってすらいない。頼れるのは己の力と、信頼の置ける仲間だけだ。

奴隷として売られていた、鼻が利く犬耳少女のミーナ。

未だに甘い勇者意識が抜け切らない女子校生の星里奈（せりな）。

王族でありながらも、スリに身をやつしていたリリィ。

剣術道場の物静かで優しい娘にして凄腕の剣士イオーネ。

今のところは、せいぜいこのパーティーを組んでいる四人くらいか。

同じ日に召喚された勇者シンもＰＫ（プレイヤーキル）で俺達を襲ってきたのだ。誰がどう動くか分かったものではない。

その後も『西の塔』の攻略を続けている俺達だったが、今日は冒険には行かない。

お休みの日だ。

人間は心身をリフレッシュさせないと、かえって効率が悪いからな。俺達のパーティーもしっかり休みを取っている。

「ぐふっ……親父、水をくれ」

寝起きの足でふらふらしながら宿の階段を降り切り、くたびれた食堂の椅子に腰掛ける俺。頼りない板張りの床が、悲鳴のようにギイときしむ。

板と板の隙間があちこちに見えており、煤(すす)けた黒(くろ)鳶(とび)色の床や壁には、窓から柔らかな朝日が差し込んで、光が淡くにじむように反射していた。

「なんでお前さん、いつも朝は死にそうになってるんだ？」

宿屋の主人が不思議そうに聞いてきたが。

「俺が知るか。歳なんだ」

「歳って、まだ腰も曲がっていないし、白髪でもあるまいに……。まあいい、ちょいと待ってろ。はいよ、水だ」

主人から木のコップに注がれた水を受け取り、グビグビと飲む。

乾ききった体に、冷たい水が新しい血液になったように隅々まで急速に染み渡っていく。

「ふぃー」

「パンと朝のスープの残りがあるが、食べるかい？」

「もらおう」

温め直したスープはうっすらと湯気が上がり、玉葱(タマネギ)の甘い香りがほのかに漂う。

人参(ニンジン)のかけらがスープの中に浮いているが、よく見なければ気づかないほどの大きさだ。胡椒(こしょう)も利いていないし、ブイヨンも入っちゃいない。

それでも、木のスプーンで掬(すく)ってすすると、これが旨(うま)いのだ。

「朝はスープに限るな」

満足した俺はしみじみと言う。

「若い奴はこんなんじゃ腹が減る、肉を食わせろといつも文句を言ってくるんだけどね」

「ふん、ここの肉はまずい」

獣特有の臭みが残っており、腹が減っていない限りはとても食えたもんじゃない。

「じゃ、酒場でもどこでも、好きなところで旨い肉を食ってくれ。オレは構やしないよ」

別に肉が食いたいわけではないので、俺は無視してスープをすすり、固めのパンをかじる。

そうしていると、宿屋の主人が外に向かっていきなり怒鳴った。

「おい！　そこから一歩でもうちに入りやがったら、宿代を請求するぞ！」

目を向けると、白いフードを深く被ったローブ姿の男達だった。

彼らは無言できびすを返すと宿から離れていく。なんだか亡霊のようで少し気味が悪い。

「なんだ、あいつらは」

「聖方(せいほう)教会の連中さ。来るなって言ってるのに、ああしていつも思い出したように石を売りに来るからな、まったく！　道ばたの石っころなんて誰が買うもんか」

「ふうん」

そういえば、ウェルバード剣術道場でも、先生とフリッツが聖方教会の石売りの話をしていたな。ま、あんなのを買う奴はよっぽどの奴だけだろう。

「ああ、アレック」

街のどこかに出かけていたのか、よそ行きの洒落(しゃれ)た赤い服を着た星里奈が宿に戻ってきた。彼女は髪も瞳も赤いので、こうして同じ系統の色で揃えるとよく目立つ。胸がデカいくせに腰はしっかりとくびれて細いから、ＪＫとは思えぬイヤらしい体つきだ。

「ひょっとして今ご飯なの？」

「そうだ」

「せっかく良い天気なのに、もったいない」

「ふん、休日の朝っぱらからわざわざ早起きしてどこかに行くほど俺は暇じゃないんでな」

「なにそれ。私への当てつけなの？　もう。まあいいわ。私、今朝は市場を回ってお城にも寄ってきたの。良い物見つけたわよ。はいこれ、そのお土産」

星里奈が革袋に入れていた赤い果物の一つをこちらに投げて寄越した。俺は少し焦ったが、片手で上手にキャッチできた。【運動神経　レベル３】と【動体視力　レベル３】のおかげだな。初めて見るそのみずみずしい果物をかじってみると、甘いトマトといった感じの味だった。悪くない。

「どう？　美味しいでしょう」

「まあまあだ。それより、ミーナ達は一緒じゃなかったのか」

「いいえ、ミーナとイオーネは今朝、剣術道場へ行くと言っていたわ。リリィは市場までは私と一緒だったんだけど、あの子、お城へは行かないって言うから」

「ふうん」

「あ、噂をすれば、二人とも戻ってきたわね」

「ご主人様、申し訳ありません、お目覚めはもう少し後かと思っていたので……」

白い髪の犬耳少女が俺を見るなり困ったように謝ってきた。

「別に気にするな、ミーナ。一人でも俺は起きられるぞ。そんな事より稽古の方はどうだった？」

「はい。新しい型をウェルバード先生に教わってきました」

ミーナが嬉しそうに話しているので、稽古も順調だったようだ。休みの日くらい、遊びに行けば良いだろうに真面目な奴。ご褒美に今夜はたっぷりと体を撫で回してやるか。

「筋がいいと父も褒めていましたよ」

隣でイオーネが微笑む。実戦形式でやったのか、二人とも鎧姿だ。ふわりとした金髪のイオーネは鎧姿でも凜々しく様になる。私服だと優しいお姉さんといった感じなのだが。

「そうか。それは良かった」

「じゃ、私達は着替えてきますね」

「おう」

「あー！　なんか食べてる！　ずるい、アレック」

リリィも戻って来たが、何を食おうが俺の勝手だ。

「ふふっ、大丈夫よ、ほら、リリィのも買ってきたから」

「おおー。いただきぃ！」

ピンク髪のロリっ娘がその小さな口で勢いよくしゃぶりつくが、随分と腹を空かせていたようだ。

「んまー！」

にっこりと至福の表情を見せるリリィは、そのトマトに似た赤い果物がよほど気に入ったか。もっと食わせてやろうと思った俺は星里奈に聞いた。

「星里奈、この果物はそれだけか？」

「ええ、みんなの口に合うかどうか分からなかったし、一個ずつしか買わなかったの。リリィがこんなに喜ぶなら、もっと買えば良かったかな」

「なら、その果物を買うついでに、串焼きでも食いに行こう」

鳥の串焼きなら、獣臭さは気にならない。普通の焼き鳥だ。

「うん、いいわよ。行きましょ」

鎧を脱ぎ終わったミーナとイオーネも連れ、俺達は街の市場へ向かった。

市場で焼き鳥と果物を買い食いしていると、広場の一角に人が集まり始めていた。結構な数の人だかりだ。

「あれはなんだ？」

ちょっと気になったので俺は聞いてみる。

「ああ、あれね。せっかく来たんだし、近くで見てみましょうよ、アレック」

訳知り顔の星里奈が微笑むと、俺の手を引いた。

✧第二話　聖歌隊

人混みの間を縫って前に行くと、男達が同じ大きさの木箱をいくつも隙間無く地面に並べている最中だった。

何をしているんだ、こいつら？

ひと抱えもある大きさの割には軽々と運んでいる様子なので、箱の中身は軽い物か、空箱なのだろう。

その中身が見えないかなと俺が屈んで見ようとしたとき、けたたましく音楽が鳴り始め、すぐ近くに楽器を持った吟遊詩人が三人いるのに気がついた。

ズッダン、ズッダン、ズッダン、ダダダダダダダダダ――

吟遊詩人達が楽器を鳴らすと同時に、横から何者かが凄いスピードでこちらに向かって走り込んできた。とっさにミーナが俺を護衛しようと身を乗り出したが、そいつらは並べられた木箱の中央にそのまま上がると、五人で横一列に整列した。

「みんなー、お待たせ～！」

「「「ウォオオオオー!!!」」」

集まった人だかりから、熱気の籠もった野太い声が沸き上がる。まるで戦の勝ちどきだ。

「だってだーってもう好きなんだもん～♪　フォウ、フォウ！」

その五人の若い女はポーズを取ると、曲に合わせてリズミカルに踊り歌い始めた。

呆気にとられて俺が横の星里奈を見ると、彼女は「アレックは、こういうの好きでしょ？」とでも言いたげにニヤついた笑顔で二回ウインクしてくる。アホらしい。

俺は立ち去ろうとしたが、すぐ後ろまで人がぎゅうぎゅう詰めになっており、出る隙間が無い。

「モモちゃーん！」「モッー！　モッー！　モー！　モー！」

迫り来る豚のように声を張り上げる男がうぜえ。なんでお前ら汗だくなんだよ。寄るな、気色悪い。押さえつけて向こうに追いやろうとしたが、逆に凄い力で押し返され、俺は仰向けに転んでしまった。

「うおっ⁉」

「ご主人様！」

「はい、すみません、どいてどいてー。板付きでコード3発生、対象1、続行で了解。排除します」

「ステージから離れて下さい！　そこっ、押さないで！」

白いフードを被ったゴツめの男達が現れると、俺を担ぎ上げて広場から裏手へと移動した。


「困るんですよねえ、お客さん、こういう事をされちゃあ……」

白いフードの男達が俺を取り囲み、その中の責任者らしき男が木箱に腰掛けたままで言う。

「俺も好きでやったわけじゃない。不可抗力だ」

「そうです。ご主人様が欲望に正直なのは不可抗力ですから！」

隣でミーナが力んで擁護するが、それは擁護になってねえ！

「ちょっと黙ってろミーナ、俺は後ろの客に押されて転んだだけだ」

「そうですか。まあ、今回はそういう事にしておきますが、次はもう無いですよ。二回目は出入り禁止にしますからね」

「勝手にしろ」

裏手から出ると、星里奈達が待っていた。

「もう、アレックったら、恥ずかしいんだから……そんなに女の子のパンツが見たいのなら、私に言ってくれれば部屋でいくらでも——あんっ、いったーい」

星里奈も勘違いしているのでデコピンの刑だ。

「わざとじゃないぞ。勝手に俺を変態に仕立て上げるな」

後ろにまだ白フードが一人付いてくるが、監視のつもりか。木箱ステージの方を見ると、一曲終わってMCだかなんだか、そんなライブ中のおしゃべりが始まっていた。

「どうか、私をセンターにしてください！　私の石、買ってねー。石が一番多く売れた人が次のセンターでーす！」

「「ウォオオオオー!!!」」

盛り上がりは最高潮のようだが……。

「結局、あいつらはなんなんだ？」

「酒場を中心に活動してる聖方教会の聖歌隊よ。踊りもやってるから、日本で言うならアイドルみたいなものね」

聖歌隊か。

ソロでやればいつでもセンターだろうに、旨いシステムを考えたもんだ。

ただ、いつでも見えそうなミニスカートはなかなかだが、センター以外はいまいちの顔だな。

「ふうん。脱ぐのか？」

「脱がないわよっ！」

「うわ、出た、エロ親父丸出し発言」

「うるさいぞ、リリィ。じゃあ、つまらんな」

道ばたの石ころを売るだけではそんなデカい教団にはならないと思ったが、なるほど連中もあの手この手を考えていたようだ。

ステージはもう終わったのか、握手を求めて男達が興奮しながら殺到しているが、ミーナ達とヤった今の俺にはまったくテンションが上がらないイベントだ。どうせなら乳も揉ませろと。

「帰るぞ」

「へえ、お持ち帰りしないんだ」

星里奈が皮肉めいた事を言うが。

「あんなチャラチャラしてるのは好きじゃないし、だいたい人聞きの悪い事を言うな。俺は善良な一市民だぞ」

「善良って……よくその口で言えた物ね」

「うるさい。事情も聞かずに無実の人間にいきなり斬りかかる奴の方がよほど悪人だぞ、星里奈」

「ぐっ」

星里奈を黙らせて広場を離れたところで、俺の監視も不要だと判断されたか、白フードの男も自分の持ち場に戻っていく。

「聖方教会は最近になって急速に勢力を拡大しているのですが、あまり良い噂を聞きません。強引な売りつけでトラブルも多いみたいですね」

白フードがいなくなってからイオーネが話すが、道ばたの石ころを売るような連中だ。トラブルにならない方が奇跡ってもんだろう。

「ん？」

俺の前に三人のばあさんが立ち塞がった。避けて通ろうとするが、こっちに回り込んで来やがる。なんなんだ。

「俺に何か用か」

「ええ、ありがたい石をお分けします。買いませんか」

「また石か。いらん。そんな物に金が払えるか」

「では、タダで一つ差し上げますから」

手に押しつけられた。一応見てみるが、やはりフツーに道ばたに転がっていそうな小石だった。

「いるか、こんなもん」

地面に叩きつけてやる。

「ああっ！」「なんと罰当たりな！」「神の与えたもうた特別なパワーストーンを！」

ババア共が慌てながら地面を這いつくばってわめくが、お前らもどれがさっきの石か分からなくなってるじゃねえか。

「ごめんなさい、おばあさん。たぶんこれですよ」

星里奈が拾って石を渡すと、睨んでふんだくるようにババアがそれを取り返す。

「地獄に落ちるよ、アンタ達」

捨て台詞を残したババア三人は懲りずに別の通行人を通せんぼしている。あ、また石を地面に叩きつけられた。

「なんだか可哀想になるわね」

「ほっとけ。ありゃ被害者なんかじゃねえ、立派な共犯者だ」

「そうかもしれないけど……」

「別にいいんじゃない？　石なんていくらでもあるし、割れて困ってる訳でもないんだし」

リリィが言うように、確かにそいつの時間と労力が減るだけだしな。ノルマがあると可哀想だが、ヤバイ境遇にあるなら自分で気づかなきゃダメだ。

他人がそれを諭して聞くとも思えない。

その日は微妙にげんなりした気分のまま、俺達は宿に戻った。

第三話　スケッキオ

イオーネとミーナを交え、ベッド上で夜の下半身の稽古を三ラウンドほどこなして良い気分の翌日、のんびりと鎧を身につけ、『西の塔』に向かおうとしていた俺だったが。

部屋にノックがあった。

「おう」

返事をしてやったのに、だが、そいつはすぐに入ってこない。

「はい、どちら様ですか？」

ミーナが少し警戒しながらドアを開ける。

「突然、お邪魔して申し訳ございません」

そこには直角に腰を曲げ、頭を下げている老執事の姿があった。

　これは何かあったな。

　男爵夫人エイリアの家人がわざわざ、俺が宿泊する部屋を訪ねてきたのだ。あまり良くない類いの用事があるに違いない。

「何があった？」

　俺は単刀直入に事情を聞く。

「は、少々私では荷が重い出来事がございましたので、できればアレック様に当家までおいでいただけたらと。お忙しい中、誠に申し訳ございません」

　それなりにできる執事だと思っていたが、要領を得ない説明だ。まあいい、行けば分かるのだろう。エイリアに忠実なこいつが俺に危害を加えようとするとは考えにくい。

「いいだろう。ミーナ、星里奈達に今日の冒険は延期だと伝えておいてくれ」

「はい、ご主人様」

「ご予定を変えていただき申し訳ございません。こちらで馬車をご用意させていただきましたので、ご利用下さいませ」

　俺とミーナが馬車に乗ったが、それに星里奈まで乗り込んできたので、やや狭い。

　馬車が出発してから、俺達三人の真向かいに座る老執事に問う。

「で、どういう状況なんだ。またあの太鼓腹の司祭が屋敷にやってきたのか？」

「いいえ、あれからデラマック様はおいでになっておりません。聖方教会もそう簡単に諦めるとは思えませんが、今のところは」

　となると別件か。

　俺はエイリアとしっぽりした仲だが、こき使われるような御用聞きじゃないんだがな。

　それきり、星里奈が事情を聞いても老執事はまともに答えようとしないので、俺達は黙ったまま男爵家に向かった。

「こちらでございます」

邸宅の中に通され、赤絨毯（じゅうたん）の長い廊下を老執事に導かれるままに進んでいく。

どうやらこの先は前にも来た応接間のようだ。

老執事がドアをノックし、告（つ）げる。

「奥様、アレック様とお連れの方がお見えになりました」

「お入りなさい」

ドアが開かれ、俺達は応接間の中に足を踏み入れる。

「むっ」

すぐに視線がソファーに座っている異質な人間に向いた。

なんだ、コイツは？

着ている服はどうやら貴族のようだが、白い覆面を頭からすっぽりと被っている。

その二つの穴から覗（のぞ）いた目がぎょろりとこちらを見据（みす）えてきた。

「その者達は？」

覆面の男が問う。

「はい、盗賊を退治し、夫の仇（かたき）を討（う）ってくれた冒険者なのです」

エイリアが丁寧な言葉遣いで男に説明したが、面倒だな……相手はやはり貴族、それなりの礼儀を必要とするようだ。

「ほう。これは私からも礼を言わねばなるまい。弟の無念を晴らしてくれた事、礼を言おう」

「弟？　アンタがリオット男爵の兄だというのか」

「ちょ、ちょっとアレック」

星里奈が俺のぞんざいな言葉遣いに焦るが、よく考えてみろ。本当にコイツが兄で弟想いの貴族なら、もっと早く俺を呼びつけ、褒美の一つも寄（よ）越（こ）そうとするはずだ。弟の最期や事件の詳細を知りたがるだろうしな。しかも、貴族にしては独特の雰囲気がある。それはむしろ俺達に近いモノだ。

覆面男はうなずいた。

「そうだ。疑うのも無理はない。こんな格好でいきなり兄だと言って現れてもな。背格好も弟と私は随分と違う。腹違いなのだ。だから、そう心配しなくてもいいぞ。私はしばらく冒険者として暮らしているのでな。言葉遣いなどにいちいち目くじらを立てたりはしない」

自分で言ったがこの男、かなりの筋肉質で背丈も高い。リオット男爵は背が低かったので余計に兄弟と言われてもピンとこないな。

「じゃ、同じ冒険者のよしみって事で無礼講で喋らせてもらうが、その言い方だと、最近こっちに戻ったばかりなのか？」

「そうだ。しばらく隣国にいてな。色々と向こうで手違いもあって、弟の死を報せる手紙を読んだのがつい一週間前の事だ」

「ふうん」


さてさて、コイツが本当の事を言っているのかね。ま、俺にはキャラメイクのリセマラをこなした異世界勇者の特権として、レアスキル【鑑定】があるからな。こんな状況の時には特にこれが役に立つ。

〈名前〉スケッキオ　〈年齢〉36　〈レベル〉29
〈クラス〉ファイター　〈種族〉ヒューマン
〈性別〉男　〈ＨＰ〉３２４／３２４
〈状態〉健康
【解説】
謎の冒険者。
性格は不明で、ノンアクティブ。

（スケッキオの個人スキル）

Ｃａｕｔｉｏｎ！

スキルにより閲覧が妨害されました。

やはりな。〈クラス〉が貴族を示すノーブルではない。

「偽者だ」

顔まで隠しやがって。

「「ええっ？」」

「ほう。根拠を聞いても良いか」

「ああ、構わないぜ、スケッキオさんよ。お前のクラスは貴族じゃない」

「おお、なるほど、【鑑定】持ちとはなかなかの冒険者のようだ。確かに私は貴族ではない。昔に家を飛び出したのでな。弟が家督を継いだのだ」

「じゃ、何か身の証を立てることはできるか？」

俺の問いに男が黙ってソファーから立ち上がる。奴が腰の剣を掴むので、俺の脇にいたミーナと星里奈も剣を抜いて身構えた。

「待て、抜くつもりなど無いぞ。この剣を見てくれ」

スケッキオが腰から剣を鞘ごと抜いて、渡してきた。

「ふうん？　それなりに業物のようだが……おお、これか」

鋼の剣の鍔の部分に家の紋章が彫り込まれており、見覚えのある黒い豚だった。リオット家の家紋だ。

「冒険者になろうと私が決心して、家から勝手に持ち出した剣がそれだ。今となっては私が男爵家の血筋だと証明できるものはそれしかない。盗品だと疑われたら、それまでだがな」

剣には無数に傷が付き、柄には握りやすくするために膠を染みこませた布が巻いてあった。刃は所々歪に湾曲しており、刃こぼれを修理して研いだ痕跡が窺える。

「いや、信じよう。これはかなり使い込まれた剣だ。盗品なら、普通に売り買いしてここまでは傷まないはずだ」

貴族の品は家紋があるため、すぐに所有元がバレる。だから、正統な所有者でなければ堂々と表で持ち歩く事など無いだろう。俺は剣をスケッキオに返した。

「ありがたい。では、弟の最期を聞こう」

隣で星里奈が緊張したのか息を呑むが、問題ない、黙っていれば真相なんてコイツには分かりゃしない。それに、血を分けた弟がとんだ外道で盗賊とつるんで勇者に成敗されたと聞くよりは、盗賊に運悪くやられたと聞く方が良いに決まってる。

俺は【言いくるめる】も使い、感動的な男爵の最期を聞かせてやった。

「ふむ……そうだったか……多少誇張が混じっているようだが、盗賊団ブラッドシャドウとその頭ガルドンも死んだと言うのなら、きちんと片が付いている話だ。仇を討ってくれた事、改めて礼を言う」

「なあに、俺としても外道がのさばるのは好みじゃないんでな。別にアンタのためにやったわけでもないさ」

「うむ」

それよりも、面倒なのはここからだ。

スケッキオがリオット男爵の血縁だというのなら、この家は誰が継ぐ事になるのか。俺はその辺を聞いてみた。

「これからアンタはどうするつもりなんだ、スケッキオさんよ」

「そうだな、いや、まだ決めていない。弟の弔いを済ませたなら、また冒険に出る事になるだろうが、久しぶりにこの家の料理も恋しいのでな。エイリア、二日三日、泊めてもらおうと思うのだが、構わないか？」

「ええ、お義兄様がそうお望みでしたら、私に断る理由などありません」

「お前達も夕食をご馳走になってはどうだ？　二人三人増えたところで構わないだろう、エイリア」

「ええ、もちろんです」

「では、夕食を準備して参ります」

老執事が一礼して部屋を出て行った。

「ところで、あのぅ……スケッキオさん」

星里奈がためらいながら話しかける。

「なんだ？」

「その覆面はいったい……」

「ああ、これか。最初に話しておけば良かったな。ドラゴンとやり合ったときにブレスを顔にまともに浴びてしまってな」

スケッキオはそう言って覆面に覆われた自分の頬（ほお）を撫でた。

「あいにく、当時の私は良いポーションも持っておらず、腕の良い司祭に払う金も無かった。治療代をケチってしまったがために、見る者が怖がるほどの顔になってしまったというわけだ」

「ああ、なるほど……それはご愁傷様です」

「お前達も、武器や鎧も大切だが、金に余裕は持たせておいた方が良いだろう。こんな顔になりたくなければな」

「はい、気をつけます」

第四話　失踪

男爵家の晩餐（ばんさん）に呼ばれたので、イオーネとリリィにもご馳走を食べさせてやろうと俺は宿まで使いを頼んだのだが、リリィは気が進まなかったのか来なかった。代わりに呼んでもいない奴が厚かましくも食卓に着いている。

「そちらのエルフの騎士は？」

当然、スケッキオが聞いてくるわな。

「私はアレックと親しくしている王国騎士団所属の騎士、シルヴィ＝ワロイ＝アッターマ、お初にお目にかかる」

パーティーの一員だと抜かしやがったら、違うと言ってやろうと思ったが、そこは正直に話す銀髪エロフ。シルヴィとは一発ヤった男女の関係でもあるので、親しくないとは言えない。

「そうか、我が名はスケッキオ、リオット男爵の兄だ。隣の女性は……？」

「初めまして、アレックのパーティーに所属しているイオーネ＝ウェルバードです」

イオーネが上品に頭を下げると、彼女の金髪がふわりと揺れた。

「ウェルバード？　どこかで聞いた名だな」

「父が剣術道場を開いていますので」

「おお、あそこか。若い時に一度、道場破りに行った事がある。返り討ちになったがな」

スケッキオはそれがおかしかった思い出のようで、グッグッと喉を鳴らして笑った。

「ふふ、そうですか」

イオーネはさらりと微笑んで話を終わらせたが、俺なら子供の頃にこんなおっかないのがやってきたら泣くな。まあ、その時はまだスケッキオもドラゴンにやられておらず、顔もまともだったのだろう。

「失礼致します」

メイドのカレンが料理の皿を運んでやってきた。俺は何気なく彼女の尻に手を伸ばしたが、星里奈が椅子の後ろから、ペチンと皆に気づかれないように素早く叩いてきた。まったく、それくらいフリーダムにやらせろと。

余計な事をしないでとばかりに睨み付けてくる星里奈を無視し、俺はさっさと料理に手を付ける。エイリアとは何度もヤった間柄だし、スケッキオも冒険者が長そうだから、堅苦しいのは好まないだろう。これは貴族のお食事会ではなく、内輪の男爵への弔いの場だ、そーゆー演出にしておく。

「ちょっと、まだでしょ」

小声で言う星里奈に、エイリアも明るく微笑んだ。

「いえ、ふふ、構わないわ。どうぞ召し上がれ」

「失礼」

　スケッキオは覆面の口の部分をはぐって食べ始めたが、あちらは見ない方が良さそうだ。本人も手で隠して気にしてるだろうからな。

　料理も半分以上たいらげ、ワインも進んで宴も酣になった時、誰かが聖方教会の話を持ち出した。

「おう、あの石か。御利益があるというので私も買ってみたぞ」

「ええ？」

「ほれ、これだ」

　スケッキオが懐から石を取り出して見せた。

「それは道ばたのタダの石だぞ」

　俺は教えてやった。

「そうかもしれん。見分けは付かんからな。だが、高位の司祭が清めれば、そのような聖気や運気を発してもおかしくはなかろう。値段も高くはないから一つお守りにと思ったのだ。弟の墓に供える分も買ってきた」

　ま、自分の兄弟だ、供え物は好きに決めてくれ。あの欲望まみれのリオット男爵が石ころで喜ぶとはとても思えんが。

「あ、もうこんな時間。そろそろ帰りましょうか」

　星里奈が言うとエイリアがうなずいた。

「それでは、馬車で宿までお送り致します」

　俺はこのままお泊まりでエイリアと夜を楽しんでも良いと思ったが、彼女は義理の兄を気にしてか誘っては来なかった。それはまた今度で良いかと思い直し、馬車に乗り込む。


　事件はその翌々日に起こった。


「誰だ、こんな朝っぱらから」

　しつこいノックに、星里奈と朝方までハッスルしていたので、俺は寝ぼけながら部屋のドアを開ける。

　そこにいたのは、またしても腰を直角に曲げて深々と一礼する老執事だった。

「今度は何だ？」

「は、それが、奥様が昨日の夕方にお出かけになったまま、お戻りになっておりません。こちらにおいでかと思っていたのですが……」

「チッ！　エイリアはここには来てないぞ。ミーナ！　水を持ってきてくれ。緊急だ」

　とにかく異常事態に間違いはないので、俺は頭を働かせようと思い、大声で彼女を呼んだ。

「なに？　なにかあったのぉ……？　きゃあああ！」

　星里奈が目を覚ましたが、うるさい奴だ。裸の一つや二つ、枯れた老人に見せたところでそこまで騒ぐ事じゃなかろうに。

「馬鹿っ！　なんで開けっぱなしなのよ！　閉めて！」

「申し訳ございません」

　律儀にドアを閉めようとした老執事だったが、ミーナがたらいに水を入れて運んできたので、俺は力尽くで開け放つ。

「ちょっと！」

「エイリアが行方不明だ。すぐに捜しに行くぞ」

「ええ……大変！」

　星里奈も事の重大さを即座に理解したようだ。

　すぐにパーティーメンバーを全員招集し、装備を調えた上で、手分けして街に捜索に出させた。

　俺はというと、老執事が乗ってきた馬車に乗り込んで、男爵家に向かっている。

「スケッキオはまだ家にいるんだな？」

「はい、まだご滞在です。そろそろ、明日にでも出発しようかという話はされていましたが……」

「奴におかしな動きは無かったのか？」

「はあ、特には……しかし、四六時中ずっと監視していた訳でもありませんので」

話の分かる義理の兄という事で、少し油断しすぎたか。考えてみれば、あの晩餐の時、奴は聖方教会に肯定的な事を言っていた。ひょっとして、この前エイリアを乱交パーティーに連れ去ろうとしていたデラマック大司祭の差し金だったか？

ともかく一度会って問い詰める、それからだな。

奴がどういう態度を見せるか。

俺は剣の柄を握り、感触を確かめ直した。

総合レベルが格上の戦士相手に一対一というのは分が悪い。

だが奴は今、鎧を着ていないはず。

なら、やれる……気がする。

もしもスケッキオが完全武装で待ち構えているなら、こちらはさっさと逃げるとしよう。

「スケッキオ！」

男爵の邸宅に到着するなり、俺は大声で奴を呼ぶ。

ドアを開け、廊下を注意して進み、部屋を見ていくが、誰もいない。

「アレックさん」

代わりにメイドが姿を現した。

「カレンか。奴はどこだ？」

「いえそれが、先ほどから見当たりません。お部屋にもいらっしゃらなくて……」

「チイッ、先手を打って逃げたか！」

俺は壁を力一杯殴る。どうして奴を信用してしまったのか。初対面だったのに。

自分のふがいなさに憤りつつ、ここでこうしていても仕方ないと判断して俺はすぐに邸宅を飛び出した。

「エイリア！　どこだ！」

あのデラマックとかいうクソ司祭、俺に喧嘩を売るならともかく、女を攫(さら)っていくとは、とことん性根の腐った野郎だ。

街を走る。

方々を捜し回ったが、エイリアの姿はどこにも無い。

もしかすると、このままエイリアとはもう二度と会う事ができないのかもしれない。

そんな嫌な予感が頭をよぎるが——

「アレック！」

市場の近くまで来たとき、路地の向こうから星里奈が俺を呼びとめた。

「星里奈、そっちはどうだ？」

「ダメ、周辺の家でも聞き込んでみたけど、エイリアさんを見た人がいないのよ」

「くそっ……だが、この街のどこかにはいるはずだ。犯人は聖方教会で間違いないはずだ。あそこの大司祭と一悶着あったからな」

「そういう事は、もっと早く教えて欲しかったんだけど」

「悪かった。次からは報告する。とにかく早く捜し出せ」

「了解」

再び手分けをして街を走る。

「あいつは！」

聖方教会の男が目の前を歩いていた。

見覚えのある顔に白いローブ姿、この前、エイリアの館で伸してやったデラマックの取り巻きの一人だ。

さっそくとっ捕まえて——いや、盲従している信者は脅したり殴ったりしたところで簡単には口を割ったりしないだろう。この前、あいつを男爵邸で痛めつけてやったときも、怯んで逃げていったのは大司祭だけで、それに付いていったという感じだったからな。

ここは違う方法がいい。

第五話　剣を預ける

俺が選んだスキルは【ストーカー】だ。

大司祭デラマックの取り巻きを尾行していれば、エイリアに行き当たる気がした。

他に心当たりがあると言えばスケッキオだが、デラマックが親玉ならそちらを捜す方が手っ取り早いだろう。風来坊(ふうらいぼう)のスケッキオとは違い、奴には立場というものもあるだろうから、教団施設のどこかにまだいるはずだ。

男を男がストーカーするなど、気色悪くて仕方ないが、尾行にかけてはこのスキルが一番だ。

間抜けな取り巻き野郎はこちらにはまったく気づいてない様子で、パン屋に入ったあと、袋一杯のパンを両手に抱えてどこかに向かっている。

これはおそらく教会に戻るな。

コイツがよほどのパン好きの大食らいなら話は変わるが、仲間の食料を買い付けたに違いない。とても一人で食べられるような分量ではないからな。

「ふう、一日に三回も買い付けなんて、面倒だなぁ。大司祭様も『パンは飲み物』なんて、訳の分からない事を言うし……」

取り巻きが独り言で愚痴をこぼしたが、あの太鼓腹だと本当に噛まずに飲み込みそうだな。

男は路地を曲がると、広い敷地の教会へと入っていった。高さは無いが、一目で金をかけたと分かる立派な建物だ。そこいらで見かける信者が対照的にみすぼらしい格好をしているのが、なんとなく哀れに思える。

西日で緋色(ひいろ)に染まった教会の壁に沿って裏手に回り、男が扉を開けて中に入る。

必要があれば鍵開けのスキルを取るつもりでいたが、その扉に鍵はかかっていなかった。

「ご主人様」

「おお、ミーナか」

「はい。エイリアさんの匂いを追っていたら、ここに」

「やっぱりな。エイリアはきっとこの奥にいる。助けるぞ」

「はい！」

後はミーナの【鋭い嗅覚☆】に頼る事にし、通路を進む。

「この先の地下に向かったようです」

「よし、行くぞ」

地下へ続いている階段を降りる。

「なんだ、ここは……」

「これは……」

俺もミーナも通路の先を見て、一瞬、言葉を失う。

教会の地下になぜ牢屋があるのか。

それも一つや二つではなかった。

鉄格子の中には、縄で縛られた女性が閉じ込められている。大勢だ。

「ったく、ろくでもない宗教団体だな」

俺はあきれて、ため息交じりに言った。

「はい……どうしましょうか？　ご主人様」

「先にエイリアを捜そう。全員を助けるのは後だ。気づかれたらそれまでだからな」

「分かりました」

地下牢の通路を先に進むと、また行く手を塞ぐ扉があった。

そっと押し開けて向こうを窺うが、通路を歩いている者はいない。

「行くぞ」

「はい」

さらに驚いた事に、扉の向こう側にもまた牢屋があり、何人押し込めているのか分からないほどだ。

「何のためにこんなに……」

ミーナが不思議がるのも無理はないが。

「さあな。大方、辞めたいと言った信者を閉じ込めて洗脳してるんだろう」

これだけの大人数を攫っていたとしたら、さすがにこの国の治安組織、兵や王国騎士団も気づかないはずはない。しかし、いったん入信して出家した信者ならば、家に帰らずとも捜索願いは出されないだろうから、兵も対応がおざなりになるはずだ。

「あっ、ステージで私のパンツを覗いてた変態親父！」

「んん？」

通り過ぎようとしていた牢屋から、聞き覚えのある声が飛んできた。そちらを見ると、この間、市場で見た聖歌隊の一人だった。コイツの名前は……そうだ、モモとか言ったな。豚共がそんな名前の声援を送っていたのを俺は思いだした。

「お前、教団幹部じゃなかったのか？」

後ろ手に縛られたモモに質問する。

「違うわよ。私は歌って踊ってみないかって、ちょっと前に誘われて入っただけだもん。石を売るのはもう嫌だって言ったら、こんなところに閉じ込めたのよ、あいつら」

「そりゃ酷いな」

俺もモモに同情してしまう。

「でしょう？」

だが、隣にいた少女がモモに食ってかかった。

「ふん、せっかく私の分の石が良い感じで売れてたのに、モモが変な事言うから、こっちまでとばっちりを受けちゃったじゃない。今からでもいいから大司祭様に謝りなさいよ！」

見覚えのある顔だが、こいつも確か聖歌隊の一人だろう。

「はあ？　私のせいだって言いたいわけ？」

「アンタのせいじゃん」「そーだそーだー」

「ちょっ！　ヒデミだって私に賛成したじゃん！」

「エー？　そうだっけ？　ヒデミ知らなーい」

　この前見た五人の聖歌隊が全員牢屋に入れられたみたいだが、こんな時に仲間割れしてどうするんだか。

「お前ら、いいから静かにしろ。連中に見つかるだろうが」

　奥の扉を心配したが、案の定、ここを管理する信者がこちらに気づいてしまったようで、そこから男が出てきた。

　そいつが握りしめている剣には見覚えがあった。黒豚の紋章があしらわれた剣――

　俺はその持ち主の名を呼ぶ。

「スケッキオ！」

　奴の覆面は今や布製ではなく、鉄仮面に変わっており、分厚い鉄の胸当てを装備していた。

　完全武装だ。

　それだけで処刑人のような威圧感がある。

　コイツはヤバイ。しかもここは左右を牢屋に挟まれた通路の一本道で、回避する隙間がほとんど無いと来た。

「ミーナ、下がれ、無理をするなッ！」

「ですが」

「どけっ！」

「きゃあっ！」

　野郎、体当たり一発でミーナを吹っ飛ばしやがった。なんて力だ。俺は防御姿勢で身構えたが、しかし、そのままスケッキオは俺の横をすり抜け、剣を反対側の扉へ向けて投げた。

「お前達、どこから入っ――ぐはっ！」

　扉から出てきた白ローブの男が、剣で貫かれて崩れ落ちる。

「スケッキオ、お前は……」

「悪かったな、ミーナ。大丈夫か？」

　スケッキオが手を伸ばす。

「え、ええ」

　ミーナを助け起こしたスケッキオは、どうやら俺達の敵ではなかったようだ。

「お前もエイリアを助けに来たのだろう？　アレック」

「ああ、そうだ。実を言うと、エイリアを攫ったのはお前の仕業かと疑っていたんだが――」

「私に義理の妹を攫う理由など無い。それになアレック、お前は一度剣を預けた相手だ。そこは信用してもらいたかったが……この顔では無理な話か」

　スケッキオが肩をすくめた。

「いや、済まなかった、スケッキオ。まだ俺は冒険者として日が浅い、そこに頭が回らなかっただけだ」

　冒険者が相手に己の剣を預ける。それは『お前を無条件に信用する』という証に他ならない。

　もしも渡した相手が敵であったなら、武器も鎧も無い状態では自殺行為に等しいのだ。

　つまりそれは自分の命を預けるのと同じ――。

　初対面の相手にそこまでやったスケッキオも度胸がありすぎるが。彼は俺の返答に納得したようで淡々とうなずいた。

「そうか。なら急げ。今の音で他の連中に気づかれたかもしれん」

「ああ！」「はい！」

　俺達三人は次の扉の奥へと向かった。

第六話　絶命の光

「エロエロエッサイム、我は求めたり」

「「エロエロエッサイム、我は求めたり」」

　通路を奥へ進むと、向こうから呪文のような詠唱が聞こえてきた。

　大勢の男の声がハモっているが、何かの儀式のようだ。

「いや、スケッキオ、その扉はやめておけ」

　正面中央にある大きな鉄の両扉にスケッキオが

手をかけたが、俺は嫌な予感がしたので彼を止めた。

「なぜだ？」

「俺には【予感】のスキルがある」

普通なら自分のスキル構成などは他人に話すものではないと俺は思っているが、スケッキオならベラベラと他人に喋ったりはしないだろう。そこまで重要なスキルでもないし。

「ほう」

「ご主人様、向こう側にも回れるようです」

ミーナが別の通路を見つけたので、そちらから行く。階段を少し上がると、そこは大きな広間に通じていた。ただし、この通路は天井近くの明かり調節のための物らしく、中央部は吹き抜けになっており、そこをこの通路がぐるりと囲む形で下の広間が見下ろせる。学校の体育館によくこういう造りがあるな。

「彼らはいったい、何をしているのだ？」

スケッキオが問いかけたが、俺達に分かるはずもない。

下ではローブ姿の信者が大きな円陣を組むように並んで集まり、その円陣の中央には裸の女達が何人も鎖(くさり)につながれて横たわっている。

「いたぞ、エイリアだ。真ん中にいる」

スケッキオが指さした先に、エイリアが裸で囚われていた。野郎、勝手に俺のエイリアを裸にしやがって。

「アレック、斬り込むか？」

「待て、スケッキオ。この状況で斬り込んでも、人質全員は助けられんぞ」

「人質か……まあ、そうなるのだろうな」

女を牢屋に押し込んだり鎖でつないだりする連中だ。いざとなれば殺す事も厭(いと)わないだろう。

「詠唱が止(や)みましたね」

ミーナが小声で言うが、儀式が次の段階へ進んだようだ。

あまり悠長にはしていられないと思うが……。

上から観察していると、下の男達が何やら喋りだした。

「おお、エスターブリッシュ卿、この宴は素晴らしいですな！」

「ええまあ。ここでは本名はお控え願えますかな、牛さん」

「や、失礼しました、羊さん。さて今日の生け贄の天使ちゃんはどの子にしますかな」

山羊や牛のマスクを被った男数人が、鎖につながれた女達を物色するように眺めて回っている。どいつもこいつも頭のマスク以外は裸でおっ立てているが、まあ、やる事は一つだろうな。儀式っぽく見せているが、ただの売春クラブなのだろう。

そういえばエイリアやカレンが「聖方教会は乱交パーティーをやっている」と言っていたではないか。これがきっとそうなのだ。

まったく裏山けしからん。

「よし、決めた。今日の生け贄はお前だ」

「いやぁっ」

そう言った羊マスクマンに髪を引っ張られ、女が恐怖に悲鳴を上げる。

「おい、アレック、このままだとエイリアもやられてしまうぞ」

「ああ。分かっている。明かりを消して奇襲を仕掛けよう。スキルがあるから俺は暗闇でも平気だ」

PK勇者シンとの戦いで会得した【覗き見】の上手な使い方だ。

「私も、【暗視】スキルを取りました」

「よし、私も取ったぞ」

「じゃ、二人とも行くぞ。ミーナとスケッキオは明かりをとにかく優先してやってくれ。俺はエイリアの近くにいる男を片付ける」

「分かりました」「承知」

【アイテムストレージ】からロープを取り出し、

それを通路の手すりに結びつけて下りる。

　まずは明かりだ。

　儀式の雰囲気を盛り上げるためか、わざわざ篝(かがり)火(び)を使っているので、それを蹴り倒す。

「なんだ!?」

「うわっ！」

　信者達が驚く中、ミーナとスケッキオも次々と明かりを潰していく。

「し、侵入者だ！　早く捕まえろ！」

　円陣を組んでいたローブの男達が襲いかかってきたが、もう遅い。

　すでに生きている灯火は一つも無い。周りは完全なる闇によって包まれた。

「ど、どこだっ！」

「み、見えない。誰か明かりを！」

　ここに敵が入ってくる事を想定していなかったようで、ローブの男達は武器すら持っていない。

　そうなれば当然、俺達三人による一方的な狩りが始まった。

「ぎゃあっ！」

「あひいっ！」

「よし、もういいぞ！　ミーナ、人質の鎖を切っていけ」

「はいっ、ご主人様！」

　俺はエイリアの側(そば)に駆け寄った。

「その声は、アレック？」

「ああ。エイリア、助けに来たぞ。もう少し待っていろ」

　彼女の足の鎖を剣で断ち切る。

「良かった！　私、ぐすっ、私は……！」

　怖かったのか、エイリアは泣きながら俺に抱きつこうとした。

「言うな、もう大丈夫だ。とにかく、先に逃げろ」

「は、はい」

　エイリアに俺のマントを羽織らせてやり、出口へ通じる扉へ誘導してやった。

「おのれっ、神聖なる儀式を邪魔した罰当たり共めがッ！　殺せ！　決して生かして帰すな！」

デラマックがわめき立てるが、自分の置かれた立場がまだ分かっていないようだ。俺は奴の側に歩み寄ると、まずはスキルを使った。

【亀甲縛り　レベル5】

「ぬおっ?!　う、動けん」

一瞬にして縄が太鼓腹の男を縛り上げた。

さあ、ボンレスハム一丁あがり！

俺とスケッキオが左右から挟み込み、剣をその風船のように膨らんだ腹に突き立てる。

手応え有り。

これだけ深々と突き刺してやれば、いくら脂肪の層が厚かろうと致命傷だ。

「ぐああっ！」

「げ、猊下（げいか）！」

「大司祭様をお守りしろ！」

その声を聞いて信者たちは広間の奥にいたデラマックの方に殺到し始めたが、良い感じだな。ミーナが逆方向へ助けた女達を誘導して中央の鉄扉から逃がし始めた。

——終わったな。

「スケッキオ、こいつらよりも女を」

「分かっている」

俺とスケッキオも信者達は放置して、まだ残っている人質を解放していく。

「イ……忌々シイ、人間共メ」

「大司祭様？　ひぎっ⁉」

「な、なにを——うあっ！」

しかし、デラマックの近くにいた信者達がおかしな悲鳴を上げ始めた。

なんだ？　何が起きている？

殺到した信者が邪魔で、その奥が見えない。

すると、緑のカーテンが空中からはためいたかと思うと、その場にいた十数人の信者達を隠した。いや、足が一部隠しきれてはいない。モゴモゴと咀嚼していているが、これは、巨大な口が丸呑みにしているのか！

「いかんっ！　アレック、何かとてつもない魔物が一匹交じっているぞ！」

スケッキオに警告されるまでもない。俺は距離を取ったが、まだ鉄扉の周りには女達がいて、避難が終わっていない。そこへ男の信者達も逃げこんできて、これはまずいな。出口がぎゅうぎゅうでどん詰まり気味になってきた。

「ニ、ンゲン、ハ……飲ミ物……」

緑色の不気味な塊が大きな口を開け、再び信者達を無差別に丸呑みしていく。

「チィ、なんなんだ、アレは！　スケッキオ、分かるか？」

「知らん！　初めて見たモンスターだ」

さっさと斬り込んで倒したいところだが、あの大きすぎる口は脅威だ。目の前でごっそり人間が飲み込まれるのを目の当たりにしては迂闊に踏み込めない。

ここはまずは【鑑定】か？

〈名称〉デラマック　〈レベル〉？？
〈HP〉？？？　〈状態〉通常
Caution！
スキルにより閲覧の一部が妨害されました。

くそっ、名前以外は見えないか。

「下がって、アレック！」

だが、後ろから聞こえたその少女の声に、俺は勝利を確信し、道を譲った。

「【スターライトアタック！】」

暗闇の中を照らす星々のかけら。

虹色に輝く絶命の光は、そのすべてを終わらせる。たとえ、それが何者であろうとも。

「ナ、ナンダコレハ、バ、バカナ、マゾクデアル、コノ、ワタシガ……ＡＡＡＡＡＨ！」

――ボフン。

絶命の声を辺りに反響させると、黒色の煙だけを残して、そいつは消え去った。

「ふう、間に合ったみたいね」

星里奈が剣を振って納剣し、こちらに笑顔を向けた。

「ああ。相変わらずデタラメだな、お前のスキルは」

「何よ、助けてあげたのに。割とピンチだったんじゃないの？」

「どうだかな」

ピンチになる前に倒されてはアレがどの程度の敵だったのか、分かりようがない。

なにか普通ではない敵だったが……ともかく倒して片は付いた。レベルも上がったし、悪くはない……か。無傷で俺達は生き残ったのだ。それで良しとすべきだろう。

「帰るぞ」

「ええ」「はい、ご主人様」

俺達は颯爽（さっそう）と教会の地下室を後にした。

エピローグ　風来坊との約束

「なんだ、もう行くのか」

俺は覆面の男に向かって声を掛ける。男爵家にエイリアを送っていったが、そこでスケッキオは邸宅には入らず、このまま別のところに向かうという。

「ああ。弟の弔いも済んだ事だ。実家の料理も食べたし、もうここに用は無い」

　スケッキオが邸宅を眺めつつ言った。

「エイリアはアンタに礼を言いたいはずだが」

「いや、彼女にはもう会わないでおく」

「なぜだ？　弟の嫁なら、家族とは言わないまでも、親戚みたいなもんだと思うが」

「だからだ。彼女は美人だ。兄が邪な目で見ては不憫だろう」

「ああ」

　クソ真面目な野郎だ。亡き弟の妻なら、別に兄が略奪したってそう不義理でもあるまいに。

「では、義妹を頼んだぞ、アレック」

「頼まれる筋合いじゃないと思うが……」

「抜かせ、助けに来たお前にすがったエイリアを見れば分かる。エイリアはお前を好いているようだった。もし遊びで手を出したなどと言うのならば、この場でお前を斬り伏せるまで」

　スケッキオは冗談なんて言う柄じゃなさそうだから、真面目に答える方が良いな。

「分かった。俺もできる限りの事はしよう。約束する」

「すまんな。いずれこの借りは返す」

「復讐みたいな言葉だな」

「ただの感謝だ。ではな」

　スケッキオは馬車も使わず、背負い袋だけで一人歩いていくが、根っからの冒険者らしい。

「行ってしまいましたね……」

　ミーナが彼を見送りながら、少し寂しそうに言う。

「アイツが気に入ったのか？」

「いえ、なんだかひとりぼっちで寂しそうに見えてしまったので」

「なんだ、そんな事か。アイツも冒険を一緒にやるパーティー仲間くらいいると思うがな」

「そうですね」

「俺はエイリアの様子を見たら帰る。ミーナは先に宿に戻って良いぞ」

「分かりました。では、ご主人様、お気を付けて」

聖方教会の残党の動きが気になるところだが、それについては星里奈が兵の詰め所に報告に行った。後はしかるべき治安組織がどうにかするだろう。あれだけ多数の人質を監禁していたのだ、おとがめ無しという事はないはず。


「これはアレック様」

エイリアの寝室に向かうと老執事がちょうど部屋から出てきたところだった。

「様子はどうだ？」

「はい、奥様もショックを受けておられるようでしたが、会話はしっかりとされていました。あれなら大丈夫かと」

「それは良かった。アンタも今日は堪(こた)えただろう。後は若いメイドにでも任せてもう休んだ方が良い」

「お気遣い痛み入ります。それではお言葉に甘えさせていただきます」

顔だけ出して帰ろうと思い、ノックする。

「俺だ」

「ああ、入って下さいませ」

ドアを開けると、エイリアが抱きついてきた。

「そんなに怖かったか？」

「ええ……まあ……」

「もう大丈夫だ。敵の親玉、デラマック大司祭は片付いたし、犯罪の証拠と証人もたっぷり出てきたからな。聖方教会はもう活動は無理なはずだ」

「はい……」

気落ちした返事をするエイリアはよほどショックだったのか。

優しく髪を撫でてやったが、彼女はぶるっと震えると、息を荒くし始めた。

「あの、アレック様、その……」

そう言って、俺の股間をまさぐってくる奴。

「なんだ、お前、ヤりたかっただけか？」

「うっ、だ、だって、あんな場所で、あんな事、しかも大勢の前で裸にされるなんて……」

「それで最高に興奮して、ここをびしょびしょにしてたってか？　あきれるな」

「い、言わないで下さい。あんっ」

「そんないけない奥様にはお仕置きしないとな。スケッキオからも頼まれた事だ」

「あっ」

エイリアをベッドに押し倒し、服を脱がせる。

彼女も待ちきれなかったようで自分から服を脱ぎ捨てていく。

まあ、これならまどろっこしい前戯はいらないか。

俺も服を脱ぎ、そのまま正常位でぶちこんでやった。

「ああんっ！」

喜びの声が部屋に響き渡る。

「失礼します、奥様……ああ……」

メイドのカレンが入ってきたが、ま、こいつなら隠す必要もない。

「カレン、そこでちょっと見学してろ」

「はい」

「ダ、ダメです！　出て行って、カレン」

「ええと、どうしましょう？」

「問題ない。こいつはさっき、大勢の男に裸を見られて興奮したそうだからな」

「そんな、言わないで、ああっ！」

「まあ、それは奥様、さぞ楽しまれたのでしょうね。羨ましいですぅ」

「ち、違います、あああっ！」

あの状況を思い出したのか、エイリアは体をよじらせて興奮し始めた。

「ほら、誰とも分からない男に、こうやって順番にまわされたかもしれないんだぞ」

「くうっ、いやぁっ」

「では、奥様、私もお手伝いさせていただきますねー」

「カ、カレン?! ちょっと、ああっ、だめ、ダメよ、そんなところ、つまんじゃ、だめぇっ！」

カレンが横からエイリアの桜色の突起をつまんでいじり始めたが、こりゃ3Pも初めてじゃなさそうだな。

「エイリア、お前、本当にド淫乱だな」

「い、言わないで下さいまし、ああ……たくさんの手でイ、イクぅ――――っ！」

言葉責めだけでお腹(なか)の筋肉を震わせてしまうとは、大した女だ。

「カレン、お前も下を脱げ」

「はい♪」

エイリアの慰め会だが、これでは随分と長引きそうだった。


数日後、ポーションをそろえておこうと俺は商店街に出かけたが、そこで聖歌隊を見つけた。

「みんなー、おひねり、よろしくねー、私をセンターにして下さい！」

「懲りない連中だな……」

「モッモちゃーん！」「モッ、モッ、モー！ モー！」

野太い声援が飛ぶ中、王都エルラントはいつも通りのにぎわいを見せていた。

第四章　剣の国グランソード

✧プロローグ　危機と経験

　聖方教会を壊滅させた俺達は、今日もバーニア王国でレベル上げを続けている。

　すでに宝玉は合計で八つも手に入れているのだが、まだオークションの開催日まで少し日数があったので、俺達は『西の塔』の攻略を続けた。

　奴隷を新しく購入するのは決定済みだが、俺の目標はやや変わってきた。

　星里奈もベッドで不安がっていたが、この先、どうやって生き残るか。

　シンのようにPKしてくる勇者ばかりではないだろうが、早めにレベルを上げておきたい。

　勇者を特に警戒するのはリセマラをやっていて、良いレアスキルを持っている可能性が高いからだ。これは星里奈にも確認を取った。彼女も俺が見つけたのと同じあのサイトでボーナスポイントの割り振りをやったという。二回目で99ポイントが出たと言うから、ムカついて頭にデコピンしてやったけど。

「じゃ、今日はマッドオークを見学して帰るぞ」

　俺は言う。

　すでに塔の二十階までマッピングし、宝箱も取り尽くした。

　レベルも26から上がっていない。他の敵はもう楽勝で経験値もあまり稼げなくなっていた。

残るはボスだけだ。

「はい、ご主人様」

力強くうなずいたミーナの白い犬耳が揺れる。

オークションで奴隷として売られていたが、今では俺が最も信頼を寄せるパーティーメンバーの一人であり、ベッドで抱いた初めての女だ。白いショートカットの髪に鋼の胸当て装備で立派な剣士らしくなっている。

「どんな奴なのかしら」

そう言った星里奈はファッションを気にしたか、背中の白マントに赤いスカートの装備をしている。俺とヤりまくって女子校生とは思えぬイヤらしい腰使いの女になっているが、見た目だけは普通のJKだ。と言っても、瞳と髪が赤いので普通の日本人には見えない。こいつも勇者なんだよな。

「普通のオークは、豚のようなモンスターですが」

イオーネが星里奈の疑問に答えた。輝く鋼の装備で整え、金髪碧眼の威風堂々たる剣士とくれば、それだけで迫力がある。いや、胸がやたら大きいのでそのせいかもしれない。俺と目が合うと彼女はいつものように穏やかな表情で微笑んだ。ベッドの上では乱れてそそる顔を見せてくれるのだが、今はダンジョン、気を引き締めないとな。

「アレックを太らせたような感じじゃないの？　マッドだし！」

ピンク髪の小柄なリリィがニヤニヤしながら当てつけてくる。うるせぇ、お前はベッドでお仕置き決定な。その小さな口にぶちこんでヒイヒイ言わせてやるぞ。彼女の装備は革鎧のままなので、防御力に少々不安があるが、前衛ではなく回避率を重視した支援職、スリング持ちのシーフなので問題はない。

とにかく、ボスは行ってみれば分かる。

いつものフォーメーション――先頭は鼻が利く

ミーナ、二列目の左右は星里奈とイオーネ、中央は飛び道具のリリィ、最後尾が俺だ。

「ここね」

星里奈が【オートマッピング】でまだ埋まっていない場所を確認して言う。

ここには鉄で補強された頑丈そうな木の扉があり、かんぬきが掛けられている。

これだと中からボスが出てくる事はなさそうだ。

「じゃ、俺が撤退と言ったら、すぐここまで戻るぞ」

「「「了解」」」

あくまで今日は様子見だ。

その上で対策を立てて、必要なスキルを取る予定。

扉を開け、中に入る。

扉の先は真っ直ぐ延びた通路が十メートルほど続き、その先は広間になっているようだった。

「この先の奥にいます」

ミーナが言うが、豚の臭いはしない。

通路の壁には燭台が一定間隔で設置され火も灯されており、ここでは明かりを気にしなくても大丈夫そうだ。

慎重に進む。

俺が広間に足を踏み入れた時、ガコンという音が後ろから聞こえ、嫌な予感がした。

「全員、止まれ。リリィ、すぐに戻って、扉が開くか確認してこい」

「りょ、了解」

リリィが扉を確認するのを待つ。

「ダメ、かんぬきが誰かに下ろされてるよ！」

「チッ」

こういう展開はちょっと予想してなかったな。

誰だよ、閉めたアホは。

あるいは、自動で閉まる魔法の扉だったのかもしれないが、ミスったな。こういう世界なら、一方通行の場所や逃走不可のボス部屋があっても不思議じゃなかった。

「まあいい、倒せるはずだ」

誰も倒した事が無い強敵なら話は別だが、ここのボスは数年に一回、倒す者が現れるという。冒険者ギルドの推奨レベルは25。問題ない。

そのまま前に進み、通路を出て広間の中に入る。

「フゴフゴ」

広間の一番奥にはテーブルがあり、そこでマッドオークが食事をしているようだった。

大皿に焼き飯らしきモノが載っており、ひたすらクチャクチャやっている。

口からぽろぽろとご飯をこぼし、汚ねえなあ。

「美味しそう……」

リリィがそんな感想を漏らすので、他のメンバーがちょっと驚く。

「「えっ！」」

「後でちゃんとした旨(うま)い焼き飯を頼んでやるからな、リリィ」

「うん！」

俺達がそんな会話を交わしているのにもかかわらず、マッドオークは一心不乱に食べ続けていた。

凶悪そうなオレンジ色の豚男だ。

「弓使いか魔術士を連れてくれば良かったな……」

そうすればこの位置から先制攻撃をしかけ、有利に戦えたはずだ。

「私が攻撃してみるよ」

リリィがそう言ってスリングを構える。大したダメージにはならないだろうが、まずは先手で攻撃だな。

「よし、全員、相手の攻撃パターンを掴むまでは防御と回避を優先しろ。いいな？」

「「了解！」」

一発目は外してしまったが、リリィが二発目をオークの顔に当てた。

「プギー！」

怒り狂ったオークは床に置いていた大金槌を拾うと、それを振り回してこちらに向かってきた。

「アレは避けろよ！」

まともに食らえば鋼の鎧でも潰されそうだ。

「分かってる！」「はい！」

星里奈とイオーネが勇敢に突っ込む。他方、ミーナは俺の護衛のつもりか、まだ動かない。

「せいっ！」「はあーっ！」

左右から同時に二人が斬りかかった。難なく命中。

「プギー！　プギー！」

斬られてさらに怒りを増したオークは身震いすると、大金槌を振り上げた。狙われた星里奈が警戒し、素早く左側へと後退する。

その反対側、オークの背後を取ったイオーネがまた斬りつけた。

「プギー！」

のけぞったオークがくるりと方向転換して、今度は右側へ、イオーネを追いかける。すると、左側から星里奈が近づいて、またオークを背後から斬った。

こうやって交互に斬っていけば……ノーダメージか？

「ねえ、アイツ、すんごい馬鹿じゃないの？」

リリィが言う。

「かもな。だが、油断はするな」

そう言って俺はしばらく様子を見る事にした。

マッドオークは何度斬られても、相変わらず、単調な攻撃を繰り返している。

このまま行けるか？

「【水鳥剣奥義！　スワンリーブズ！】」

イオーネが奥義を繰り出した。オークの横を駆け抜け、追い抜きざまに斬っていく。

「プギィー！」

さすがに攻撃が効いたようで、オークが前のめりにすっころんだ。

「やったか？」

だが、オークはすぐに起き上がって大金槌を振り回してきた。

「これ、切りが無いね。なんなの、あのタフさは」

リリィがあきれたように言うが、確かに相当なHPだ。【鑑定】はしてみたが、「？？？」で不明ときた。

「星里奈、【スターライトアタック】を使え」

「もう少し待って。通常技で倒したいの」

今後の事を考えると、【スターライトアタック】が通用しない敵も出てくるかもしれない。それに備えて、使える攻撃手段を増やしておこうというつもりらしい。

ただ、倒せるときに倒す。それが攻撃を食らわないための鉄則だ。

俺は少し迷った。

「……いいだろう。だが、少しでも危ないと感じたら、すぐ使え」

「了解」

「あっ、弱ってきた！」

マッドオークが肩で息をして、動きが鈍ってきた。

そろそろ仕留められるか。傷も深い。

「じゃ、イオーネ、私にやらせて」

「分かったわ。気をつけて」

「ええ。ていっ！　それっ！」

星里奈が連続攻撃に切り替え、押していく。ふらついたオークは転びそうになった。

「もうちょっと！　いけいけー星里奈！」

リリィが声援を飛ばし、楽勝ムードが漂い始めたが――オークは転ぶタイミングで初めて大金槌を横に振り回し、それが勢いよく星里奈の胴に直撃した。

「ぐっ！」

星里奈が吹っ飛ぶ。

「「星里奈！」」

「くそっ！　リリィ、牽制しろ」

「わ、分かった」

俺とミーナも駆け込んで、オークの追撃を防ぐ。

「任せて下さい」

イオーネが囮役を引き受け、オークを引き離した。その間に俺は倒れている星里奈に駆け寄る。

「大丈夫か、星里奈」

「か、かはっ、げほっ、ごほっ。う、うん、ごめん、ちょっと油断した」

「ふう、気をつけろ。じゃ、まだ行けるか？」

「なんとか」

「すぐに【スターライトアタック】を使え、いいな」

「了解」

オークの背後から星里奈が【スターライトアタック】を使い、オークが煙と化した。

『レベルが1つ上がった！』

『レベルが27になった』

『攻撃力が11上がった！』

『防御力が7上がった！』

『スピードが8上がった！』

『最大HPが12上がった！』

『最大TPが8上がった！』

『スキルポイントを14ポイント獲得』

「ふう」

勝てない相手ではなかったが、少し危ない展開だったな。

宿屋に戻って反省会をやった。

「色々、ごめんなさい」

星里奈が頭を下げた。鎧がへこんでいたが、お腹の部分だったので酷い怪我も無かった。修理は必要だったが、それは直せば済む事だ。

「いや、それはもういい。俺も判断が甘かった」

「じゃ、明日から、また塔でレベル上げね」

「その事だが、敵の攻撃パターンをもっとたくさん知っておいた方が戦術の経験になる。新しいダンジョンへ向かおう」

「そうね」

　反対する意見は出なかった。次にどこへ向かうべきか、俺達はそれを話し合う事にする。

「隣国のグランソードが良いと思います。あそこには大きなダンジョンもありますし、闘技場もあります。冒険者にも人気がある国ですよ」

　イオーネが提案した。初代国王が剣士だったという国か。

「だが、この国の国王は、俺達が他の国に行く事を快く思うのか？」

　今年の召喚の儀式で呼ばれた六人の勇者のうち、すでにエルヴィンとケイジがこの国を離れたと聞いている。邪魔立てされたかどうかまでは知らないが、この国に残る勇者はもう俺と星里奈だけになった。小島はずっと城に籠もりきりで、彼は勇者としてより医者や技術者の扱いだろう。シンはＰＫの罪で処刑された。

「大丈夫だと思いますよ。冒険者が国を行き来するのはよくある事ですし、バーニア王国にはめぼしいダンジョンも無いので、高レベルの冒険者はあまりいません」

　イオーネが説明する。

「それだと呼びっぱなしで得にならないんじゃないのか？」

「そうですね。でも、監視まで付けて囲ったとしても、強くなってもらわない事には使い道がないでしょうし、愛着が湧いて戻ってきてくれれば、というくらいのものではないでしょうか」

　端から期待していない、か。

ま、それはあるだろう。たった百ゴールドの支度金と武器一つしか与えないのだから、たかが知れている。

今回は小島が医学知識を持っていたので、国王もそれだけでプラスと考えるかもな。

「よし、じゃあ、グランソードに向けて出発だ」

俺が決め、皆が力強くうなずいた。

第一話　餞別

隣国グランソードに行く事は決定したが、その前に旅装を整えなくてはならない。

イオーネは遠出した事がないと言うので、ここは剣術道場のウェルバード先生に相談する事にした。彼は若い頃に武者修行で各地を渡り歩いていたそうだ。

「先生、お嬢さんを連れて行く上に、こんな相談を持ちかけて申し訳ないのですが……」

「なに、気にするな、アレック。相談もなしに連れて行かれるよりはずっとマシだからな。しかし、イオーネ、そういう事はお前から話してくれるものだと思っていたが」

「ごめんなさい、今日、塔でマッドオークを倒してから決めた事なの。経験を積みたいと思って」

「ふむ、アレも倒したか。私も昔、仲間と共に戦った事があるが、レベル20台で戦うにはキツい相手だった。お前達も随分と成長したものだ」

「ありがとう、お父さん。それで……」

「分かっている。旅のコツやグランソードについて私が知っている事は全部教えてやろう」

旅で大切なのは、やはり水と食料だった。野外で木の実を集めたり食料系のモンスターを倒したりして手に入れる事もできるが、それが困難な地域では特に気をつける必要がある。

迷わないよう、街道を進んだり、馬車の定期便を使ったりするのもオススメだそうだが、これは場所によっては盗賊に狙われるので、周辺の情報収集が重要だ。

マントは寝袋代わりになるので必須との事。

細かい事もあれこれ伝授してもらい、それだけで日が暮れてしまった。

「先生、今日の稽古、終わりました」

「お前ら、サボりすぎだぞー」

フリッツとビリーがやってきた。

「別にサボっていたわけじゃないわよ、ビリー。午前の鍛錬もちゃんとやったんだし」

イオーネがビリーに言う。

「うむ。フリッツ、アレックのパーティーがグランソードへ近々出立するそうだ」

ウェルバード先生がフリッツ達に予定を話した。

「えーっ！」

「そうですか……まあ、冒険者ですからね。イオーネも？」

ビリーは驚いたが、すでにこうなる予感はしていたのか、フリッツは慌てたりもしなかった。

「ええ。私も行くわ」

「そうか。達者でな」

「ええ」

「お、おいおい、それだけ⁉　もうちょっとなんかねえのかよ、フリッツ」

「そう言われてもな。別に、また戻ってくるだろうし」

「かー、乗り換えがはえーな。イオーネ、こいつ、ビアンカと付き合い始めてるぜ」

ビリーがフリッツを親指で指さして言った。

「えっ、そうなんだ」

「お、おい、ビリー、乗り換えって言うな。ビアンカとは仲良くなったが、それだけだ」

フリッツが少しばつが悪そうに俺から目をそらしたが、報われない恋に生きるより身近な女の方がいいだろう。

「じゃ、フリッツ、お前にも世話になった」

「ああ、こちらこそ」

がっちりと男と男の友情の握手、それでここはお互い格好を付けておく事にする。

「なあ、アレック。オイラも、ちょっとグランソードを見に行きたいんだけど、連れてってくれよ」

ビリーが頼んできたが。

「ダメだ。子供の遊びじゃないんだぞ。それにお前、旅費は出せるのか」

「うぐぐ、そこは出世払いでいいだろー」

微笑ましい奴だ。まあ、ビリーもそれくらいの稼ぎができるくらいにはなるだろうが、両親も期待してここに通わせているはずだから、連れて行くのはまずいだろう。

「ビリー、出世も何も、お前はまず、ここで一人前になってからだぞ」

先生も微笑みながら言う。

「ちぇっ、もう一人前だってての。あっ！　そうだ、アレック、オイラと勝負しろよ！」

「んん？」

「それで、負けたらオイラを連れてけ。いいな！」

ビシッと俺を指さし、ビリーが勝手な事を言い出したが。

「ふむ。先生？」

「いいだろう。実力の差を見せてやってくれ、アレック」

「分かりました。じゃ、ビリー、真剣勝負の一本だけだ。これで負けたら、ここでの修行に精進するんだぞ。男と男の約束だ」

俺は小柄な少年剣士に向かって言う。

「ああ、いいぜ！　へへ、D級の格の違いってヤツを見せてやんよ。E級になったばかりのヤツに負けるわけねーし！　ま、アレック、土下座したら、オイラの弟子にしてやってもいいんだぜ？」

「ごちゃごちゃ言ってないで、さっさと構えろ」

俺は今は鎧を着ていないし、これならビリーも文句は言わないはずだ。道場に置いてある木刀を掴む。

「ケッ、生意気になりやがって。オイラがその根性を叩き直してやる！」

ビリーも木刀を掴んだ。

「ホント、ビリーって口だけは達者ねえ」

「まったくだな」

イオーネとフリッツもあきれ顔だ。

お互いに構え、まずは一礼。間合いを整え、俺はビリーの打ち込みを待つ。

「お？　来ねえのか、アレック。剣術ってのはな、先に動いた方が有利なんだぜ。先手必勝！　覚えとけっ！」

ビリーが大きく振りかぶって型を外し、斜めから攻撃を繰り出してきた。

これを俺は目でしっかり追い、ギリギリで躱す。

型が定石から外れているので、ビリーの体勢が大きく崩れる。

そのがら空きのケツに、ケツバットの要領で木刀を一発くれてやった。

「あれっ⁉」

「いてっ！」

「一本！　それまで！　ビリー、今のは酷いぞ」

「ま、待ってくれ先生、今のは違うんだ。油断したんだよ！　もう一回、もう一回だけ！」

「ビリー、俺は真剣勝負だと言ったぞ。今のが強いモンスターの一撃なら、お前は死んでいる。もう一回は無いんだ」

俺は真顔で言う。

「くっ、畜生！　アレック！　また帰ってこいよ！　そうしたら、今回の決着を付けてやる」

「いいだろう。帰ってきた時に相手をしてやるよ」

「よし！　約束だかんな！」

「分かった分かった」

「ケッ！　今のはたまただ。バーカ、バーカ、お尻ペンペン、あっかんべー！」

「お前な」

「うひゃっ」

柄に手をかけたら、それを見てサッと逃げて行きやがった。

「すまんな、アレック。アレもまだまだ指導が必要だ」

ウェルバード先生が自分の監督不行き届きだと感じたのか、俺に謝った。別に先生の落ち度じゃないだろうが、ビリーはもっと指導してもらわないとな。

「そのようです」

「しかし、驚いたな……前に見た時より断然、動きが良い。先生、アレックはもうランクCでは？」

フリッツが言う。

「うむ、では、フリッツ、お前が相手をしてみなさい。それで判断しよう」

物のついでだ、【剣術　レベル１】をスキルポイント10で【剣術　レベル２】に、さらに20を消費して【剣術　レベル３】に上げておく。

【剣術　レベル３】レベルアップ！

これで残りポイントは51。

まだ上げられるが、俺は剣士を目指してるわけじゃないからな。

木刀を持ち、互いに礼。

ビリーの時とは違って、俺も型どおりの構えを取る。対するフリッツも全く同じ型だ。

お互いが睨み合い、時が止まる。

さあ、どう来る？

だが、フリッツは微塵も動こうとしない。動かないか……。

なら、格下の俺から行くしかないな。

フリッツが呼吸を吐ききる時を見計らう。

今！

上段からの素直な振り下ろし。フリッツは少し移動しかけたが、躱せないと判断を切り替えたようで木刀で受けとめた。

俺はそれを見て、次は受け難いであろう右横からの薙ぎ払いを仕掛ける。もちろん全力だ。しかし上手くヒジを畳んで木刀を下げたフリッツは、体の回転も加えて受けきった。

バシン！　という大きな音と共に、双方の木刀がぶつかり合ったままで軋む。

力比べか、面白え！　ここはリセマラ勇者の筋力の見せ所だぜ。

俺は両手を固く握りしめ、渾身の力で木刀を押しつけていく。

と、フリッツが急に力を抜いた。

「うおっ⁉」

バランスを崩した俺は、そのまま押し込むか、引いて叩くか迷ってしまった。フリッツはその一瞬の隙を見逃さなかった。

一気に踏み込み、俺の喉元へ木刀を突きつけてくる。

ミーナがいつでも飛びかかれるように腰を浮かしたが――ダメだな。

「ううん、降参だ」

「それまで、一本！　アレック、今のはまだ諦めるには早かったぞ」

先生が言う。

「そうですか？」

「ああ、上半身で躱していく手がある」

フリッツが教えてくれた。

「ふむ」

だが、あそこまで決定的な場面を作られたら、とてもじゃないが試す気にはならないな。実戦ならなおさらだ。

「だが、いいだろう。まだ少し早い気がするが、ランクDを飛ばして今日から君はランクC、剣士のC級だ。おめでとうアレック。たったひと月足らずで一人前になれたな」

「ありがとうございます。先生のご指導の賜物と、まあ、スキルを取ったんですがね」

「うむ。だが、そのレベル上げも実力のうちだ。やはり、冒険者は成長が早いな」

だが、ここで学んだ事も非常に役に立った。雑魚モンスターなら難なく一撃だ。綺麗な型なら無駄な動きも無いし、それだけ腕が疲れにくい。

「あとはイオーネ、お前が教えてやりなさい」

「はい、お父さん」

「もちろん、お前も精進するんだぞ」

「もちろん」

イオーネが大きくうなずいた。

「さて、こんなところか」

「そうですね」

先生が一息ついたかのように言い、俺もうなずく。

後の事はイオーネに言付けてもらえば良いだろう。準備もあるから彼女は今日はこっちに泊まるだろうし。

「ああ、そうだ、アレック、娘のお守りを頼むんだ、これも餞別にくれてやろう」

先生が道場部屋の奥の引き戸を開けた。そこは棚になっていたようで、二振りの剣と、もう一つ黒い箱が納められていた。その黒い箱の蓋を開け、中から二枚の紙を俺に手渡してくる。

「ミーナも」

「はい」

「これは？」

「ふふ、虎の巻と言うヤツだ。まあ、使ってみなさい」

「使う？」

「普通に読めば良い」

　フリッツが言うので、口に出して読んでみる。

「『水鳥剣とは、水の上を歩むがごとし、足の運びは水を蹴るがごとし』」

　すると、手に持っていた紙が光って跡形もなく消え失せた。ピロリン♪　と音がして、ウインドウも開く。


『【剣術　レベル3】が【水鳥剣術　レベル3】に進化しました』

『クラス【剣士】が【水鳥剣士】にクラスチェンジ』

『【水鳥剣士】の称号を得た』


「おお」

「これで水鳥剣の動きは掴めたはずだ。ま、いずれ他の剣術を習得するにしても役に立つはずだ」

「『ありがとうございます、先生』」

「うむ。だが、ビリーには内緒だぞ。アイツはこれを知ったら、修行なんてしなくなるだろうしな」

「そうですね」

「剣術の秘伝書は高価なものだ。先生の期待を裏切らないでくれよ、アレック、ミーナ」

　フリッツが温かい眼差しで言う。

「分かった」「はい！」

　次にウェルバード先生から剣を受け取る。

「その剣はこの間、鍛冶屋で打ってもらったばかりの代物だ。君達の出発前に渡せて良かった」

「ひょっとして、僕らのために？」

「そうだ。この道場では一人前になったら剣を渡してやる事にしていてね」

「しかし、それでは採算が……」

「なに、上級者向けにはもっとふんだくるから、心配は要らない。それに、鋼ではあるが、名剣というほどでもないからな。まあ、お前達に合わせてあるから、使いやすいはずだ。要らなくなったら売りなさい」

「はあ」

「剣は取っておくものじゃない。使い潰すものだ」

　フリッツが言うので、そんなものかと受け取り、鞘から抜いてみる。綺麗な刃は業物に見えた。

【鑑定】してみる。

〈名称〉無銘のショートソード＋2
〈種別〉剣　〈材質〉鋼、玉鋼
〈攻撃力〉62　〈命中力〉78　〈重量〉2
【解説】
　名工の手による一品。
　持ち手アレックに合わせてカスタマイズされているため、他の者が扱うと能力が落ちる。

「いや、先生、これは名剣レベルですよ」

「ほう、剣も見る目があるか。知り合いの鍛冶屋に作ってもらったのだが、ちょうど良い材料が手に入って、やる気も出たそうだからな。お前達は運が良い」

　先生がそう言って満足げに目を細めた。

　きっと【レアアイテム確率アップ　レベル4】や【お買い得　レベル1】のスキルと、ミーナの幸運の高さが役に立ったのだろう。

　礼を言って俺とミーナはウェルバード剣術道場を後にする。

　振り返るが、良い道場を選んだものだ。

　またいずれ、先生に教えを乞うとしよう。

第二話　出発前の準備

道具屋で地図を購入したのだが、街と街道の位置が簡単に記されているだけで、見るからに不正確なものだった。

【オートマッピング　レベル１】も必要性を感じたので、はぐれた場合も考慮してパーティー全員に取らせる事にした。

消費は３ポイント。

ついでに恋人も増えてきたので、修羅場になる前にと【ハーレム形成】も取っておく。

消費は20ポイントと、少し重いスキルだ。

これで残りポイントは28ポイントになる。念のため【解説】で効果を見る。

『ハーレム形成』

【解説】

恋人が多くなっても修羅場にならない。

恋人同士の喧嘩が減る。

つまり、このスキルだけでは恋人ができないわけだ。勇んで最初に取っていたら泣きを見たな、これは。

ピロリンと音がしてまたウインドウが開いた。

『クラス【遊び人】のレベルが３になりました』

『【プレイボーイ】の称号を得た』

うーん……。

「あーら、アレックって余裕ねえ。【ハーレム形成】に【遊び人】って。さっすがプレイボーイさん」

星里奈が俺を【鑑定】したようで小馬鹿にしたように言う。

「転ばぬ先の杖だ。誰かさんみたいにパーティー内で喧嘩を始められても困るからな」

「私、他の女の子と喧嘩なんてしてないけど」

「いつも俺に突っかかってるだろ。ミーナが密かにフラストレーションを溜めてるんだぞ」

「え？」

「い、いえ、そんな」

「そ、そう。でも、ハーレムって。そりゃあ、男の夢かもしれないけどさあ」

星里奈がそんな事を言うので、俺は直接聞いてみる事にした。

「ミーナはどう思う？」

「ご主人様ならモテて当然です」

「リリィは？」

「私は気にしなーい」

「イオーネも気にしないだろうから、ハーレム状態で気にするのはお前くらいだぞ、星里奈」

「ええ？　ううん、じゃあ、私のためって事？」

「そうなるな。これから増えるであろう奴隷のためでもあるが」

「ああ……ま、ありがと」

そう言って照れながら体を寄せてくる星里奈は素直すぎて逆に気持ち悪い。

「離れろ」

「あん、酷ぉーい」

「うるさい。明日、出発するつもりだから、今日はしないぞ」

「ああ、うん、分かった。それで、今日は何を？」

「奴隷商人のところに寄る」

「あれ？　オークションの後じゃなかったの」

「ああ、だが、念のためにな。良い奴隷がいたら、予約くらいは入れておくつもりだ」

「ふーん」

「何か文句があるのか？」

「べっつにぃー」

面倒臭い奴だ。放っておこう。

「メメさん、上手くやっているでしょうか……」

ミーナはすでに売り飛ばしたシンの奴隷、ロリっ娘魔法使いの事を気にしていた。アイツと猫耳がどうなったか、それも聞いておくか。


商人ギルドのメルロに紹介してもらった奴隷商人のところへ行く。

いくつか奴隷商人にもランクがあるようだが、俺がメルロに紹介してもらったのは中堅の冒険者向けの店だ。

他は貴族向けや農場向けなどがあるそうだ。ヤバいのは無許可でやっている裏の店で、非合法な手段で手に入れた奴隷や、暗殺などの汚れ仕事を斡旋(あっせん)するための奴隷を売るらしい。とはいえメルロもその方面は詳しくないとの事で、俺も用は無いから知識だけで良い。

「ああ、アレック様、いらっしゃいませ」

まだ幼い感じの猫耳娘が笑顔で出迎えてくれた。なかなか良い感じだが、この店の受付嬢で客寄せだから、非売品との事。実に惜しい。

「在庫を見せてもらいに来た。それと、この間、売った奴隷がどうなったかも聞いておきたい」

用件を告げる。

「はい、では、主人を呼んで参りますので、お待ちを」

「ああ」

上等なソファーに座って待つ。

奴隷商人はすぐに奥から顔を見せた。体格が良く、一癖ある顔の男だ。

「これはこれは、アレック様、どうも」

モミ手で笑顔を見せる奴隷商人。コイツに親しげにされるのはどうも不快だ。

「新しく入った奴を見せてくれ」

「はい、では、新しいのは二人だけになりますが、両方ともご覧になりますか」

「ああ、二人だけなら、両方見せてもらおう」

「かしこまりました。では、こちらへ」

店の奥に向かい、地下室に降りる。そこには部屋を仕切る鉄格子があり、まるで牢屋だ。一応、清潔にはしてあるようだが、奴隷は悲惨だな。

中に入っている奴隷達が数人、興味を抱いたように、こちらを覗き込んでくる。他は寝っ転がったままだ。

「この犬耳と人間の女です」

牢屋の一角で奴隷商人が立ち止まって中を指差す。そこには見るからに痩せこけた犬耳娘と太った女がいた。

「ダメだ」

俺は即座に言う。全く心が引かれないし、両方とも戦闘向きの感じではない。

「ちょっと！　アタシのどこが気に入らないってのよ。胸はそこの女よりデカいわよ！」

性格もダメだな。

「ううん、私もああいう人は苦手だわ」

「私もです」

「私も無理」

星里奈もミーナもリリィも気に入らなかった様子だ。

「ほら、黙らないか。申し訳ございません、ひょっとしたらお気に召すかと思いましたが」

「求めるのは顔と戦闘能力と性格だ。金に糸目は付けないが、要求水準は高いぞ」

「はい、そのようで」

「それで、この間、売った娘はどうなった？」

メメが四万、猫娘が三万ゴールドで売れている。二人とも俺のところは気が進まないと言うので、この奴隷商に売ってやった。まあ、どれだけシンを嫌っていようとも、自分の主が戦って返り討ちになった相手となると、気が進むはずもない。

「はい、まだどちらも買い手は付いておりませんが、評判は上々、予約が一件入っております」

「そうか、あまりまともそうでない客には売るなよ。なんなら俺が買い戻す」

「そこはご心配には及ばないかと。さる名家のご注文ですので」

「ふうん。貴族がここに来るとは意外だな」

「時折、目敏いお客様の執事が調べに参ります。今回も執事が目を付けたものでして」

「そうか。ま、それまでは待遇を良くしてやってくれ」

銀貨を渡しておいてやる。

「これはこれは、承知しました。今日から食事にチーズも一切れ付ける事にします」

チーズなんてこの世界では安いのに、たった一切れとは、がめつい親父だ。

「余計なお世話かもしれないが、しっかり食べさせて健康的に見せておいた方が売れると思うぞ」

「ええ。ですが売れない者に食わせていても、赤字経営になりますので」

やっぱりいけ好かない奴だ。俺は奴隷商人に言う。

「あと一ヶ月、買い手が付かなかったら、俺はグランソードにいるから連絡をくれ。高値で買い戻してやる」

「はい、かしこまりました。グランソードでございますね」

「ああ」

店を出る。

「やっぱり、うちで面倒を見てあげれば良かったんじゃ……」

星里奈が言う。

「そうは言うが、あの二人が俺を警戒してたからな。あと、王城から取り調べも来るかと思った」

奴隷商人のところにいるなら、シンの命令に従っただけとして罪に問われる事は無いだろう――と判断しての事だ。

事実、兵士はここには来ていない。

ま、あいつらも運が良ければそこそこまともなご主人様にありつけるだろう。俺の所に来たらほぼ毎日ハードなセックス三昧なので、セックスが苦手な奴はかえって不幸だろうしな。

俺があの二人の面倒を見なきゃならない義理もない。先に襲ってきたのはシンの野郎だ。

店から出た後その日は特に何もせず、のんびりと一日を過ごした。


翌日。

「親父、果物は頼んでないぞ」

宿屋の朝食で苺(いちご)が出て来たので俺は言う。

「サービスですよ、アレックさん。ひと月足らずでしたが、トラブルも無しで金もきちんと払ってくれた。おまけに王様から褒美をもらうまで出世するなんて、縁起が良いからね」

「そうか、ま、機会があれば良さそうな客にここを紹介しておく」

「どうも」

「んー、苺、冷たくて美味しい!」

「うんうん!」

女性陣も満足のようだ。

食事を終えて部屋に戻り、一息つく。

「馬車を頼んでるのよね?」

星里奈が確認した。

「ああ、そうだ。チャーターしてあるぞ」

「凄いですね、ご主人様。私は定期便しか乗った事はないです」

ミーナが言うが、普通の平民や奴隷はそんなものだろうな。

「アレックさん、馬車が来たよ」

「おお、じゃ、行くぞ」

全員で階下に降りる。

「アレックさんですね。初めまして、御者のニックです。今日からよろしくお願いします」

笑顔で礼儀正しく頭を下げてきたニックはまともで人柄も良さそうだ。まだ若く二十歳くらいだろう。

二頭の馬も【鑑定】してみたが、健康体で問題はない。馬車はやや大きめの幌馬車で、俺達五人と荷物を載せるだけのスペースが充分ありそうだ。

「ああ、こちらこそ、よろしく頼む」

「では、お荷物を運びますので」

「ああ」

ニックも手伝い、俺達は宿に置いていた私物を馬車の中に運び込んだ。と言っても、着替え程度の物で、背負い袋一つに全部入る。

「これで、お荷物は全部ですか？　忘れ物はございませんね？」

荷物を運び込んだ後、ニックがしつこく確認してくる。

「大丈夫だ。あっても、取りに戻る必要はない」

「はい。では、出発いたします」

馬車に乗ったメンバーは俺、ミーナ、星里奈、イオーネ、リリィの五人だ。


定期便だと狭かったり、いびきを掻く奴がいると最悪の旅になったりするという事なので、チャーター便とした。料金は五日で二千五百ゴールド、定期便の十倍の高値だが、いびきを掻く奴がいないのは快適だ。貸し切りってのもいいな。

商人の馬車なら護衛を付けるそうだが、この馬車は俺達自身が護衛となる。

第三話　馬車の旅

バーニア王国の王都エルラントを出発し、隣国グランソードの王都スパーニャに向かう。

予定では五日の旅だが、二日程度は遅れても良いように御者のニックとは話を付けている。俺が信用している商人のメルロに紹介してもらった奴だ、間違いはないだろう。

「では、我々は定期便の後にくっついて参りますので、もうしばらくお待ち下さい」

急ぎのチャーター便は好きな時間に出発するが、時間に余裕がある場合は定期便の後にくっついていく。

こうすれば盗賊やモンスターに襲われたときに定期便の護衛も当てにできる。その上、相手を囮としても使える。定期便から見ても条件は同じなので、こうした馬車の同行は慣行なのだそうだ。

「よう、オレは定期便に雇われてる護衛のバッジだ。あんたらは冒険者か？」

強面（こわもて）の戦士が馬車の後ろに顔を見せた。

「ああ、そうだ」

「へえ。荷物はこれから積むのかい？」

「いいや。俺達が荷物だ」

「んん？」

「バッジさん、この馬車はアレックさんが乗るためだけの馬車なんですよ」

ニックが説明した。

「おお、そうか、金持ちパーティーの馬車だったか。貸し切りたぁ羨ましいもんだぜ」

バッジが目を細めて笑う。

【鑑定】してみたが、バッジのレベルは22だった。俺達よりは弱いが、この辺りのモンスターなら充分な護衛だろう。

彼の装備は、鉄の胸当てにブロードソードだった。胸当てはところどころ赤茶けて錆（さ）び付き、剣も刃こぼれしたままだが、普通の冒険者はこんなものかな。

「じゃ、行き先はスパーニャなんだろ？　期待してるぜ、兄弟」

野郎に用は無いが、無駄にトラブルを起こすつもりもないので、俺も適当に手を上げて挨拶を返しておく。

「お、母ちゃん！　こっちの馬車、席がガラガラだぜ！」

今度はビリーよりもやや年下の男の子が覗き込んできた。

「ダメよ、こっちにいらっしゃい。そっちは違う馬車だから」

「ええ？」

「ちょっと可哀想ね」

星里奈が同情するので俺は言っておく。

「いや、全然」

「ええ？」

「考えてみろ。俺達がいなきゃ、あいつらはあの馬車で何も思わずに出発しただろう。俺達だって横に貴族様の箱馬車が来てたら、可哀想になんて思われてたかもな」

「それは……そうね、別に横に貴族の馬車が来ても、私はこれでいいわ」

将来はもっと優雅な乗り物で旅をするかもしれないが、今はこれで充分だ。

ピーと笛が鳴り、それが合図なのだろう。前の馬車が出発した。

「では、我々も出発します」

「ああ」

馬車が動き出す。

寝転んでいた俺だが、端の長椅子に腰掛け直した。さすがに乗り心地は現代の車とは比べものにならないな。ガラガラ、ガタゴトと車輪の振動が直にケツに来る。

ウェルバード先生のアドバイスで座布団を買っておいて正解だった。

「やっぱり、振動があるわね。サスペンションは発明されてないのかしら」

「そうかもな」

星里奈が言うが、気にしたところで座り心地が今すぐ良くなるわけじゃあないからな。

俺は意識を新しい国グランソードへと向ける事にした。

初代国王が剣士ならば、やはり剣術を重んじるお国柄だろう。たとえそうでなくても、剣士ならば一度は訪れてみたいと思うのではないか。

となれば、武器屋をそこで営めば儲かるかもしれない。まぁ、みんなそう考えて武器屋が乱立してたら逆だけど。

果たしてどんな国なのか。何が俺達を待ち受けているだろうか――そんなとりとめも無い考えが頭に浮かんでは消えていく。しかし、揺れるな、クソッ。


途中、休憩を挟みつつ、馬車の一行は日が暮れる前に小さな村に着いた。その村は宿場町になっているようで、野宿を覚悟していた俺達にとっては意外な朗報だった。

「では、また明日に。お休みなさいませ」

御者のニックの宿代も出してやろうと俺は持ちかけたのだが、彼は断った。馬車の中で寝るつもりらしい。防犯を考えるとその方が安全かもしれないので、そこはプロに任せておく事にする。

「温かいスープと野菜炒めが食べられるなんてラッキーね」

夕食のテーブルで星里奈も上機嫌だ。あと三泊。野宿もすると聞いている。

フィールドにはモンスターもいて俺達が夜中に戦闘する可能性も考え、今夜のセクロスはやめにしておいた。

地球でも昔の旅は命がけだったはずだし、寝不足程度で命の安売りはしたくないからな。

ミーナの柔らかい体を抱き枕に、俺はベッドで夜明けを待つ事にした。


「おはようございます、皆さん」

朝食を終え、馬車に行くとニックが笑顔で出迎えてくれた。彼の食事が気になってしまったが、馬車には彼の背負い袋もあったし、それくらいは用意しているだろう。

定期便に再びくっついて移動し始める。

「モンスターだ！」

　先を行く馬車からそんな叫び声が聞こえたので、俺達はうなずき合い、すぐに馬車を飛び降りた。

「畜生！　アーミーアントだ。どうしてこんな場所に！」

　バッジが驚いたように叫ぶ。

　二メートルはあろうかという巨大な灰色の蟻（アリ）だ。人間より大きなモンスターってのは威圧感があるよな。

　バッジが蟻を剣で数回斬りつけていたが、相手の甲殻に歯が立たず弾（はじ）かれていた。

「腹だ、腹を狙え」

　俺はそれを見て言う。アーミーアントは二匹いて、その片方が定期便の馬車に襲いかかっていたが、御者も剣を振るってなんとか牽制していた。

「せいっ！」

　星里奈が馬車を襲っている蟻に後ろから突きを放つ。

「ＫＹＳＨＩＩＩＩ!!!」

　蟻はその攻撃を受けて滅茶苦茶に暴れ、振った尻が星里奈の体に直撃した。

「きゃっ！」

「星里奈！」

　倒れた星里奈に俺もヒヤリとする。彼女のＨＰはごっそり40も持っていかれたが、星里奈の最大ＨＰは３００ポイントを超えているので大した事はない。

　それでも、今までよりもずっと強いモンスターだ。あのボスのマッドオークは別として。

　ここは【鑑定】だな。

〈名称〉アーミーアントＡ　〈レベル〉32
〈ＨＰ〉１０３／１６３　〈状態〉通常
【解説】
体長二メートルの灰色の蟻。
硬い甲殻に覆われ防御力は高い。

性格は攻撃的で、すべてに対してアクティブ。

別名、『灰色の殺戮者(さつりくしゃ)』。

力強い噛みつきで攻撃してくる。

腹が弱点。

氷と炎の呪文も効果的だが、中途半端な炎は暴れさせるので危険。

仲間を呼ぶので注意。


「噛みつかれないように注意しろ。こいつらが仲間を呼ぶ前にさっさと片付けるぞ」

すでに蟻のＨＰは減っており、倒せない事はないが、仲間を呼ばれるとまずい。

「はい、ご主人様！　えいっ！」

ミーナが横から蟻に斬りかかり、イオーネもさらに追撃して、蟻が灰色の煙と化す。残りの一匹は俺も攻撃して包囲し、すぐに片付けた。

「クリア！」

イオーネが周囲に残っている敵がいない事を宣言した。

「よし、怪我は無いな？」

「うん、大丈夫」

ドロップは魔石の小さなかけらが二つで経験値は35と、思ったよりしょぼい。

ゲームなら延々と仲間を呼ばせて経験値稼ぎをやったりするところだろうが、囲まれそうなフィールドでそんな事はやる気にならない。馬車も連れているし。

「ふう、あんたら強いな！　助かったぜ」

バッジが感心した様子で言うが、コイツだけだと長引いただろうな。

「バッジさん、この先、どうするね？　引き返すなら今のうちだが……」

定期便の御者が険しい顔でそんな話をしてきた。

「なぁに大丈夫だ。アレック、スパーニャまで行くんだろう？　アレックのパーティーがいればどんと来いだ」

コイツが胸を叩いて自慢げにするのはなんか違う気がするが、俺もうなずいてやった。

再び馬車が出発したが、これならチャーター便の単独行動でも別に良かったかもな。まあ、急がないのでこのままでいいけど。

それからは特に強いモンスターも出てこず、順調に旅が進み、野宿となった。

「アレック、見張りはオレに半分、任せてくれ」

バッジが言うが、仲間でもない奴に任せるのは不安がある。

「分かった」

俺は適当にうなずき、彼が向こうに行ってから言う。

「俺、ミーナ、星里奈、イオーネの順で見張りを回すぞ。バッジはノーカウントだ」

「「「了解」」」

バッジとリリィが焚き火の木を集め、夕食は炙（あぶ）ったパンとチーズだけで済ませた。そんなに長い旅ではないので、食事に飽きることもない。

長旅なら鍋くらいは持ち歩いた方が良さそうだ。

「ええ、スパーニャにはもう何度も足を運んでますね」

夕食の後、焚き火を囲んで御者のニックと話をしたが、スパーニャはエルラントよりもずっと大きな城下街らしい。武器屋もたくさんあるそうで、どいつも考える事は一緒という事か。

「オススメのスポットはありますか？」

星里奈が聞いたが、別に俺達は観光に行くわけじゃないんだが。

「そうですねえ、冒険者の方なら、やっぱり『帰らずの迷宮』がオススメでしょうね。この近隣では一番の大迷宮で、お宝を求めて遠い国からも冒険者がやってくるそうですよ。私は入った事は無いんですがね」

「『帰らずの迷宮』ですか……それって、一度入ったら、迷ったり死んだりで戻れなくなるんですか？」

「いえいえ、浅い階層なら駆け出しの冒険者でも余裕と聞いてますよ。ただ、第五層より下は、名うての冒険者でも危険だとか。第九層ともなると、グランソードの初代国王のパーティーしか辿り着けなかったと言われてますね。確かに死人も多いそうですが……そんな事よりも」

そこでニックが神妙な顔で少し黙ると、皆をじろりと見回す。そして、パッと人なつっこい笑顔を見せて話のオチを付け加えた。

「宝も豪華なので、迷宮近くに家を買って一生を終える冒険者もいるとかで」

「ああ、それでそこに住み着いて帰ってこないって事」

「ええ、そうなんですよ」

それ以上の事はニックも知らないようで、これは現地の冒険者から情報収集すべきだろう。

定期便の乗客もニックの話を興味深そうに聞いていた。

別に話の内容は何でも良かったのかもしれない。焚き火をしながら夜空の下で聞く冒険譚というものは、それだけで人の耳を惹き付けるのだ。何気なく頭上を見やると、色鮮やかな星々が静かに輝いていた。きっと星座の物語は、このようにして聞く英雄の話から生まれたのだろう。あるいは、そこに英雄が居合わせていたのを語り手が後に思い出したか——

いずれにせよ、そうして俺達の夜は更けていった。

第四話　グランソードの宿屋

四日目の昼過ぎに馬車は村に到着したが、すでにそこはグランソードの国内だという。

国境での検問を予想していた俺達にはちょっと

驚きだった。

「グランソードは周辺国とは長らく戦もしてませんからね。商人や冒険者の行き来も盛んです。南西のポルティアナという国とは仲が悪かったはずですが、グランソードの方が強いから警戒も要らないのでしょう」

御者のニックがその辺の事情を聞かせてくれた。

「他の勇者達もそこにいるのかしら？」

星里奈が気にしたが、可能性は大いにありそうだ。ケイジやエルヴィンだけではない。別の年に召喚された勇者だっているのだ。

「星里奈、俺達の素性は伏せておけよ」

「ええ？　何もそこまで警戒しなくても良いと思うけど……」

相変わらず甘っちょろい奴だ。シンみたいな野郎がいてもおかしくないってのに。

「リーダー命令だ」

「了解」

「はい、たとえ拷問されても絶対に言いません、ご主人様！」

ミーナがやたら張り切るが、そこまでじゃないから。ニックが自分も口封じされるのかと誤解して緊張しちゃったじゃないか。

「別に必要があれば言っても構わん。ただ、こちらから言いふらして回るなってだけだ」

そう言い聞かせてニックを安心させておく。

「皆さん、見えてきましたよ。あれがグランソードの王都スパーニャです」

ニックが言い、前方を眺めると石造りの建物がいくつも並んでいるのが見えた。

「わあ」

その中央にそびえ立っているのが王城で間違いないだろう。バーニア王国の王城よりずっと大きい。

街道も石畳になっており、俺達の他にも行き交う馬車が何台もあった。俺達と同じ目的なのか、鎧で武装し、剣を持った冒険者が何人もいた。彼らは陽気に笑っている奴もいたが、鋭い目つきで周囲を警戒している者もいる。

何にしても、にぎやかそうな場所だ。

ここが剣の国、か。


「じゃ、これが代金だ。世話になったな、ニック」

王都の馬車の終着点、ロータリーのようになっている広場で俺は約束の金を渡した。

「いえ、こちらこそ護衛を務めて頂きお世話になりました。陰ながら私もアレックさん達のご武運を祈っております。ではまたバーニア王国に用があるときはいつでも呼んで下さい。すぐ馬車で駆けつけますよ」

ニックが人なつっこい笑みを浮かべた。

「ああ、そうさせてもらう」

まともに仕事ができる奴というのはそれだけで貴重だ。この世界では誰が信用できるかなんて分かったもんじゃないからな。

「ヘイ、兄ちゃん、良い宿あるぜ」

「ソイツはやめときな。汚くて高いだけのろくでもねえ宿だ。なんならオレが道案内をたった五十で引き受けてやろう。ここはヤバイところだから、色々気をつけた方が良いぜ？」

「待て待て、オレがまともな宿へ連れてってやろう。金なんて取らないぞ」

「いや、オレに任せときな」

馬車から降りた事で、お上（のぼ）りさんと分かったか、すぐに客引きがあちこちから声を掛けてくる。

やれやれ、ニックに聞いてた通りだな。これじゃどこへ連れられていくか、分かりゃしない。

俺達は完全にそいつらを無視し、ニックが紹介してくれた宿屋へと向かった。


「ここだな」

「ええ、そうみたいね」

『竜の宿り木邸』という少し中二病が入った名前の看板を見つけ、俺達は四階建ての大きな建物に入った。

その建物は石のブロックを白いモルタルか何かで継ぎ合わせて補強しており、見るからに頑丈そうだった。しかし、中は綺麗な板張りになっていて、この世界では上等な部類の宿だろう。

正面にはカウンターがあり、左には二階へと続く階段。右には十人は座れそうな丸テーブルが二つほど置かれ、そこでは武装した二人の男がカードで賭けに興じていた。

店の人間が見当たらなかったので、俺はカウンターのベルを鳴らす。

「あいよ！　おや、アンタ達、宿を探してるのかい？」

恰幅の良い中年女が奥から出てきた。すぐさま俺は【鑑定】を使う。

〈名前〉エイダ　〈年齢〉42　〈レベル〉39
〈クラス〉宿屋の主人　〈種族〉ヒューマン
〈性別〉女
〈ＨＰ〉583／583　〈状態〉健康
【解説】
『竜の宿り木邸』の女主人。
グランソードの国民。
性格は働き者で、ノンアクティブ。
『片目の荒鷲（あらわし）』の元メンバー。
ドラゴンバスター。

強えな。コイツ。

「そうだが、『片目の荒鷲』ってのは何だ？」

それを聞いてエイダの片眉がつり上がったが、彼女はすぐに破顔すると笑い飛ばした。

「あっはっはっ。懐かしい名前を出してくれるじゃないか。なに、こう見えて、アタシも昔は冒険者だったもんでね。そのパーティーの名前だよ。もうとっくの昔に解散しちまったけどね」

「気ぃつけろよ、兄弟。『片目の荒鷲』って言やあ、伝説のAランクパーティーだ。ここで揉め事を起こしたり、宿代を滞納なんてしてみろ、あっという間にドラゴンの餌にされちまうぞ」

カードゲームをやっていた戦士が言う。

「Aランクですか……」

イオーネが少し驚いた様子だが、数自体少ないのかな。後で聞いておくか。

「ちょいと、マーフィー、おかしな事を言うんじゃないよ！　うちはドラゴンなんて飼っちゃいないし、半年までなら滞納も大目に見るからね。安心しておくれ」

「滞納するつもりはないが、五人でいくらだ？後で二人くらい増やす予定だ」

俺はクールに言う。奴隷女を増やす気満々だ。

「大部屋なら朝夕の食事付きで一泊四十ゴールドでいいけど、女の子は個室がいいのかい？」

「いや、俺以外は相部屋でも構わん。ただし、うちのパーティーメンバー以外は絶対に入れない。それでいいな？」

俺はそう言って後ろの連中に確認を取る。

「できれば個室がいいけど、それでもいいわ」

と星里奈。

「私は構いません」

とイオーネ。

「はい、私は納屋でも良いです、ご主人様！」

とミーナ。

「まあいいけど」

とリリィ。

「じゃ、個室一つと、二人部屋三つで、一日五十ゴールドだ。アンタは金払いも良さそうだし少し安くしておくよ」

「ああ。決まりだな」

部屋を見せてもらったが、狭いが綺麗にしてあり、問題無さそうだった。

　その日は旅の疲れと馬車によるケツの痛みを取るため、終日何もせずに過ごした。宿屋の食事はなかなかボリュームがあり、味も良かったのでこれなら外に食いに行く必要も無いか。


「ねえ、アレック、今日はどうするの？」

　朝食のスープを木のスプーンで掬いつつ、笑顔で星里奈が問う。昨日の夜はたっぷりベッドで可愛がってやったからか、彼女も上機嫌だ。

「冒険者ギルドに寄って、それから商人ギルドだ。金が入れば奴隷商人の所に寄る」

「ああ……やっぱり奴隷なんだ」

「当たり前だろ。うちのパーティーには魔法使いがいない。『帰らずの迷宮』に挑むにしても、そいつを仲間にしてからだ。物理攻撃が効かない敵もこの先は出てくると思うからな」

「それはいいけど、何も奴隷でなくても、傭兵や普通のパーティーメンバー募集でいいんじゃないかしら」

「それでいざという時、裏切らない保証があるのか？」

　俺は何もエロ目的で奴隷を買ってるわけじゃあない。この世界の奴隷は奴隷紋という左腕の刻印により、魔法で強制力が働き、主人に逆らうと強烈な痛みが走る。

　命が懸かった戦闘で、いや、命が懸かっているからこそ、裏切ったり逃げたりしない奴が必要なのだ。

「ううん……分かったわ。でも、良さそうな人がいたら、考えておいてね」

「ああ、まともな奴だと信頼が置けたらな」

「申し訳ありません、星里奈さん、私が至らないばかりに……」

　ミーナが悲しそうに謝るがオマエ、俺がセックス目的で奴隷を買うと決めつけてるだろ。まあ半分はそれ目的だけどな。

「ホント、男って最低ね。ミーナで何の不満があるのかしら」

「別に無いぞ。さっきから魔法が理由だと言ってるだろが、アホ共」

「じゃあ、スキルで取ろうか？」

星里奈が言う。

「あっ、私も取ります、ご主人様！」

「待て。お前達はもう前衛向きのスキルでレベルを上げてるだろう。スキルランプはそう簡単には出てこないし、スキルポイントを稼ぐのも簡単じゃないんだ。それなら下手に低いレベルのスキルをあれこれ取るより、役割を決めてそれに特化していった方がいい」

「一理あるわね……」

「じゃ、まずは冒険者ギルドに行くぞ。ここでの登録は不要だとは聞いてるが、念のため全員でな」

「うん、分かった」

冒険者ギルドは横のつながりがあり、他国の冒険者カードでも共通で使えるらしいのだが、確認しておいた方がいいだろう。

俺達は支度を済ませ、スパーニャの冒険者ギルドへと向かった。

第五話　冒険者ギルド、スパーニャ支部の洗礼

場所は宿の女将(おかみ)に確認したが、大通りの中央に冒険者ギルドがあるという。

靴と翼の看板を見つけた俺達はその大きな建物に足を向けた。

「うわー、多いねー、冒険者」

中に入るなりリリィが言ったが、剣や鎧で武装した者でごった返しており、軽く百人は超えているだろう。

エルラントのギルドよりずっと広く、受付カウ

ンターも職員が十人ほど横に並んでいるが、それでも順番待ちで行列までできていた。

「チッ、朝に来るんじゃなかったな。どいつもこいつも、暇そうにしやがって」

俺はこういう場所で待たされるのは嫌なので悪態をつく。

「ちょっと、みんな依頼を受けたり、忙しいと思うんだけど」

「ふん、だいたい、あいつらは――」

俺が星里奈に反論しようとしたとき、後ろがざわついた。

何だ？

「見ろ、ヤナータの野郎だ」

「チッ、朝っぱらからあんな奴に出くわすとは縁起が悪いぜ」

「行こうぜ、ちょっかいかけられても面白くねえ」

冒険者が道を空けたが、その後ろから刈り上げ頭の痩せた男が姿を現した。鎧は黒色の上等な装備で、奴隷らしき大男を二人従えている。

ここは当然、【鑑定】だな。

〈名前〉リック〈年齢〉25〈レベル〉27
〈クラス〉奴隷商人〈種族〉ヒューマン
〈性別〉男〈HP〉152／152
〈状態〉ハッピー
【解説】
流れ者。
性格は働き者で、超アクティブ。
クラン『ホワイトドッグ』の幹部。

Caution!

スキルにより閲覧が一部妨害されました。


奴隷商人か。こっちから出向こうと思っていたのに、手間が省けたな。まあ、先に宝玉を換金しないと相手にしてもらえないかもしれないが。

　とにかく、俺は声を掛けてみる事にした。

「リック、話があるんだが」

「！」

　リックは眉をひそめ、やや驚いた表情で立ち止まった。

「おうおうおう！　ヤナータ様に三下が気安く話しかけてんじゃねーぞ」

「そうだそうだ。名前まで間違えやがって、さてはてめえ、よそモンだな？」

　二人の奴隷が肩を怒らせて俺に詰め寄ってきてしまった。

「ああ、ヤナータ様か。そりゃ悪かった」

　偽名を使っていたようだが、悪気があってそう言ったわけではない。俺はヤナータの過去なんてどうだっていいのだ。

「それで、私に何の用ですか」

「いや、奴隷を売ってもらいたいだけだ」

「なら、店に顔を出せやボケェ！　上客でもねえくせに、舐めてんのか！」

「黙りなさい、お客様に失礼ですよ」

「いてててて！　も、申し訳ありやせん、ボス」

　奴隷紋を発動させられたようで突っかかった男が涙目になった。

「店の場所を教えてくれれば、後でそちらに行くが」

　俺は言う。

「ええ、教えてさしあげますが、その前に、うちは安物の戦闘奴隷しか扱っていないんですよ。それでもいいですか？」

「ふむ。女はいるのか？」

「まあ、いる事はいますがね、あなたが連れているような綺麗どころはあまりうちにはいません」

　じゃあ、ダメだな。

「そうか、邪魔したな」

「いえ」

「ケッ、助平野郎が」「二度とその面、見せんな。いたたたた！　すいやせん、ボス！」

　連れている奴隷達の柄が悪いが、それなりに話は通じる奴だった。ま、綺麗どころがいないなら、奴に用は無い。

「もう。結局、ソレ目的じゃない」

　星里奈が腕組みして頬を膨らませるが。

「お前はあんな柄の悪い奴隷がパーティーに入ってきてもいいのか？」

「ううん、それはちょっと。やっぱり、女の子がいいかも」

「だろう？」

　気を取り直してカウンターに並ぼうとしたが、俺の前に数人の男が立ちふさがった。

「へっへっへっ」

　なんだ、こいつら？

「おめー、よそモンのくせしてデカい面しやがって、ここの流儀ってもんをわきまえろや、なあ？」

「おーよ」

　装備は一人が鉄の胸当てで、他は革鎧。見るからにボロいな。

　レベルは【鑑定】するまでもない、か。

「邪魔だ、どけ」

「お？　なんか言ったか？」

「聞こえねえなぁ」

　頭の悪そうな奴らだ。とはいえ、俺もここで目立ちたくはない。

　ここは【脅し　レベル1】かな。

「死にたくなければ、失せろ」

「ああ？　おめー、オレらがホワイトドッ――ぐばぁっ⁉」

　臭そうな顔を近づけて来たので、普通に殴る。

　地球での俺ならこうは行かなかっただろうが、リセマラで基本能力値も上がっているし、レベルも上げたからな。

「や、野郎、やりやがった」

「おい、アイツ、大丈夫か？」

「どうやら、よそ者みたいだからなぁ……可哀想に」

周りの冒険者の反応が少し気になるが、こういう奴らに遠慮してもキリがない。

「お、お前、こんな事してタダで済むと、ぎゃっ！」

「それはこちらの台詞ですよ！　ご主人様には指一本、触れさせません！」

ミーナがもう一人をパンチ。男が派手に吹っ飛んだ。まあいい、やっちまったものは最後まで片付けよう。

「そうね、悪いのはどう見てもこいつらだし、成敗！」

星里奈もチョップ。

「ぐわっ！」

「おイタはいけませんね」

イオーネも裏拳をかまして、これで全員片付いたか。

「く、くそ、覚えてろよ！」

絡んできた男達が芸もなく悲鳴めいた憎まれ口を叩くと、一斉に逃げていく。

「弱っ！　なんであいつら、私達に喧嘩売ってきたんだろう？」

リリィが首を傾げたが、数に頼んでという事だろう。一応、『ホワイトドッグ』については後で調べておくかな。

カウンターにお行儀良く並んでようやく俺達の番になった。

「アンタ達か……」

苦々しい顔をした職員の男は先ほどの揉め事で俺の事を厄介者だと思ったのだろう。

だが、ギルドから給料をもらってるんだろうし、給料分の仕事はしてもらうぜ。

「この冒険者カードはここでも使えるのか？」

俺は自分の冒険者カードをカウンターに差し出す。

「ええ、アレックさんですね。ランクDねえ？」

しげしげとカードと俺を見比べる職員。

「どうなんだ？」

「ええ、使えますよ。ただし、あなたは『帰らずの迷宮』には独りで入れません」

「なんだと？」

「おっと、暴力はよして下さいよ？　これも冒険者のためのルールなんですからね。あそこは宝の質もいいですが、難易度だって高いんです。あなた方のようなDランクの素人が潜っても、死にに行くようなもんですよ。他のダンジョンからどうぞ」

「じゃあ、C級試験を受けさせろ」

バーニア王国でそれなりにレベルは上げたし、自信はあった。Bランクの星里奈がいるから、それを話せば迷宮には入れそうだが……素人呼ばわりされるのが気にくわない。

「ふう、受験料として三百ゴールド頂きますが。落第しても返金しませんから、あしからず」

職員の方は素っ気ない態度で説明した。

「これでいいな。三人分だ」

銀貨一枚を出す。すでに星里奈はランクB、イオーネはランクCなので、俺とミーナとリリィが受ければ良い。

「いいでしょう。ではおつりです。後で呼びますので、待っていて下さい」

「それと、これはいくらで売れる？」

宝玉をカウンターに出すと、職員の目の色が変わった。

「おお。ちょっと待って下さい。ええと、クエストが……あった、これだ。宝玉（小）、一万五千ですね」

多少は値が良いが、やはりオークションの方がいいな。ここの商人ギルドにも寄ってみるか。

「じゃあ、やめだ。試験だけでいい」

「そうですか。じゃ、向こうで待ってて下さい。呼びますから」

少し待たされ、中庭で試験官と剣の打ち合いをさせられた。

「ほう、筋が良いな。いいだろう、君は今日からCランクだ」

余裕だな。

ピロリン♪　と音がして、ウインドウが開いた。

『クラス【冒険者】がレベル2になった』

『【駆け出し冒険者】の称号を得た』

このクラスや称号って上げて何か良い事があるのかね？　まあ、勝手に上がってるので、今はほっとこう。ミーナとリリィも合格した。

「Bランクに上げるにはダンジョンの突破が条件になる。『帰らずの迷宮』だと第四層をクリアすればオーケーだ。ただし、格上のパーティーに参加するようなズルは認められないぞ」

試験官が言ったが、ひとまず『帰らずの迷宮』に入れればそれでいい。

俺達は次に商人ギルドへと足を運んだ。

✧第六話　奴隷商人の店

大通りの反対側、すぐ近くに商人ギルドはあった。

奴隷を買うから、まずは資金を調達しないとな。

門番に冒険者カードを見せて中に入ると、ターバンの商人が揉み手でやってきた。

「これはこれはお客様、何かご用でしょうか」

俺が鋼製の良い装備だからか、初めから待遇が良さそうだ。

「これはいくらで売れる？」

俺は赤い玉を小袋から取り出した。

「おお、宝玉でございますね。二万五千、いえ、二万七千でいかがでしょうか」

その辺が相場だろうな。だが、やはりここは高く売りたい。

「次のオークションはいつだ？」

「二日後でございます」

なかなか良いタイミングだ。

「じゃあ、これを八つ、一括でもバラでも良いから競りに掛けてくれ」

「かしこまりました。手数料を一割ほど頂きますが、よろしいですね？」

「ああ、それでいい」

「では、私、ペロスが預かり証を持って参りますので、そちらのソファーに掛けてお待ち下さい」

預かり証を受け取り、俺は奴隷商人について聞いた。

「それでしたら、『マリアルージュ』がよろしいかもしれません。数は多くありませんが、質の良い奴隷を売っていますよ」

「そうか。それとちょっと聞きたいのだが『ホワイトドッグ』について何か知っているか」

ピクッと頬を引きつらせたペロスは大きくうなずいた。

「ええ、存じておりますとも。当ギルドの正規メンバーが幹部を務めるクランで、多額の寄付を頂いております」

「ふーん」

ま、今は『マリアルージュ』が先だ。

さすがに奴隷の店はこの世界でも表通りには店舗を構えにくいのか、裏通りにその店はあった。白いおしゃれな洋館で、見た目は喫茶店か何かのようだが。

星里奈達も連れて、中に入ってみる。

「いらっしゃいませ」

白い猫耳娘の奴隷が丁寧にお辞儀をしてやってくる。メイド服ではなく、バーテンダーの格好というのが今ひとつだが、顔は合格だ。

「お前はいくらだ？」

「はい、申し訳ございませんがお客様、私は受付でして、非売品でございませんので」

やはり、受付嬢は売らないようだ。

「じゃあ、白い猫耳を――」

「魔法使いでしょ」

星里奈が横から口を挟んだ。

「ああ、そうだったな。だが、猫耳の魔法使いもいるよな？」

「ええと、はい、お待ち頂ければ入荷もあるかと思いますが、現在、当店に猫耳の魔法使いはおりません」

残念だ。

「入荷がいつになるか、分かるか？」

「店長に聞いて参りますので、少々お待ち下さい。お茶もお持ちします。そちらにどうぞ掛けてお待ち下さいませ」

「うむ」

白い猫耳娘が奥に引っ込み、代わりに黒い犬耳娘のメイドがお茶を持って来た。

「黒い犬耳の魔法使いでも良いぞー」

奥に向かって言っておく。

「もう、恥ずかしいからやめて」

星里奈が言う。

「だが、好みはきちんと伝えておかないと。お前達も要望があれば先に言っておけよ」

「要望と言われても……みんなと上手くやっていける子かしらね？」

星里奈がそう言って三人を見回し、皆もうなずく。

「お待たせしてごめんなさいね」

黒いドレスを着た金髪女性が出て来たが、またなんとも色香のある大人の雰囲気だ。

胸の谷間とブラが少し見えている。

「いいや」

「私が店長のマリアです。あなたは猫耳の魔法使いが欲しいのね？」

「ああ。ちなみに、アンタは買えるのか？」

「ふふ、一晩だけのレンタルでしたら、百万ゴールドでいかがかしら」

高っ。

それだけ金を積めばヤらせてくれそうだが、基本的に自分の体を売るつもりはないんだろうな。

「アレック、本題」

星里奈が急かす。

「ああ。猫耳――いや、猫耳でなくても良いが、魔法使いの戦闘奴隷を買いに来た」

「ご予算はいかほどかしら？」

「そうだな、魔法使い以外にももう一人欲しいから……二十万くらいか」

「可愛い女の子達を連れているけど、顔も大事なのよね？」

「もちろん」

「もう……」

星里奈が不満そうだが、そこは譲らんぞ。

「そうなると、高レベルの子は難しいわね。スタイルは？」

「そこそこでいい。ただし、デブはダメだぞ」

「ええ、分かったわ。性格はどうかしら？」

「パーティーとして連れ歩ける程度なら良いと思うが、まずは現物を見せてくれないか」

「ええ、それもそうね。では、条件に合いそうな子を何人か連れて来ますから、ちょっと待っててね」

店長が奥へ引っ込む。

「やたら綺麗な人だったわね。奴隷商人ってアレックみたいなのばっかりだと思ったけど」

「うんうん！　私も思った！」

「やかましい」

店長が三人連れてきた。二人は猫耳で、もう一人は犬耳だ。

「へへ、体力なら自信があるぜ！」

シャドーボクシングと軽いフットワークでアピールしてくる元気猫耳娘だが、どう見てもコイツ、前衛だろう。

前衛はもう揃ってるんだよなあ。

「コイツはいらない」

「じゃ、なっちゃん、あなたはもういいわ」

「ちくしょー、何が気にいらねえんだ、バカヤロー！」

「ほら、言葉遣い。ごめんなさいね、まだ礼儀のしつけがなってなくて」

「いいや」

二人目の少女。ロッドも持っていて魔法使いっぽい服装をしている。ふむ、ロリか。

コイツは大人しそうだが。

「ん、【ファイア】」

「うおっ！　あちちち！」

「ああっ、アレック！　頭が」

「ご、ご主人様！」

「アレックさん！」

おのれ！　俺の大事な髪の毛になんて事を！

「ごめんなさいね、ちょっとみっちゃんも機嫌が悪かったみたいで」

「ちょっとって、この店のしつけはどうなってるんだ！」

さすがに俺も怒るわ。

「本当にごめんなさい。このフサフサポーションをお詫びにあげるわ」

「ん？　フサフサになるのか？」

「ええ、劇的に、ではないけれど……」

「……まあ、そういう事なら受け取っておこう」

さっそく、ピッピッと自分の頭に掛けてみる。

「何にも変わらないね」

「やっぱり気にしてたんだ……」

「ご主人様……」

「私は全然気にしませんけど」

「そこ、うるさいぞ」

気を取り直して最後の三人目だ。栗色のショートヘアの犬耳娘。やや垂れ目のぽわわんとした顔だ。

先ほどのやりとりで怯えてしまったのか、こいつは涙目で、身を縮めて小さな体をさらに小さくしている。

ま、こちらを攻撃してこないなら使えるだろうけど。

【鑑定】してみる。

〈名前〉ネネ　〈年齢〉＊＊　〈レベル〉3
〈クラス〉村人　〈種族〉犬耳族
〈性別〉女　〈HP〉15／15
〈状態〉恐怖
【解説】

ポルティアナ出身の奴隷。

性格は真面目で、ノンアクティブ。

やっぱりレベルが低いな。HPも低い。

まあ、レベルはすぐ上がるし、後衛に育てるならHPも低めでいいんだが。

怯えているのも可哀想だと思って、【奴隷使いレベル5】【ナンパ　レベル2】【カウンセリングレベル1】を使っておく。

「何もしないから、大丈夫だぞ」

「あ……」

「あら、扱いが上手いわね。その子なら十七万でいいわ。顔は良いけど、あんまり戦闘向きでもないし」

「別のを取り寄せるとしたら、いつくらいになるんだ？」

「そうね……魔法使いは数が少なめだから、見つけるのにひと月、しつけるのに三ヶ月は欲しいわ

ね」

「ああ、そこまでは待てないな。じゃあ、マリア、二日後に金を用意するから、予約という事でいいか？」

「ええ、あなたは信用できそうだから、今日、お持ち帰りでもいいわよ」

「そうか。じゃ、ネネ、左腕を出せ」

「あ……はい」

奴隷紋切り替えの儀式と手続きを済ませ、宿に連れ帰る。

マリアの店は体もちゃんと洗って服もまともなのを着せていたので、新しく買うのは装備だけで良さそうだ。

◇◆◇◆◇

ネネのスキル
【優しさ　レベル3】
【恐がり　レベル2】
【マイナス思考　レベル1】
【運動音痴　レベル2】
【共感力☆　レベル4】

第七話　魔術士ギルド

奴隷を買ったが、まだ昼飯には早い時間帯だ。

もう一人奴隷をそろえる予定だが、それはもう少し後だ。ネネと『帰らずの迷宮』にチャレンジしてみて、その上でパーティー全体のバランスを考えてからの方がいいだろう。

一度に初心者を二人増やしてこちらが両方とも護衛しなきゃいけないのは効率が悪いし、ラストキルはどのみち一人しか取れない。

「じゃ、次は武器屋に行くぞ」

ネネの初期スキル、【恐がり　レベル2】【マイ

ナス思考　レベル1】【運動音痴　レベル2】の三つは俺の【パーティーのスキルリセット　レベル2】ですでに消してある。

彼女も自分を変えたいと思っていたようで同意は簡単に取れた。

【共感力】というのがなぜレアスキルなのかよく分からないが、地雷スキルではなさそうだし俺のスキルリセットではどのみち消せないから放置でいい。

「ねえ見てアレック、向こうにも武器屋があるわよ」

星里奈が指差したが、武器屋が近くにいくつもあるのは驚きだ。競合してやっていけるのか？

「どれがいいかな……」

いちいち最安値を探して歩くのは面倒だ。たかが杖だし、値段もそう変わらないだろう。

「あっちが良いんじゃないかしら。綺麗に並べてあるし、店員も笑顔だし、客も多いわ」

星里奈が言うが、妥当な根拠だな。

「それにしよう」

店の主人に言って初心者向けの魔法使いの装備を持ってこさせ、その中からネネに自分で選ばせる。

「え、ええと……」

「迷うようなら一番軽いのにしておけ。必要ならまた買い換えてやる」

「は、はい」

樫（かし）の杖、十ゴールド。安い。

次は防具。

宝石付きのやたら高いローブもあったが、こちらも安いのでいいだろう。

三色ほどあったが、ネネは自分では選べないようだったので、星里奈に選ばせた。

明るい草色のローブに同じ色のとんがり帽子だ。

【鑑定】してみたが材質はタダの布で、防御力は皆無に近い。軽さと魔法の阻害が無い事がメリットらしい。これも八十ゴールドで安かった。

「うん、魔法使いっぽくなったわね！」

「タダのコスプレみたいなもんだけどな」

「もう、アレックって、どうしてそういう事を言うかなあ」

「そりゃスキルも使えないからだ。次は魔術士ギルドに行くぞ」

「ええ」

「ネネ、宿屋でも言ったが、お前の役割は後衛の魔法使いだ。前に出て戦う必要はないし、俺達が守ってやるから、その辺は心配するな」

「は、はい。でもあの、私、魔法なんて一つも……」

「それはこれからレベルを上げてスキルを取れば問題ないはずだ」

魔術士にクラスチェンジさせて、それでレベルを上げてダメなら、マリアに引き取ってもらうとしよう。

魔法使いを要求したのだから、マリアも文句は言わないはずだ。

「魔術士ギルドは通りの向こうにあるそうよ」

星里奈が店の主人に場所を聞いてきたのでそちらに向かう。

「あれね」

魔術士ギルドは教会のような趣で、尖った屋根の建物だった。

古めかしい扉を開けて、中に入る。

「あら、いらっしゃーい」

陽気な感じの女性が笑顔で出迎えてくれた。カウンターに座っているし、彼女がここのギルドの受付なのだろう。

俺はさっそく用件を告げる。

「魔術士にクラスチェンジしたい。できるか？」

「ええ、誰でもって訳にはいかないけど、適性があれば大丈夫よ。適性検査も含めて料金はタダで

「あら可愛い。じゃ、魔力値を見てあげるわね。

ネネを前に出す。

「じゃ、コイツだ」

良いわ」

んー、基本能力値が7でMPが6ね。転職できない事はないけれど、魔術士に向いてるって感じでもないなあ。なんならうちの受付のバイト、やってみる？」

「いや、受付にするくらいならコイツは魔術士として育てる。手続きをしてくれ」

「はいはい。じゃ、冒険者カードを出してね」

「あ、はい」

ネネは自分の冒険者カードを持っていたようで、そこはマリアがきちんとしていたようだ。やたら色っぽい奴隷商人だったが、仕事はできそうな感じだったな。

「じゃ、ネネちゃん、奥の部屋へどうぞー」

「見学はできるか？」

「ええ、大丈夫ですよ」

俺達も興味本位でぞろぞろと付いて行く。

奥の部屋は石造りの祭壇になっており、そこには紫紺のローブを着た厳めしいジジイがいた。

「む、ほほう、久しぶりに素質のある若者が来たか」

「あ、先生、そこのちっちゃい犬耳の子だけ、転職希望だそうです」

「なに？　そこのお前と、赤毛の娘、お前達ではないのか」

俺と星里奈の能力値を見抜いたようだが、今のところ、転職予定はない。

「いいや、この犬耳だけだ」

「もったいないのう。まあ、気が変わったらまた訪ねてくるが良かろう。では娘、この祭壇で魔術の神に祈りを捧げるが良い」

「え、ええと……」

「いいから魔術士にしてくれと祈ってみろ」

俺が言う。

「は、はい」

ネネが跪いて手を組んで目を閉じ、必死な感じで祈り始める。

「あれ？」

目を開けて左右を見回したネネは神の声が聞こえたようだ。

「うむ、成功したようじゃ。では、探求の道を歩むが良いぞ」

「あ……。あ、ありがとうございますっ！」

ぶんっと勢いを付けてお辞儀をしたネネは一度魔法使いになってみたかったのかもしれない。

それを見た受付のお姉さんがニッコリ笑った。

「良かったわね。じゃ次の手続きだけど、魔術のお師匠様の紹介や、魔術学校なんてものもあるんだけど、どうしましょうか」

「詳しく聞かせてくれ」

「ええ。じゃあ、こちらにどうぞ」

別室で腰を据えて聞く事にする。

「じゃ、説明していくわね。まず、一般的なのは魔導師の先生に教わる方法。これは魔術学校コースを選ぶ場合でも推薦が必要になるから、やっぱり決めておいた方がいいでしょうね。どうしてもタダで済ませたいって人は魔術士ギルドが推薦人になるわ。ただし、うちも忙しいから、手取り足取りの指導とは行かないけど。あと、その場合は一流どころの魔術学校に入学するもやっぱり難しいわね。どうする？」

魔術士の先生か。

「いや、金は払う。いくらくらいだ？」

「結構幅があるわよー？　こっちが魔導師のリストね。魔導師だと高いから、魔術士を兄弟子としてその子に面倒を見てもらうって手もあるから。Dランク以上の魔術士ね」

リストを見せてもらったが、上は三百万ゴールドとべらぼうな料金でちょっとビビった。Aクラスの魔導師は軒並み高額だ。

「なんでこんなに高いんだ？」

「んー、Aクラスの先生が少ないってのもあるけど、みんな教えるより自分の研究で忙しくて、それで料金が高めなの。もっと指導者を増やした方が良いと私も思うんだけどねー」

「ふむ。普通の奴はどのレベルの魔導師を付けるんだ？」

「そうね、駆け出しのパーティーなら兄弟子の魔術士で済ませる事も多いわよ？　でもあなたたちは装備もしっかりしてるし、Bランクパーティーかしら？」

「いや、Bは星里奈だけだ。Cランクパーティーになるのか？」

「んー、パーティーの認定を受けてないのかしら？　パーティーランクは冒険者ランクとはまた別なのよ」

「なんだ、そうなのか、面倒臭いな」

「ふふ、でも、冒険者ランクとだいたい同じになるから、あなたたちもすぐCランクのパーティーになれると思うわ」

「そうか、まあ、それは別にどうでもいい。何かメリットがあるのか？」

「そりゃ、あるわよー。依頼(クエスト)でもBランクパーティー以上限定ってのがよくあるじゃない」

「そうなのか？　俺はあまりクエストは受けていないからよく分からんな」

「ええ？　そう。貴族か大商人の息子さん？」

「いいや。俺の詮索はするな」

「ああ、はい、ごめんなさい。ええっと……あ、そうそう魔導師だったわね。予算はおいくらくらいかしら」

「必要なら十万くらいまで出してもいい。評判の良い先生を紹介してもらおう」

ウェルバード剣術道場に通ってみて思うが、やはり師匠は良い人を付けるべきだ。

「へーえ、奴隷の子でもそこまで出すんだ。感心ね。じゃあ、予算の上限でB級かC級の魔導師を付ける事にして、魔術学校も通わせてみる？」

「それは、どういう感じになるんだ？」

「魔術学校は、魔術士の卵や上を目指したいって子が集まって、毎日魔術の勉強をしているわ。基礎からしっかり学べるし、オースティン王立魔法学院なんかは優秀な魔術士が集まってて切磋琢磨できるから、オススメね。私もそこの卒業生なの。先生方も教え方が上手いから、覚えも早いわよ。いろんな魔法が使えるようになるし」

「それは近くにあるのか？」

「ああ、いいえ、オースティン魔法王国だから、ここからだとちょっと遠いわね」

「じゃあ、ダメだ。別に、スキルを覚えるだけでも魔法使いにはなれるよな？」

「ええ、もちろん。ただ、魔術知識を体系的に覚えておいた方が、より上手く魔術がこなせるし、対応力の高い魔法使いになれるわね。肩書きで依頼やお仕事なんかの待遇も良くなるわよ」

　まだ俺達は駆け出しなので、そこまでの魔術士は必要ないだろう。

「この近くに魔法学校はあるんですか？」

　星里奈が聞いた。

「ええ、あるわよ。どこの国も王都なら一つくらいは魔術学校があるわ。グランソード魔法学院は王立ではないし、小規模だけど、すぐ近くね」

「じゃあ、そこに通わせてみる？」

「いや、あまり必要性は感じないが……ネネ、お前はどうしたい？」

　行きたくもないのに無理矢理通わせてもやる気が出ないだろうし、本人の意思も確認してみる。

「え、ええと、ううん……」

　ま、どうしていいか分からないか。急に魔術士をやれと言われても、そんなもんだろう。

「ふふっ、良い魔法使いになるなら、通う事をオススメするけど、今すぐ決めなくても大丈夫よ。中途入学もできるから。まずはお師匠を決めて、お師匠様と相談しながら決めてみたらどうかしら？」

「それがいいな」

「じゃ、ええと、評判の良い先生がご要望だったわね」

「ああ。初心者でも懇切丁寧に教えてくれる奴を頼む」

「はいはい。あ、そうだ、懇切丁寧ではないのだけれど、一人、私のオススメの先生がいるわ。私の同期でオースティン王立魔法学院を第七位で卒業した天才よ。ランクBの魔法使いだけど、実力的にはAでしょうね」

「ほう？　なぜ昇級試験を受けていないんだ？」

「んー、三回ほど受けてはいるんだけど、全部落ちちゃって。叱られたときの態度が素直じゃなくて先生の受けが悪いのよ。論文も独創的で、ちょっと不器用なのよねー、あの子」

「それで師匠が務まるのか？」

「うん、親しい後輩の子にはきちんと手取り足取り教えてたし、割と向いてるんじゃないかしら。本人は弟子を取りたがらないんだけどね。でも今、あの子は金欠だからオススメよ。ふふっ」

「うーん」

どうしたものか。お得感はありそうだが、ネネも大人しい性格だし、丁寧で愛想の良い先生の方がいいかもしれない。

「いいじゃない。せっかくAレベルの先生が付いてくれるって言うんだし。その先生はおいくらですか？」

星里奈が聞く。

「そうねー、前金で一万も出せば釣れるんじゃないかしら」

「いや、ダメだ。一度紹介してもらって、合うか合わないか、そこを見極めてからじゃないとな」

「残念。じゃ、ヨーゼフさんがいいかしらね。ランクCで料金は安めだし、たくさんお弟子さんも取ってるから。評判も良いわよ？」

「じゃ、そいつだな」

「はーい、じゃ、決まり！　住所はこのメモに書いてあるから訪ねてみて下さい」

「分かった」

魔導師ヨーゼフの家に行く事にする。

第八話　帰らずの迷宮

魔術士にクラスチェンジさせたネネだが、これだけでは魔法が使えない。

呪文を教えてくれる師匠を付けてやるべく、俺達は魔術士ギルドで紹介してもらった師匠の家に向かった。

「あっちね」

星里奈が住所のメモを見て言う。

向かうと庭付きの立派な家があり、庭では中学生くらいの少年少女四人が杖を振って魔術を唱えていた。

「四大精霊がサラマンダーの御名の下に、我がマナの供物をもってその爪を借りん！　【ファイアボール！】」

拳大の炎の玉が的の石に向かって飛んでいくが、外れた。

「ああ、くそー」

「あっ、何かご用ですか」

弟子の一人が俺達に気づいてやってくる。

「魔術士ギルドから紹介を受けた者だ。ヨーゼフ先生はいるか」

「ああ、お師匠様は今、年長組を連れてダンジョンに入っておられます」

あいにく留守のようだ。

「いつ頃戻るか、分かるか？」

「はい、予定では十日後です。傭兵も雇って第四層まで行くとおっしゃってました」

「十日後か……」

待つには長いし、かといってギルドで他の先生を紹介し直してもらうほどでもないように思えた。

「どうする？」

星里奈が俺を見るが。

「また出直そう。邪魔したな」

「いえ」

俺は念のため、スキルを確認する。


【ファイアボール】Ｎｅｗ！


楽勝だな。スキルコピーはやたら役に立つ。

「じゃ、ダンジョンでレベル上げをやるぞ」

「「了解！」」

『帰らずの迷宮』に向かう。


ダンジョンは街の中心部にあり、城のすぐ近くに、地下への入り口である門が俺達を待ち構えていた。

高さ四メートルはあろうかという大きな円柱。その間に挟まれた通路の先に、降りる階段が見えている。

門の前には四人の兵士がおり、時折、冒険者を呼び止めては冒険者カードのチェックを行っているようだ。

周りは広場になっており、シートを広げた冒険者が武具の手入れをやったり、装備の点検をしたりしていた。

なにやら市場のような雰囲気だ。

「第三層のマップはいらんかねー。安くしとくよ！」

「第五層まで行くパーティーはいるか。同行希望だ」

数多くの冒険者が行き交っており、活況と言っていいだろう。

俺達が入り口近くまで来たところで突然、階段から一人の騎士が凄い勢いで走って飛び出してきた。

「怪我人だ！　道を空けろッ！」

「よし、地上だッ！　ドースン！　あとちょっとだから頑張れ！」

「しっかりしろ、ドースン！」

続いて仲間に担架で運ばれてくる戦士。呻(うめ)いていて一目で重傷だと分かる。

俺も脇に寄って道を空けてやった。

「今のは『赤トカゲ』のドースンだったな。次は第七層に挑戦すると酒場で息巻いてたが、オレは早すぎると思ってたんだ」

「ああ、この間Bランクになったばかりだろ、あいつら。無茶しやがって」

そんな声が聞こえてくる。冒険者達が神妙な顔で担架を見送った。


「行くぞ」

眺めていても仕方ないので、俺はそう言って入り口へ歩き出す。

「待て、見ない顔だな。パーティー名は？」

門の兵士が俺を見るなり呼び止めた。

「いや、そんなものは決めていない」

「なに？　ソロなのか？」

「いいや、こいつらがパーティーメンバーだ」

「ふぅー、ド素人のご新規さんか……なら、仮でもいいからパーティー名を決めておけ。ここではそういう決まりだ。救助や治安のためでもある」

いきなりそう言われてもな。

とはいえ、ちょっと中二心をくすぐられる。ここは一つ、『大深淵の暗黒竜(アビスファフニール)』とか『月光(ライト)の死霊使い(ゴースト)』とか『虚無の支配者(ゼロギアス)』とか、格好良い名前を考えるか。

「オイ、見ろよ！　あいつら、新参のくせに案内人もなしで入るつもりらしいぜ」

「ハッ、どこのボンボンか知らないが、とんだ間抜けだな。ここは他のダンジョンとは違うってのに」

「全滅するのは勝手だが、敵の押しつけ（トレイン）のとばっちりだけは勘弁して欲しいぜ」

近くにいた冒険者が好き勝手にそんな事を言うが、俺達はちょっと第一層を覗いて様子を見るだけだ。

宿屋の女将や同じ宿泊客の戦士であるマーフィーにもダンジョンの話を聞いたが、ここの第一層はコボルトやゴブリン程度で敵も弱いという。

だいたい、お前らより装備は良いし、いちいちうるせえぞ。

「装備は良いようだが、一応、冒険者カードを見せてみろ。ここは冒険者ランクがC以上でないと入れないぞ」

兵士が言うので俺は冒険者カードを差し出す。

「アレック、レベル27か……思ったより低いな」

兵士が渋い顔をする。

「他は一人ずつ、BランクとFランクがいる。その他は全員Cだ」

ネネが入れないとしたら、他のダンジョンでレベル上げと昇級をしないといけないか。

「んん？　Fがいるのか？　パーティーランクは？」

「まだ認定を受けていない」

「なんだと？　じゃあ、Fだな」

「ハッハー！　聞いたか？　Fランクのご一行様だとよ！」

「誰か教えてやれよ。ここは上級冒険者が集まるダンジョンだぜ」

「金で傭兵でも雇ったんだろう。あんな見てくれだけの女共を連れて、ここを娼館だと間違えてるんじゃないのか」

「違（ちげ）えねえ！　ガハハ！」

どっと笑いが起きたが、気に入らないな。

「ご主人様は間違えてなどいません！」

「よせ、ミーナ」

余計に目立つだけだ。

「あんな連中なんて、放っておけば良いわ。それより、パーティー名だけど、ふふ、『美女と野獣』なんてどうかしら？」

「却下だ」

星里奈がニヤニヤしながら言う。

「『お団子とチーズ』はどう？」

「却下！」

リリィが言う。

真面目に考えろと。それじゃただの食べ物じゃねえか。

「決まらないようだな。じゃ、オレが決めてやろう。お前達のパーティー名は『裏通りの白猫』だ」

兵士が言うが、コイツもセンスがねえな。

「もうちょっとまともなのにしろ」

そんな名前、「おい昨日『裏通りの白猫』を見かけたぜ」と言われてもパーティーじゃなくてその辺の猫にしか思えないだろう。

「ええ？　良いと思ったんだがなあ。じゃ今は『風の黒猫』だ。後はまた今度、自分で考えてこい。第三層くらいまではお前達のレベルでも大丈夫だろうが、ここはとにかく広いしトラップも多い。食料の事も考えて、早めに上がって来いよ」

「分かった。行くぞ」

「その辺で、すっ転ばないように気をつけろよ、よちよちのひよっこども！」

「上でママのおっぱいでも吸ってた方が安全だぜ？　坊や」

口の減らない奴らだ。

「なんであそこまで言われなきゃいけないのかしら」

緩やかな階段を降りきってから、星里奈が上を睨み付けた。

「そりゃ、あんたらの装備が良いし、べっぴんさん連れだからな。嫉妬だよ、嫉妬。気にすんなって」

上から別の冒険者のパーティーが降りてくると、その一人が言った。ま、確かに気にしてても仕方ないな。

ダンジョンだ、気を引き締めていこう。


ここは左右にのびた長く広い通路になっており、幅が十メートルはあるだろう。天井も四メートルくらいと高い。

壁には複雑な紋章が彫り込まれており、等間隔に燭台も灯されている。これで赤絨毯さえ敷いてあればどこかの城の内部のような印象だ。

「じゃ、左から行くぞ」

まだここにはモンスターがいない。冒険者が頻繁に行き来するから、レベル上げもできない場所だ。

すぐに移動する事にする。

「「了解」」

石畳の通路は、でこぼこもなく綺麗な平面で歩きやすい。リリィが魔法のランタンで照らしているが、それがなくても向こうまで視界は確保されていた。

「なんか、ちょっと思っていた所と違うわね」

星里奈が言う。

「ええ、私も西の塔みたいな迷路を想像してたのですが」

イオーネも言う。

「なーに、もうちょっと進めば普通の迷路になるぜ。あんたら、どこから来たんだ？」

さっきの冒険者が俺達と同じ方向へ歩きながら聞いてくる。青いバンダナを頭に巻いた白髪の優男だ。革鎧にダガー持ちなのでクラスはシーフだろう。犬耳だ。

「バーニア王国だけど」

星里奈が答えた。

「へえ、東の国か。オレは南西のポルティアナ王国から三年前にこっちに来たんだ。まだCランクのまんまだが、よろしく頼むぜ、兄弟」

「ええ、よろしくね」

百メートルくらい続いたまっすぐの通路を道なりに右へと曲がると、ここからは普通の迷路になっているようだ。それでも通路の幅は四メートルほどあり、結構広い。

少し歩いたが、まだ後ろに青バンダナの犬耳野郎がいるので、俺は立ち止まった。

「先に行け」

「おっと、そう警戒しなさんなって。初心者の後輩が上手くやれそうかどうか、ちょいと親切心で様子を見てやろうと思ったまでだ。他意はねえよ」

犬耳男がそう言うと、彼のパーティーの女戦士が口を挟んだ。

「どーせそんな事だろうと思ったけど、ラルフ、お節介もほどほどにしなよ。どう見たってこいつら、一層でしくじるような連中じゃないよ。犬耳だって連れてるんだしさ」

彼らは験担ぎのつもりか、全員が青いバンダナを巻いている。

「そりゃ分かってるが、戦い方ってのもあるからな」

「じゃ、一回、戦い方を見せれば、どこかに行くんだな？」

俺は確認を取る。

「ああ。アンタもオレらが鬱陶しそうだし、まあ、初めてはナーバスになるもんだしな。一回、戦い方を見て大丈夫そうなら、もうつきまとわないぜ」

他の冒険者に手の内を見せるのは好ましい事で

はないが……。

「よう、ラルフ、調子はどうだい？」

また他のパーティーが通りかかった。

「相変わらずだ。三層でちんたらやってるよ」

「けっ、お前らなら五層でもいいだろうに、好きだねえ。じゃあな」

「おう」

ひと組だけで判断するのは早計かもしれないが、他のパーティーから警戒されていない常連なら、PKの可能性も低いか。

念のために【鑑定】もしておく。

〈名前〉ラルフ　〈年齢〉28　〈レベル〉36
〈クラス〉シーフ　〈種族〉犬耳族　〈性別〉男
〈HP〉372／372
〈状態〉健康
【解説】
ポルティアナ出身の冒険者。
性格は気さくで、時々アクティブ。

気さくな性格、か。

「いいだろう。じゃ、少し離れて付いてこい」

「あいよ、相棒」

ラルフがそう言って調子良く笑うが、馴れ馴れしい奴だ。

第九話　第一層の敵

グランソードの『帰らずの迷宮』第一層。

バーニア王国の時とは勝手が少し違うが、俺達の戦い方に変更など無い。

フォーメーションは真ん中にネネが増えたが、彼女が戦うのはもうちょっと後だ。

まず、ここの敵の感じを掴んでおきたい。

「ご主人様、左からゴブリンの臭いです。数は複数」

先頭を歩くミーナが告げる。

「よし、じゃあ、左に向かうぞ。ネネ、お前は何もしなくて良いから見学してろ」

「は、はい」

通路を左に折れると、まっすぐのびたその先にゴブリン達がいるのが見えた。

彼らもこちらに気づいて、ギッ！　ギッ！　と叫び声を上げげると剣を抜く。

鎧で武装しているが、基本的に西の塔のゴブリンと同じように見える。

「数は五匹よ！」

星里奈が【エネミーカウンター】で敵の総数を把握した。敵は前衛三匹に、後衛が二匹。うち一匹が持つ武器は弓矢だ。

ネネが弓使いに狙われると厄介なので、俺がネネの前に出て防御に徹する。

それでも三人の前衛――ミーナと星里奈、そしてイオーネ――が斬りかかると、敵の前衛は一瞬で片が付いた。

「「ギャッ！」」

「楽勝！」

「行けます！　ご主人様」

「大丈夫そうね」

「よし、そのまま――んん？」

俺はそのままゴブリンの後衛も倒せと言おうとしたが、後衛の一匹が直立したまま目を閉じており、何かが違う。

そいつは少しだけ様子を見るか。

「その動いてない奴は倒すな。先に弓を」

「了解」

星里奈が矢を避けて一撃で弓使いを倒した。

「おい、分かってるのかもしれねえが、そいつもちゃんと攻撃してくるぞ」

後ろからラルフが言うが、相手の違う攻撃パターンを掴むためだ。俺は手を上げて合図し、ラルフを黙らせる。

二十秒ほど、何もせず待ったが、ついに最後のゴブリンが攻撃に転じた。

「ギャギャギャギャ！　ギャース！」

ローブ姿のゴブリンが手をこちらに向けて伸ばすと、そこから小さな拳大の火の玉が飛んできた。

ほう、魔法も使うか。

俺はあえて左手でその火の玉を掴む。

「アレック！」

「あちち、ふう。ダメージはＨＰで6だ。大した事はない。倒して良いぞ」

手が少し赤くなって火傷直前と言ったところか。

「なんだ、そんなものなの。魔法って弱いのかしら？」

簡単に最後の一匹を片付けて星里奈が言う。

「いいや、ゴブリンの魔法は弱いが、このダンジョンには『スペクター』みたいなのもいるからな。例外だと思ってた方がいいぜ」

ラルフが忠告のつもりか、訳知り顔でそんな事を言った。

「ああ。だが、もういいだろう」

「ああ、そうだな。ちゃんと自分のパーティーを守るようだし、悪かったな、勘違いして」

そう言うとラルフが手を振り、先に行く。

「ふふ、合格はもらえたようね」

星里奈が微笑む。

「ふん、あいつに戦い方を指図される覚えはない。じゃ、ここでレベル上げをやるぞ」

「「了解」」

この付近をぐるぐると周り、ゴブリンを見つけては戦闘を仕掛け、敵の数を減らし、ネネにラストキルを取らせる。

ネネは力がないので敵を瀕死にしてやらないとダメだったが、繰り返していると、すぐにレベルは七つ上がった。

「この辺の敵はだいたいレベル10程度ってところか」

「そうみたいね」

すべての敵を【鑑定】してみたが、宿屋の情報通りだ。レベルが極端に違うモンスターは出てこない様子。

「ご主人様、人間が来ます」

「じゃ、少し下がっていよう。ここは出口の階段に向かうルートだからな。ＰＫと勘違いされて先制攻撃を食らっても面白くない」

向こうからやってきたパーティーは俺達の方を見て、あからさまに警戒していたが、そのまま通り過ぎる。

だが相手は具合の悪い者が二人いるようで、歩みが遅い。さっさと通り過ぎて欲しかったが、こちらが何を言ったところで信用されなければ同じ事だ。

が、その一人が倒れた。

「あっ、ちょっと、大丈夫？」

「チッ、役立たずめ。置いていくぞ」

そのパーティーのリーダーらしき戦士は構わず進んでいく。

「待って！　ポーションなら持ってるわ」

「必要ない。そいつは奴隷だ」

「いや、奴隷だって人間でしょう。何を言ってるのよ」

星里奈が憤慨しつつ駆け寄って、倒れた男にポーションを飲ませた。

「す、すまねえ」

やせこけていてろくに食べていない様子。星里奈はパンも出してやった。

「おお、ありがたや、ありがたや」

泣きながら奴隷がパンをむさぼるが、なんとも嫌な感じだ。

「アレック、所有権の書き換え、お願い」

「トラブルになったら、お前が責任を取れよ」

「ええ、きっちり言い値で買いとってやるわ」

「いいだろう。じゃ、左腕を出せ」

奴隷の男に命じて左腕を出させ、俺の血を垂らして所有権を書き換えた。スキル【奴隷使い　レベル4】だからできる事だ。ついでにレベル5に上げておく。

【奴隷使い　レベル5】レベルアップ！

「これでお前は自由だ。どこでも好きなとこへ行け」

「はあ」

少し困った顔をした奴隷はとぼとぼと歩いていったが、やろうと思えば薬草集めでも食いつなげるはずだ。

「さっきのラルフも、ネネちゃんをあんな風に使い捨てにするんじゃないのかってあなたを疑ってたんでしょうね。同じ犬耳だったし」

「かもな」

奴隷の状態を見ればだいたいの事は分かるだろうに、いや、買ったばかりだとそうもいかないのか。

「いったん、宿屋に戻るぞ」

スキルポイントも貯まった。ネネにスキルを覚えさせるため、俺達は地上に戻った。

「おお、アレック。どうだ、下は」

門番の兵士が聞いてくる。

「第一層なら問題なさそうだ」

「そうか、なら、欲を掻かずに少しずつ先へ進むといい。新しい場所はとにかく危険だからな」

「ふん、分かっている」

「それならいいが」

「心配されちゃったわね」

「大きなお世話だ」

「そこまで言わなくたって、向こうだって心配してくれてるんだし」

「とにかく宿屋へ行くぞ」

「ええ」

宿屋でネネに新しいスキルを取らせる。他のメンバーはまだレベルが上がっていないので、コイツだけだ。

【ファイアボール　レベル2】New！
【ヘイト減少　レベル1】New！
【体力上昇　レベル5】New！
【矢弾き　レベル1】New！
【アイテムストレージ　レベル1】New！
【幸運　レベル5】New！

ファイアボールと、生存能力強化のスキルを取らせておく。

【回避】もいずれは取らせるつもりだが、トロい奴だとあまり意味が無いし、少し重めの取得ポイントなので後回しにした。

ここまでで67ポイントの消費。残り21ポイント。

だが、きっちり使い切ると何かあったときに対応できないからな。ポイントを少し残しておく。

それから――

【オナニー　レベル1】New！

「ちょっと！　何でそんなのを取らせるのよ！」

星里奈が怒るが、俺は堂々と反論する。

「ネネはこれから厳しい戦いを強いられる。自分の楽しみがなければとてもやっていけないだろう」

「だからって、他にも楽しみってあるでしょ」

「例えば？」

「例えば、ショッピングや食事とか」

「ショッピングや食事に使う小遣いもきちんとやるつもりだ。事実、ミーナ、リリィ、お前らにも渡してるよな」

「はい」

「うん、もらってる」

小遣いというより分配金だが、渡してやっている。普通は奴隷には金を渡さないらしいが、俺は渡している。

「星里奈、お前は自分がエロい事で楽しんでいるのに、ネネには楽しませないつもりか？」

「そ、そうじゃなくて、別に、好きでこんな関係になったわけじゃ……」

「じゃあ、今日からお前とのセクロスは無しでいいな」

「えっ！　むう……わ、分かりました。ええ、楽しんでます。でも、ネネちゃんはまだ幼いんだし、そういう事は……」

「もう大人だ」

性格的にちょっと微妙かなと思いつつ、俺は断言してみる。この世界の成人式は十五歳だからな。年齢的にはとっくに大人なのだ。

「大人です！」

「んー、子供って訳でもないけど、大人でもないなあ」

「大人と言うにはまだまだですね。ふふ」

やはり同意してくれたのはミーナだけか。

「ほら見なさいよ」

星里奈が腰に手を当てて言う。ま、今すぐでなくてもいいか。

第十話　パワーレベリング

諸国にその名を知られた『帰らずの迷宮』。

何でも、クリアした奴はまだ一人もいないらしい。

それどころか、この迷宮の深さが何層まであるのか、それすら分かっていないのだという。

第九層まで行って生還したのはグランソードの初代国王だという話だが、まあ、これはお偉いさんの箔を付けるアレかもしれないので、真に受けない方が良いだろう。

グランソードの国王は当代で十二代、建国五百二十七年目だそうで、話を鵜呑(うの)みにするなら五百年以上、誰もクリアできていない事になるが……。


そんなダンジョン、有るわけがないだろ。


おそらく、グランソードの国王が最下層にたどり着いた者にこっそり褒賞を出すなりして、クリアしていない事にしてもらっているのだろう。お偉いさんの偉業を超えちゃいけないってヤツだ。ここはグランソードの王城が管理しているダンジョンだから、そこら辺の空気を読めよ！　って話だな。

第七層より下は高名な冒険者でも命を落とすというから、危険な事には変わりないのだが、地図は出回るし、こうして何人も冒険者が挑んでいるのだ。

一人もクリアできないって事はないはずだ。

「おい、見ろよ、例のFランクパーティーだ」

「ああ？　だってあいつら、二時間も前に潜っていっただろう。まーだここで攻略してんのか！　ぷふっ、ウケルわ」

ゴブリンと戦ってネネのレベルアップをしていると、何組もの冒険者がここを通り過ぎ、その内の何人かが爆笑していく。ちょっとムカつくが、だからといって人のいない所まで行こうとは思わない。

人のいる所だから極めて安全というわけだ。万が一の時にも入り口に近いのですぐに上に戻れる。

「ねえ、アレック、あいつら、凄いムカつくんだけど。もっと別なところに行こうよ」

リリィが不満を漏らすが、俺は首を横に振る。

「ネネがレベルアップしてからだ」

「ネネももうレベル12でしょ。充分だって」

「いや、限界まで上げていく。これはリーダーと

してての真面目な決定だ。嫌なら上で待っていても
いいんだぞ」
「ええ？　分かったよ……」
リリィもそこまでではなかったようで黙り込む。
「ゴブリン、四匹！　アレック、瀕死にして全部
生かしておいたらどうかしら」
星里奈が言う。
「そうだな……いや、一体だけにして処理しろ。
ネネも焦らせるとキツいだろうし」
「ああ、それもそうね」
すでに何回ゴブリンを全滅させたか覚えていな
いが、周辺にはゴブリンの牙がたくさん転がって
いる。
「どうしてモンスターは次から次へと湧いてくる
のでしょうか……」
イオーネが疑問を持つが、そこはゲーム世界の
理（コトワリ）みたいなモノだろうし、あの眼鏡っ娘の神様
にでも聞くしかないだろう。

「え、えいっ！　クリアです」
ネネが樫の杖でゴブリンを叩き、倒した。
ピロリンと音がしてレベルも上がったようだ。
「やった、おめでとう、ネネちゃん」
「ふう、ありがとうございます」
ネネを【鑑定】してみる。これでレベル13か。
「む、経験値が1ポイントしか上がらなくなった
な。Ｎｅｘｔ経験値が５３０か……」
レベルが一つ上がったのはいいが、敵を倒して
も経験値の上昇が少なくなってきた。
この世界では強い敵を倒すとより多くの経験値
が手に入り、弱い敵だと逆に少ないようだ。
これであと五百三十回ゴブリンを倒せば、次の
レベルになるが……ゲームなら楽勝だが、オート
がないこの世界では自分の体を動かすのだから、
精神的にもキツい。
「じゃ、そろそろ限界だな。次の敵を探すぞ」
そう言うと全員がほっとした表情を見せた。

「ネネがある程度、俺達のレベルに近づいたら、もうこんな戦い方はせずに普通に攻略するからな」

そう言っておく。

「ええ。今はパワーレベリングね」

「そうだ」

イオーネ以外はパワーレベリングという言葉を知らなかった。だがダンジョンに入る前に説明しておいたので、目的は全員が分かっている。

今はネネのレベル上げを全員で手伝う。それだけだ。

ダンジョンを先に進み、入り組んだ迷路を進んでいくが、やはりゴブリンしか出てこない。

「もうちょっと強い敵がいいが、階層を下に行かないと出てこないのか？」

「どうかしら。ここってかなり広いって話だけど……あ、スライム」

「ちゃっちゃと倒して先に行くぞ。レベリングは無しだ」

「「了解」」

弱いグリーンスライムだったので、経験値も期待できない。さっさと倒して次へ行く。

結局、その日は探索で終わってしまった。あきれた事に、三時間近く歩き回ってもまだマップが端まで行かない。

宿屋で装備を外した俺はベッドに倒れ込んだ。

「どうなってんだ、あの迷宮は……」

「本当に広かったわね。マップも買っていく？」

星里奈が言うが。

「どのみち【オートマッピング】で埋められるんだ。罠も大した事ないし、馬鹿馬鹿しいぞ」

「そうね。まあ、埋めていくしかないか」

階段だけ場所を聞いて先に進むという事もできなくはないが、それだと宝も見逃しそうでもったいない。

翌日も探索してマップを埋めていくが、最初の通路の長さから考えてまだ四分の一も埋まっていない様子。

「こりゃ、地下一階をクリアするのに十日はかかりそうだな」

「そうね。本当に広いわねえ」

「ええ。私もここまでとは思いませんでした」

現地人のイオーネでも予想以上のダンジョンか。

「上の街より広いんじゃないの？」

リリィが言うが、本当にそんな感じだ。

宿に戻り、夕食の時に宿の女将とその話をしてみた。この女将も昔は冒険者で『帰らずの迷宮』にも潜った事があると言うからな。

「ああ、誰でも最初は驚くよ。あれくらいの広さのダンジョンとなると、そうはないからねえ。狭い階層もあるけど、十キロ四方の正方形だよ」

「『十キロ！』」

「ふえー」

「広いですね……」

「あう……」

単位はこちらでもキロが使われるようだ。それはおかしいだろと俺は思ってしまうが、まあ、便利だしな。フィートとかパーセクとか言われるよりはマシだ。

「それだと端から端まで歩くだけで三時間はかかりそう」

星里奈が言うが、もっとだろう。戦闘もあるし、罠も注意して警戒しなきゃいけない上に、入り組んだ迷宮だ。

まっすぐ進めるわけがない。

「そうだね。ま、焦らず、気長にアタックするのがいいよ。初心者のうちは特にさ。慣れてきたと思って先に行くと裏を掻かれるからね。あのダンジョンは」

裏か。

「それって、急に難易度が上がるって事ですか？」

星里奈が聞いた。

「ああ、そうだよ。同じ敵でも配置によって倒しにくくなったりするからね。特にあの迷宮の高さには気をつけた方が良い。天井が高かっただろ？」

女将が言う。

「そうですね。四メートルくらいはあったかな」

「だから、段差のきついところに弓矢持ちの敵が出てくると、すぐにはこっちが上がれなかったりするのさ。剣だけのパーティーで、登坂や遠隔攻撃のスキルも無かったら、苦労するよ」

やはり、魔法使いは必須だな。リリィにボウガンを持たせても良いが、明かり役が必要な階層もありそうな気がするし、彼女は牽制だけやればいい。

「ネネ、期待しているぞ」

「えっ、うう……」

プレッシャーに思ってしまったのか、パンを食べる手が止まってしまった。

「大丈夫よ。レベルを上げたら、あなたにもきっとできるから」

星里奈がそう言って励ますが、こういうときはこいつも役に立つな。

「お嬢ちゃんはまだ食べる事が第一だよ。そんな体じゃ、歩くのだってキツいだろう」

女将が言うが、その通りだな。

「ネネ、お前は腹一杯、食べとけ。パン二つは義務だ」

「は、はい……」

「ま、それくらいなら良いと思うけど、ネネちゃん、明日、屋台でも見に行きましょうか。アレックはオークションでしょ？」

「いや、あちらは商人ギルドの奴に任せておいても良いが……まあ、終日、休みにするか」

「やった！」

リリィが喜ぶが、そういう日があっても良いだろう。休日だ。

第十一話　勇者の休日

『帰らずの迷宮』の第一層で第二層への階段(ルート)を探している俺達だが、今日は休日とした。

商人ギルド主催のオークションで俺が出品する宝玉八つにどれだけの値が付くか、それも気になるところだ。

ネネを十七万ゴールドで買っているので、それ以上で売れてもらわないと困るが、普通の相場でも一個につき二万五千くらいだから余裕だろう。

「くあ……」

バーニア国にいた頃は午前中に剣術道場に通っていたため割と朝早くに起きていたが、今日は十時過ぎまで二度寝した。スキル【時計】があるので、何も見なくても正確な時間が分かる。

オークションは夜の七時開催だ。

「……飯でも食うか」

特にする事もないので、俺は部屋を出て階段を降りる。

「おはよう、アレック。なんだい、顔でも洗っておいでよ。潰れたカエルみたいな顔だよ」

「ほっとけ」

カウンターにいた宿の女将にそれだけ言い返すと、俺は一階の奥にある食堂の椅子に座る。

「女将、パンとスープ」

「時間外なんだけど、まあ、早い昼食って事でお代をくれるなら、用意してやってもいいよ」

「俺はまだここの朝飯を食ってないぞ」

「アタシの知ったこっちゃないね。ちゃんと用意はしたさ。その時に食べない奴が悪いんだよ」

料金分のサービスはすでに完了したという事らしい。一流ホテルのサービスにはほど遠いな。

だが腕っ節の強い女将を怒らせるのも怖いので、俺は諦めて屋台へ行ってみる事にする。

ちょうど、みんなも屋台にいた。

「よう」

「うわ、アレック……まさか、その格好で出て来たの……？」

星里奈が俺を宇宙人でも見るかのように引き気味で言う。

「悪いか？　ちゃんと服は着ているぞ」

「そうだけど、ステテコ姿って……もうちょっとおしゃれにも気を遣ったら？　今度、服をプレゼントしてあげるわね」

「荷物になるからいらない。それより、ネネ、奢ってやるから、好きなのを選んで食べろ」

「あ、はい……じゃ、このお団子を」

「親父、それを全員分くれ」

「あいよ。十二ゴールドだが、お嬢ちゃんにオマケして十ゴールドでいいよ」

串団子を食べてみる。

「あ、美味しい」

「甘ーい！」

「美味しいですね」

「美味しいです」

女性陣はご満悦のようだ。そこそこ甘くてモチモチしている。色が真っ白だが、これに緑茶の粉末を入れて仕上げたらもっと美味しくなりそうだ。

「アレック、次はあれを奢ってよ」

リリィが焼き鳥らしき串を指差して言うが、お前は自分で買えと。

「まあいいだろう。ネネも食うか？」

「あ、はい」

これも全員分、買って食べた。塩のあぶり焼きで、これはこれで美味しいのだが、照り焼きダレの焼き鳥が食べたくなるな。

「私達はこれから服を見に行こうと思ってるけど、アレックも来るでしょ？」

「いや、俺はいい。お前らだけで行ってこい」

「もう」

星里奈が不満そうだったので、次は少し身なりにも気を遣ってやるとしよう。

「さて、帰ってゴロゴロするか」

街を歩くのも面倒なので、宿屋に戻ろうとした俺だったが。

「いてっ」

道で革鎧の男とぶつかってしまった。

「おう、すまんの」

厳つい顔の男だったが、向こうから謝ってきた。なら許してやるか。

そう言えば剣も持ってきていなかった。先ほど星里奈達は帯剣していたが、俺もちょっと不用心だったな。もちろん、スられた経験がある俺としては、スキル【小銭感覚】で財布がなくなっていないかくらいは確認した。問題なし。

しかし……さっきの奴、ちょっとふらついてなかったか？

酒に酔ったという感じでもなかったが、体調でも悪かったのか。

この世界は神殿で金を払えば治療してもらえるが、怪我はともかく病気がどこまで治るか怪しいものだ。

「遅い！　何をしていた」

さっきぶつかった革鎧の男が、店主らしき若い男に怒られている。

「これでも急いで来たんだが……」

「言い訳はいい。次はダンジョンの第四層の仕事が来ている」

「四層か……」

男がそれを聞いて渋い顔をしていたが、実力的に見合わないのだろう。なら、きちんと申告すりゃあいい話だ。

別の客が店にやって来た。

「おい、店主、前衛の戦士を二人、見繕ってくれ。

行き先は第三層だ」

「はい、かしこまりました。お前とお前、行ってこい」

くたびれた顔の戦士が店の奥から出て来たが、装備はボロいな。この店は傭兵の斡旋でもしてるのか？

ちょっと気になって上の看板を見てみたが、

『スタイリッシュにあなたの冒険をサポート、奴隷の常識を覆すドレウロ』

と洒落たデザインの文字が書かれていた。

「いかがでしょうか、お客様」

「うーん、弱そうだけどまあいいか。いくらになるの？」

「はい、二人合わせて二万ゴールドでどうでしょうか」

安いと俺は思ったが、客の男は違った感想だったようだ。

「ちょっと高いなあ」

「では、一週間レンタルをご利用になって下さい。このクラスの戦士でしたら一人一日百ゴールド、七日間二人で千四百ゴールドになりますよ」

「お、安いね。じゃあ、それで」

「毎度あり！　では、前金でお支払い頂けますか」

「分かった」

「では、奴隷紋の書き換えを行いますので、こちらへどうぞ」

商談は成立したようだ。ビジネスにはなっているようだが、使われる奴隷は堪ったもんじゃないな。

とはいえ、外野の俺が文句を言う筋合いでもないか。

立ち去ろうとした時、店の奥から黒い鎧の男が出て来た。

「おや、アレックさん」

声を掛けてきたが、見覚えがある。刈り上げ髪型のアイツだ。

「ああ、リック……じゃなかった、ヤナータか。ひょっとして、ここがお前の店か？」

「ええ、そうですよ。借金で無一文になったのなら、うちで働きませんか？」

「馬鹿言え、今日は休日だからこんな格好をしてるだけだ。金はあるぞ」

「そうですか。それは失礼を。またご用があればご来店をお待ちしております」

「ああ」

たぶん、ここに来る事はないだろう。

俺はこの時はそう思っていた。

◇◆◇◆◇

オークションの時間になったので、暇だった俺は会場へと足を運んだ。

さすがにここでは俺も服装を整えている。星里奈が買ってきた服だ。

「おや、アレックさん、今日はよくお目に掛かりますね」

またヤナータか。

「どうでもいいが、お前、なんでこんな所まで鎧を着てるんだ？　商人なんだろ？」

高級服を買う金は持ってるはずだが。これだと傍目(はため)には俺の方が商人に見えてしまうのではと思う。

「ええ、商人だから、ですよ。商売柄、狙われる事も多いですから」

「ああ。阿漕(あこぎ)な商売をやってるからだ」

そう言ってやるとヤナータは、にこやかに笑った。悪びれもしないところが余計にアレだな。

ただ、今日はコイツもＴＰＯを考えてか、連れているボディーガードは物静かでお上品な剣士だった。

鎧は装備しておらず、長い刀を背負っている。

男だが長いストレートの黒髪だ。

ヤナータの斜め後ろに控えて立っているそいつは、俺が視界に入っているはずだが、前を見たまま身じろぎ一つしやがらねえ。

腕は良さそうに見えたので、興味本位で【鑑定】してみた。

〈名前〉御劔弥彦
〈年齢〉27　〈レベル〉42
〈クラス〉勇者／アサシン
〈種族〉ヒューマン　〈性別〉男
〈HP〉341／341
〈状態〉健康
【解説】
ギラン帝国で召喚された異世界の勇者。
流浪の暗殺者として活躍中。
性格は律儀で、たまにアクティブ。
賞金首十万ゴールド。

おい……。

またおっかないのを連れてるな。剣士かと思ったらアサシン、しかも勇者かよ！

コイツの情報を仕入れておきたいが、下手に詮索しても感づかれるだろうな。

ま、得物は背中の長い刀だろうし、普通に考えれば凄腕の剣士という事だろう。

しかし、このくらいのレベルになれば仕事も選べるだろうに、奴隷にされてるのか？

奴の左腕を見たが、長袖の服で隠れていて奴隷紋は見えなかった。

「始まりましたね」

ヤナータが言い、オークションの時間になったようだ。

俺はアサシン勇者ミツルギが気になってオークションどころじゃなくなったけど。

ミツルギに視線を向けているのも不自然だろう

から、ヤナータと話をしておく。

「そっちは何か出品したのか。それとも買いか」

「両方ですよ。うちの奴隷がレアアイテムを手に入れましてね。他にも何か商売に使えそうな道具があれば買うつもりです。アレックさんの方は何を？」

「俺は宝玉を売りに来た。買いは参加しないがね」

「そうですか。高値で売れると良いですね」

「ああ、そっちもな」

「エントリーナンバー3番、今日の最初の目玉商品は、ミスリル製のフルプレートアーマーです！」

「「「おおっ！」」」

参加者がどよめいたが、かなりのレア装備のようだ。俺も鋼より上はまだ見た事がないからな。

ゲームではミスリルはたいてい鋼より強い金属として扱われる。

防御力の性能は良さそうだが、うちのパーティーであんなゴツい鎧を着る奴は、ちょっといないなぁ。

ミーナは俊敏性と柔軟性を活かしたスピードファイターだし、イオーネも剣の動きが妨げられるようなのは嫌うだろう。星里奈はファッションにこだわってるから、ああいうゴツいのは嫌がると見た。

俺も動きづらい鎧は好きではない。

「では、この商品は百万ゴールドからのスタートとさせて頂きます」

「百十万！」

「百二十万！」

「百四十万！」

スゲえな。桁が違う。

「アンタは買わないのか、ヤナータさんよ」

「ええ、実を言うとアレを出品したのは私でしてね。売り主はその商品の競りには参加できないんですよ。ご存じかもしれませんが」

そう言ってヤナータはニヤッと勝ち誇った笑みを浮かべやがった。

野郎、良いアイテムを手に入れやがって。だが、店でたくさんの奴隷を扱ってるようだから、レアアイテムも集めやすいか。

俺も奴隷を潜らせて、アイテムだけもらっちゃおうかな。

「アレックさんはどうですか、買いませんか」

「買いたくても俺の持ち金じゃとても買えないな。それより、アンタの奴隷、その剣士に着せてやれば良かっただろうに」

ここで俺は話を向けて、まずミツルギが奴隷かどうかを調べる事にした。

「いえ、この彼は傭兵でしてね。それにボディーガードにそこまで金を掛けなくても、別に私はドラゴンに狙われてるわけではありませんし」

「分かんねえぞ。ドラゴンを飼い慣らした奴に狙われたらどうする？」

「ドラゴンを飼い慣らすなど、不可能ですよ。ワイバーンならともかくね。ミツルギさん、あなたなら飛んでくるワイバーンでも対処できますよね？」

「可能だ」

「だそうです」

即座に可能だと答えたが、となると、遠距離攻撃の技でも持ってるのかな。

「空を飛んでるワイバーンでも落とせるのか？」

「……」

さすがに雇い主でもない奴に手の内をべらべら喋る事はないか。

「スキルも色々ありますしね。おお、三百二十万ゴールドで落札されましたよ。凄いですね。私もこれほどの高値のレアアイテムを扱ったのは初めてです」

「そりゃ、めでたいな。そんなに貯めて何に使うんだ？」

「支店を開設しようと思います」

「それでゆくゆくは奴隷王か？」

「いえ、そこまで大それた考えは持っていませんよ。ただ、私は金で苦しんでいる人たちにチャンスを与えてやりたいだけですから」

「チャンス、ねえ？」

死んだ目をして疲れ切っていたあの奴隷達は果たしてチャンスを活かせるのかどうか。

奇麗事だな。

ヤナータはとにかく自分の金を稼ぐ事が目的で、それ以外の目標みたいなのは無いんだろう。

金の亡者だ。

本人は楽しくて仕方ないのだろうが、付き合わされる方は堪ったもんじゃないな。

借金だけはしないようにしておこう。

✧第十二話　第一層の強敵

宝玉は合計六十万ゴールドの値が付き、ネネのレベルアップは一区切り付いたので、俺達はより強いモンスターを探して第二層を目指していた。

「嫌になるほど広いわね」

「そうだな」

星里奈は早くダンジョンの下の階層へ向かいたいようだ。敵も楽勝の奴らばかりで歯ごたえがなく、罠も大した事がないとなれば当然だろう。

ただ、俺は伝説のAランクパーティーだったという宿の女将の言葉が心に引っかかっていた。

『慣れてきたと思って先に行くと裏を掻かれるからね。あのダンジョンは』

ま、第二層が第一層に毛が生えた程度だとは思わない方が良いだろう。それほど第一層は楽勝だった。だいたい、レベル27なら第三層くらいでも大丈夫だとあの兵士も言っていたではないか。

　ここに入ろうとしたときに余計な冒険者共がひよっこだのなんだのと囃（はや）し立てたせいだ。

　こんな事ならパーティーランク認定もギルドで受けておけば良かったか。

「ご主人様、銀の宝箱です！」

「よし、ミーナ、開けてみろ」

　レアアイテムの予感にちょっとワクワクする。さすがにミスリルアーマーなんてものはこの階層からは出ないと思うが、俺達だってレアアイテムは欲しいのだ。

　そこんとこ、よろしく頼むぜ、ダンジョンさんよ。

「罠は毒針でした。問題ありません。ただ……」

　ミーナが中身を取り出して首をひねった。

「何でしょう？　この布。紐が付いてます」

「あっ」

「ほう」

　星里奈と俺がすぐに気づいた。ビキニの水着だ。

「信じられない！　何なの、このダンジョン！」

「まあまあ、そう怒るな。別に水着が入っててもいいじゃないか」

「私、ミスリルアーマーとか装備の方がいいんですけど」

「これも立派な装備だぞ。どれ、【鑑定】してみるか」

〈名称〉魅惑のビキニ　〈種別〉服
〈材質〉不思議な布
〈防御力〉1　〈重量〉1
【解説】
小さな三角形の布に紐を付けたモノ。
特に男の理性に対して鋭い攻撃力を誇る。
魅力の基本能力値＋20

視線硬直の呪い（弱）

なるほど、水着は呪いのアイテムだったたか。

「何だったんですか？」

イオーネも分からないようだし、説明しておくか。

「水に入るときや誘惑するときに着ける服だ。戦闘には使えないが、魅力が上がるぞ。じゃ、欲しい奴」

「はいっ！」

「あ、それなら私も」

ミーナとイオーネが手を上げた。

「じゃあ、ジャンケンしてくれ」

ジャンケンで決めさせたが、ミーナが勝った。運の差かな。次はイオーネにくれてやるとしよう。

「じゃ、次に行きましょ」

フォーメーションを整え、また歩き出す。

「あれ？」

星里奈が歩いている途中で立ち止まり、先を見る。それまでの迷路とは違い、ここは広間になっているようだ。

「どうかしたか」

「ううん、なんでも。広い場所があるみたいね」

「そうだな。敵に囲まれると厄介だが……ミーナ、敵は近くにいるか」

「いいえ、いません。ただ、ここでやられた冒険者がいるみたいです」

「なに？　時間は経っているか？」

「ああ、はい、かなり経ってて血の臭いもしないほどです」

「そうか、ならいい。行くぞ」

広間に入る。柱が何本も立っており、神殿のような趣だな。

向こうの中央の壁には天井ギリギリの高さまである大きな石の彫像があり、それは剣を持った戦士を模していた。

これは何かあるか？

「少し、注意して行くぞ」

「「了解」」

だが、何事も無く、戦士の像の近くまで来てしまった。その両脇に通路があり、さらに先に続いている。

「タダの装飾だったみたいね」

「そうだな。先に行くぞ」

俺がそう言ったとき、ネネがいきなり叫んだ。

「何か来ますっ！」

「んん？　ネネ？」

振り返ったとき、嫌な予感がして俺は左に一歩ずれた。すると耳元でヒュンと音がした。矢が俺の体のすぐ横を通り過ぎたようだ。

「くそっ、後ろに敵がいるぞッ！　弓矢だッ！」

どこから射ってきたのかと思ったが、ゆらりと柱の陰から敵が姿を現した。

チッ、なるほどな。こいつらだと、ミーナの鼻が当てにならないか。

星里奈がその名を叫ぶ。

「スケルトン！」

「うわ、骸骨」

動き回る骸骨なんて初めて見たが、事実、動いている。まあ、異世界だからな。そこはどうして動いているのとか、考えたら負けなんだろう。

とにかく戦闘だ。

「ネネ！　お前は俺か柱の後ろにいろ」

「は、はい」

この中で狙われて一番危ないのはネネだ。レベルは13とまだ低い。

一方、向こうのスケルトンの群れも、全員が前衛として攻撃してくるわけではないようだ。

柱の陰にこっそりと隠れて弓矢を射たりボウガンを撃ってくる嫌らしい後衛がいる。

「くっ、邪魔！」

　星里奈は真っ先に後衛から倒してしまおうと思ったか、走り込んで行ったが、前衛スケルトンの剣で防がれてしまった。

　こいつら、ゴブリンよりずっと強いぞ？

　俺はここが第一層であるという事をすぐさま意識から捨て、【鑑定】を使った。

〈名称〉スケルトンＨ　〈レベル〉22
〈クラス〉勇者／剣士
〈種族〉アンデッド　〈性別〉男
〈ＨＰ〉61／141
〈状態〉不死
【解説】
異世界勇者のなれの果て。
何者かの儀式によりアンデッド化した。
性格は陽気で、すべてに対してアクティブ。

「まずい、こいつら元勇者だ。スキルに気をつけろ！」

　俺はすぐに皆に告げる。

「ええっ？　これが？」

　星里奈がかなり驚いたようで、こちらに振り向き、斬り合っているスケルトンから目を離してしまった。

　その隙を見計らったように、スケルトンが突きの連打を放つ。

　スキルだ。

「きゃっ！」

　星里奈が剣を避けようとして失敗し、転んでしまう。

「星里奈！」

　レベルはこちらの方が上だから、それほどのダメージは食らっていないはずだが、スキルは怖い。

「だ、大丈夫よ！」

　星里奈は狼狽(うろた)えつつも、すぐに起き上がった。

ただ、矢も飛んでくるので彼女も即座に反撃という訳にもいかない。

　俺も飛んでくる矢に気をつけつつ、近づいてきた盗賊風のスケルトンを相手にしなければならなかった。

「くそっ、これで膠着(こうちゃく)状態はまずいぞ」

　敵の後衛を倒しに行った星里奈やイオーネと距離が離れてしまった。

　弱いゴブリンを速攻で倒すという意識に染まり、自然とフォーメーションの距離を大きく空ける癖が付いてしまっていたらしい。


　なるほどな、裏を掻かれる——か。


「分かってる！　先に弓矢の奴を倒したら、きゃぁっ！」

「分かってねえじゃねえか、星里奈。そうやって敵に牽制されて時間を稼がれてはダメだって話だろうが。

　ここはリーダーとしての判断が問われるところだ。

「全員、集合！　一体ずつ、確実に倒して進んでいくぞ」

「「了解！」」

「りょ、了解！」

　星里奈が後退し始めるが、弓矢持ちの敵に背を向けるわけにも行かず、背後にも敵を抱えてしまい、かなり厳しい状況だ。

　チッ、もう少しレベル差があれば、どうという事はないんだが。

「イオーネ！　ミーナ！　二人とも星里奈を援護してやれ。こちらの防衛は俺が何とかする」

「はい！　ご主人様！」

「分かりました！」

『うう、生者が憎い、自分はこんな所に来たくは無かったのに。宝なんて求めなきゃ良かった……』

「ネネ？　何を言ってる」

後ろでぶつぶつと言い始めたので、俺は確認する。

「あっ、すみません、なんか、スケルトンさん達がそう言ってる気がしたのです」

「そうか、【共感力】のスキルか。まあ、お前が正常ならいいんだが」

もしも、死者と会話ができるなら、いや、今はそんな事を考えてる場合じゃないな。

「ネネ、奴らは敵だ。倒すぞ」

「は、はい」

イオーネとミーナが星里奈の救出に向かったので、こちらは俺とリリィしかいない。

「ああもう、スカスカで当たんない！」

リリィの技量が低いせいもあるだろうが、スケルトンだからな。あの体じゃ的は小さい。スリングショットは武器の相性が悪いか。

「リリィ、腹じゃ無くて頭を狙え」

「うん！」

「ひゃあああ、来ないで下さいぃ」

気づくとネネが別のスケルトンに迫られていた。

くそ、だからお前も逃げるくらいしろと。

冒険初心者はレベルが急に上がっても、こういうところで戦術に差が出るようだ。

「ネネ、【状況判断】のスキルを取れ！」

「いやあああ！　許して下さいぃ。ひいぃん！」

くそっ、パニクりやがった。先に取らせておくべきだったな。【度胸】や【冷静】などの心理系のスキルもあった方が良い。

「邪魔だ！」

俺はネネを襲っていたスケルトンを横からぶった切り、一撃で仕留めた。

よしっ、防御力は皆無だな。一撃当てれば、それで片が付く。

「いってて！」

だが、後ろから飛んできた矢が足に刺さり、動きづらい。

左右から二体、新手がゆっくりと近づいていたが、こうなると移動力の差があるのはありがたかった。

「カカカ！　カカカカ！」

歯を打ち鳴らし、笑っているようだ。

「舐めるな！　【松葉崩し！】」

ここはスキルだ。

俺は敵一体の足を掴んで強引に横倒しにする。

ここで【チョークスリーパー】――は意味がないから、

【マシンガンバイブ　レベル1】

「いてててて！」

激しく腰を打ち付けてやったが、これは俺の方が痛かった。

無理にスキルのコンボを使わず、普通にスキルなしで攻撃すれば良かった……。

この男の痛み、死ぬわ……。

「もう馬鹿、何やってるのよ」

イオーネとミーナが星里奈の救出に成功したようで、全員が合流できた。

俺はちょっとの間、股間の激痛で戦闘不能だが、こいつらなら何とかしてくれるだろう。

第十三話　魔導師レティ

ちょっと舐めていた第一層で俺達はスケルトンの伏兵に襲われている。

厄介な事に、こいつらは勇者や冒険者のなれの果て、スキルまで持ち合わせている様子。

スケルトンって、割と弱いイメージだったが、スキルがあるとなると、それも改めた方が良いな。

しかも向こうにいる後衛の弓矢使いは、良い感じでそれ系のスキルを複数持っていると見た。普通は届かないし、命中させられない距離だ。

　とにかく俺も【矢弾き　レベル１】は今取っておく。

　これで４ポイント消費。残り24ポイント。

　それから【冷静　レベル１】も取る。

　２ポイント消費で、残りは22ポイント。

　またレベルが上がるか、スキルポイントが一気に増えるあのランプが宝箱から出てくれればいいのだが、ポイントは使い切りたくない。

　残しておかないと状況が変わった時に手が打てないからだ。

　こいつらを倒してもレベルが上がらなかったら、第二層へ進むのは考え直した方が良いかもしれない。

　だが、今はこの戦闘に集中しないとな。

　下手にスキルを使うと、さっきみたいに危なくなる事もあると分かった。いや、予想しとけよって話だが。俺はスキルもちょっと甘く見ていた気がする。

「くっ！　当たらない！　何でよ！」

「回避かそれ系のスキルだろう。攻撃パターンを変えてみろ」

　俺は柱の陰にうずくまったままで、星里奈にアドバイスを送る。

「ダメ！　やっぱり当たらない。コイツ、強い！」

「いいや、レベルはお前の方が高い。【命中】のスキルを取れ」

「あ、それね！」

【命中】のスキルを取った星里奈の攻撃が徐々に、当たり始める。

「ううん、クリーンヒットしないなあ」

「焦るな。俺がもう少しで動けるようになる。挟み撃ちもできるぞ」

「任せて下さい」

イオーネがそれを聞いて星里奈の援護に入った。

近いからできる連携技だ。やはり、パーティーは離散していたら意味ないな。それはタダのソロ軍団だ。

イオーネに後ろから斬りかかられた盗賊のスケルトンはあっさりと骨がバラバラになった。

「やった！　ありがとう、イオーネ、助かったわ」

「いいえ。さあ、残りもこの調子で片付けましょう」

「ええ！」

二人はすぐに連携の効果に気づき、またそれを使って敵を倒した。ミーナもそれを見て参加し、さらに倒す速度が加速していく。

「私も！」

「いや、リリィ、お前は他の奴の牽制に徹しろ。あいつらだけでも充分だ」

「分かった」

オーバーキル気味なので、俺はリリィの攻撃目標を変えておく。

「クリア！」

さらに五体を片付けたが、強いスケルトンはそのうちの三体だけだった。全員が勇者でもなかった様子。

だが、ここで勇者のパーティーが全滅したんだろうな。

「次だ」

同情したり感傷に浸っている場合ではない。まだ弓矢持ちが向こうに控えている。

「アレックはそこで待ってて。行くわよ！」

「はい！」「ええ！」

前衛三人組がダッシュをかけて、向こうの弓矢持ちをあっさりと片付けた。

最初は苦戦してしまったが、所詮はスケルトン、こんなものか。

「あ、あのう、アレック様」

「ああネネ、もう大丈夫だ」

俺の苦悶の痛みもほぼなくなった。

「いえ、あの、スケルトンさんの怒りが収まっていないというか……」

「ああ？　こんな奴ら、どうでもいいんだよ」

そこに落ちていた骨を蹴り飛ばす。

「ダ、ダメ」

「んん？」

カランカランと乾いた音を立てて転がっていった大腿骨(だいたいこつ)かどこかの骨は、いつまでも転がっていく。

やたら転がるな、あの骨。軽いからか。


……いや、何か変だ。


「気をつけろ！　まだ何かあるぞ！」

嫌な予感がして俺は言う。

すると一斉に骨が動き始め、ああ、畜生、そういう事か！

「う、うわ、また骨が元に戻っていくよ！」

リリィが驚きながら言うが、そりゃアンデッドだからな。

スケルトンは一定時間で復活する。

お約束じゃねえか。

これがただのモンスターなら、倒した直後にあの煙が出るはずだった。勇者のなれの果てという事でそこに思い至らなかった。

「ええっ？　どうやって倒せば良いのよ、こんなの！」

星里奈が向こうで叫ぶが。

「アホ、良いから戻ってこい。骨を折ってしまえば、こいつらは再生できないみたいだぞ」

復活はしているが、片手がないスケルトンや、起き上がれていないスケルトンもいる。

「足です！　次に手を狙って下さい！」

イオーネもすぐに気づいて言う。

「ひゃっ、え、えいっ！」

　ネネも落ち着きを取り戻したようで攻撃に移った。だが、コイツの場合は力が弱いから、ただ単に骨を叩いてるだけだな。へし折るというのは無理か。

　勝てない事はないはずだ。

　しかし、このまま復活し続ける敵だと、相当な苦戦は覚悟する必要がありそうだ。

　これで第一層かよ。

　正直、舐めてたな。『帰らずの迷宮』を。骨も土に還らぬ迷宮か。

　俺が覚悟を決め、目の前のスケルトンに渾身の一撃を繰り出したところで、別の所から声がした。

「どきなさい！　――木は炭に。光は闇に。呼び覚ませ！　熱き地獄の灼熱！　原初の混沌から出でし漆黒の闇の炎よ、すべてを焼き尽くし、灰燼と化せ、【ダーク・ファイア・キャッスル！】」

　鋭く叫ぶ少女の詠唱と共に、その場一帯に豪快な炎が巻き起こる。まさに炎の城といったところだが、危うく俺もやられるところだった。

「おい、お前、もうちょっと気の利いた助け方はできないのか」

　助けてもらった事自体は感謝するのだが、助け方が少し気に入らない。

「良いでしょ、ちょっとヒヤッとしたけど別に巻き込まなかったんだし、これが一番、手っ取り早くて効率的よ」

　暗紫色のローブを着た魔法使いの女が言う。やや小柄で、歳は十八歳といったところか。

「向こう側に星里奈達がいるんだが……」

　炎の壁で分断されてしまい、しばらく合流は無理か。

「あ、ああ、ごめんなさい、向こうの人たち、弱いの？」

　動揺した感じの彼女が謝ってきたが、傍若無人という性格でもないのか。

「いいや、強いが、パーティーの分断は連携もできなくなるから避けたいんだ」

「なるほど」

少しだけ感心したようなそいつは、これだけの大魔法使いのくせに、その辺にはあまり気づいていなかったようだ。

ちょっと違和感。

「ねえ、アレック！　そっちは無事なの？」

「ああ、大丈夫だ。魔法使いに助けてもらった」

「そう。次はこっちのスケルトンもお願いできるかしら」

「任せて」

彼女が返事をする。

これでスケルトンは退治できそうだ。

まだ戦闘は終わっていないが、先に礼を言っておく事にする。

「俺はリーダーのアレックだ。助けてもらった事には礼を言うが、別に俺達だけでも倒せたぞ」

「そう。でも魔術士に杖で殴らせてたから、もうMPも尽きてるんでしょう？　無理させない方が良いわ」

「ああ、コイツは、まだ見習いでな。そう言えば、【ファイアボール】を覚えさせてたんだった」

俺とした事が、すっかり忘れてた。ネネは魔法使いだった。

「ええ？　いやいや、魔法使いが殴りで攻撃してどうするのよ。あなたもそこは抗議くらいしなさいよ。こんな横暴なリーダー、見た事ないわ」

とんがり帽子の彼女が、同じくとんがり帽子のネネに向かって言う。

「あ、いえ、アレック様は優しい人ですから」

ネネが言うが、当然だな。まだ加入したばかりのネネには手も付けず、優しくしてやっている。

もちろん、馴れてきたら美味しく頂くつもりだが。

「ええ？　あなた、奴隷にオレ様を褒めろとか、

そういう命令をしてるタイプなの？」

少女が眉をひそめて俺を勝手に軽蔑してくるが。

「違う。お前は……とりあえず、名を名乗れ」

説明してもミーナ達がやってこないと話にならないだろうし、ひとまず俺は話題を変える事にした。

「ああ、そうね、ごめんなさい。私はレティ。見ての通り孤高にして天才の魔法使いよ。フッ」

とんがり帽子を片手で掴み、手に持ったロッドを振って決めポーズまでしてきやがった。また面倒臭い奴が出て来たな……。

「ホントだから！　こう見えても魔導師B級ライセンスを持ってて、実力的にはとっくにAなのよ！　それがあの化石のような頭の大魔導師達と来たら……きー！」

「まあ、落ち着け。俺はお前の実力は疑ってなんていないぞ」

【ナンパ　レベル2】【カウンセリング　レベル1】【言いくるめる　レベル1】【おべっか　レベル1】を総動員して優しく言ってやった。

「えっ、ああ、ホント？」

「ああ、もちろん」

大きくうなずく。

「そ、そう。あ、ありがとう……」

その子がモジモジとして、ちょっとナンパに成功した感。

いや、別に今、ナンパしなくても良いんだけども。

ピロリン♪

『クラス【詐欺師】のレベルが2になりました』

『【ナンパ　レベル2】【カウンセリング　レベル1】【言いくるめる　レベル1】【おべっか　レベル1】のスキルが統合され、【話術　レベル1】に進化しました』

その気はないのに、いらんクラスが増えていくな……。

まあいい。

炎もようやく消え、こちらのスケルトンは一掃された。

骨も灰にできる業火なら、魔導師Bランクというのもうなずける。

星里奈達が戻ってきた。

「レティ、ありがとう。手間が省けたし、助かったわ」

星里奈が笑顔で言う。【鑑定】のスキルを使ったようで、名前はもう分かっている様子だ。

「いいえ、ほ、ほら、冒険者は助け合わないと、でしょ？」

「えっ？　ふふっ、そうね」

「じゃ、そうだな、慣習でもあるし、これを受け取ってくれ、レティ」

俺は銀貨を一枚、差し出した。


「なっ！」

むむ、さすがに少なすぎると思われたか？　だからレベルの高い奴に助けてもらうのは微妙なんだよな……。

オークションで六十万ゴールドも手に入って、下手に大金を持っているのも痛い。マリアの店にネネの支払いも済ませたが、それでも四十三万ゴールドの所持金だ。

命の恩人への報酬は手持ちの半分が相場だった。半分を求められたら二十二万ゴールドも飛んでしまう。

「ああ、銀貨！　良かったぁ、これで今月は家を追い出されずに済む！」

だが、銀貨一枚に頬ずりする奴。

「ええと、お金に困ってるみたいだけど、あなたのレベルと実力なら、クエストを受けたらいいんじゃないかしら」

星里奈がレティにアドバイスしたが。

「受けてるけど。でも、意外にこのダンジョン、罠がキツかったりするのよね……第三層で死にかけて、ちょっと別の依頼を探しに行こうと思ってたところ」

レティが言う。

「えっ、あなた、ソロなの？」

「む……ソロで何が悪いのよ！」

「ええ？　いや、そういうわけじゃないけど」

「レティ、俺も前はソロだったんだ。ソロ同士、頑張ろうぜ」

ソロで何が悪い。うん、良い言葉だ。

俺にはミーナもいるし、もうソロには戻るつもりはないが。

「そ、そうよね！　友達やギルドの職員にもそれだけはやめとけって言われたけど、できない事はないわよね！　第九層だって行ける！」

「あ、いや、ここのダンジョンの話じゃないんだが……」

下手に自信を持たせて死なれても後味が悪い。

「ええ？　ううん……」

「ねえ、アレック」

星里奈が俺をヒジで軽く小突いてくる。

何だよ、と言おうとしたが、すぐに俺も気づいた。

「ああ、そうだな。どうだろう、レティ。ネネの先生役として少し、小遣い稼ぎをしてみないか。報酬は一万ゴールドくらいで」

交渉してみる。

「やるっ！」

即答だった。強そうなBランク魔導師、ゲット！

✧第十四話　勇者、アンデッドになる

ネネに魔術を教えてくれる先生を見つけた。

すぐ気が変わってゴネられても面白くないので

俺達は宿に戻り、契約書にサインしてもらう事にした。

レティもさすがに自分のサインを書くときには慎重になって契約書の内容を何度も確認していたが、グーと腹の虫が鳴ると「ああっ！　奴隷でも何でも好きにしなさいよ！」と言いつつさっとサインしていた。

別に奴隷契約ではないんだけども。

昼飯を奢ってやり、落ち着いたところで指導方針などを確認する事になった。

「そう、まるきり初心者で、パワーレベリングでレベルだけ上げた状態だったのね。なるほど、それなら理解できるわ」

ネネに杖で敵を殴らせていた事に関しては納得してもらえたようだ。

「ネネ、あなたはどういう魔法使いを目指したいの？」

さっそく先生役のレティが聞く。

「ええっと……」

困った様子のネネは俺の顔を見た。

「まずはうちのパーティーの後衛としてある程度の攻撃や補助ができればいい。【ブラインドフォール】だったか、敵を暗闇状態にして牽制とか、そんな呪文だな」

俺が答える。

「ふむふむ、戦闘系の魔法使いが欲しいわけね。他にもアイテム錬成や移動用の魔法なんてのもあるけど？」

「移動用というのはどんなのがあるんだ？」

「一番ポピュラーなのはこれね。――星々のかけらとなりて、我の道を照らせ、【ライト！】」

レティがロッドを振ると部屋の天井が明るくなった。

「ああ。それはランタンの魔道具があるから要らないな」

「そう。じゃあ、【ファイアボール】と【ブラインドフォール】を指導していくわね」

「ああ、頼む」

「じゃ、ちょっとネネの能力を見せてもらうから、レジストはしないでね」

「レジスト？」

ネネが知らない言葉だったようで小首を傾げる。

「抵抗という意味よ。魔法は意識して防ごうと思えば、威力を弱める事ができるわ。特に精神系の魔法は『嫌だ』と思うだけで効果を封じる事もできたりするから、覚えておくと良いわね！」

「へえ。そうだったんですか……」

「それについてはまた後で詳しく教えてあげるわ。

――汝らの技能をここに示せ！【アナライズ！】」

む、レティの視線を感じたが、今の鑑定魔法、俺も含めての複数対象だったか。

「うーん、魔力がビッミョーに低いわね。この指輪、ほんの少しだけど魔力を上げられるから、あなたに貸してあげるわ」

「え、いいのですか？」

「いいのいいの。最初は魔力がないと呪文も上手くいかないし、慣れるまでがちょっと大変だからね」

「が、頑張ります」

「お、良い意気込みね。じゃあ、ここの宿屋の裏庭を借りて練習しましょうか」

「はい、先生」

「うん。ところで……あなた、なんで【不死】なんて凄いスキルを持ってるわけ？」

レティが俺を見る。

「む？　俺か？」

「ええ。気づいてなかったの？」

「いや、取った覚えはないが……」

ステータスを見てみる。

【不死　レベル1】New！

本当だ。

となるとスキルコピーか。

「ああ、あのスケルトンの勇者からコピーしたんだな」

「へー、【スキルコピー】のスキルか。これも凄いわね。【スキル強奪】のレアスキルは噂で聞いた事があるけど、それと似たようなものかしら？」

「まあそうだが、こちらは相手のスキルを無効化したりはしないぞ。複製するだけだ」

「なるほど。じゃ、ちょっと効果を見せて」

そう言うとレティはナイフを取り出して、いきなり俺の胸を刺そうとした。ミーナが血相を変えてさっとその手を掴む。

「何をするんですか！」

「ええ？　だって、殺さないと本当に不死かどうか分からないでしょう？」


「やめろ、アホ。それでダメだったらどうするんだ」

「んー、そこは、まあ、研究成果として、えへへ……」

何も考えてなかったな。こいつ、マッドサイエンティストの気質もありそうだから気をつけておこう。

「普通に【鑑定】でスキルを見ればいいだろうが」

俺は【鑑定】を使う。


『不死　レベル1』

【解説】

寿命が無くなり、不死の肉体となる。

ただし、レベル1だと老衰は避けられない。

致命傷を負っても徐々に再生する。

怪我の痛みが軽減される。

いくつかの病気を無効化する。

食事と睡眠が不要になる。

ウインドウの内容を読み上げてやった。

「これって……老衰していくと最後はどうなるのかしら？」

星里奈が疑問を呈したが。

「骨と皮、つまりスケルトンだと思うわよ？」

レティが嫌な事を言う。

「やっぱり、スキルレベルが低いと微妙だな。痛みがあるなら、致命傷はキツそうだ」

「次のレベルまでの消費ポイントは？」

見てみたが、レベル2に必要なのは10万ポイント。

無理無理無理、絶対無理。取れるか、こんなもん。

「10万だ」

「ええ？」

「うわ……」

皆が唖然とする。

「な、長生きできるんだから前向きに行きましょ！」

と引きつった笑顔の星里奈。

「ご主人様、一生、付いて行きます、うう」

と泣いているミーナ。

「困った事があったら、言って下さいね」

と微笑んで俺の手を握るイオーネ。

「今日の私のチーズ、あげるわよ」

とボソッと言うリリィ。

「アレック様……」

と心配そうなネネ。

「スケルトンでも楽しい事はきっとある！」

とレティ。

「やかましい。急に変に優しくするなっての」

「でも変ね。【不死】って【スキルコピー】では取得不可能なレアスキルじゃないのかしら」

星里奈が首をひねって疑問に思った様子。

「☆の表示がないからな。レアではなさそうだ」

「ええ？　そんなはずは。私も候補で持ってるけど、100万ポイントのレアよ」

レティが言うが、なるほど、そういう事か。

「おそらく、俺とレティじゃ取得に必要なポイント数が違うんだ。種類もな」

勇者限定と思われるスキルもあった。クラスによってそれぞれ違うのだろう。

「うわ、ずるい」

リリィが言うが、お前だって普通の人は持てない【高貴】のレアスキルを持ってるだろうが。

とにかくだ。これで『称号』や『クラスシステム』もスキル獲得には重要な要素になり得る可能性が出て来た。

魔法使い系のスキルを取るときには魔法使いにクラスチェンジしてからの方がいいかもしれない。

その方が種類も増えて、取得ポイントも安くなる可能性がある。

検証が必要だな。


「後で色々、転職して試してみるとしよう」

「そうね」

「私も協力させて！」

レティがキラキラした目で俺の両手を掴んで来るが、良いモルモットを見つけたって顔だな、おい。

「あのぅ、ご主人様……」

「どうした、ミーナ」

「いえ、何があろうと一生付いて行きます……！」

ちらっと目を伏せた後で気合いを入れて言う奴。

「だから、何だと。気になった事は言えといつも言ってるだろう。ダンジョンでお前しか気づいていない事があってそれが生死を分ける事だってあるかもしれないんだぞ」

「あ、ああ……では、言いますが、ご主人様の体から、その、微かに異臭が」

「むっ、ちぃ、腐ってきてるのか」

「「うわ」」

星里奈やリリィが、サッと俺から離れやがった。

自分の手を嗅いでみるが、そんな臭いはしない。

まだ犬耳族にしか臭わない程度なのだろう。

「私の氷の魔法で冷やしてあげようか？」

「いらん。俺を生もの扱いすんな。ふん、俺を舐めるなよ。レアスキルじゃないなら、どうとでもなる。【スキルリセット　レベル1】と【パーティーのスキルリセット　レベル2】があるからな」

「「「おおー」」」

皆が感心した。

「ただ、問題が一つある。【不死】を消した時に、体がどういう状態になってるかだ」

【不死】のスキルを消したら死にました、ではしゃれにならない。

「あっ、そうね……でも、まだ腐りかけなら大丈夫じゃないかしら」

「まだ腐ってはないぞ。臭ってきてるだけだ」

どうも自分の体をそんな風に言われるのは気に入らないので、些細な事だが訂正しておく。

「ハッ！　呼吸はどうなの？」

レティが重要な点に気づく。

「そうだな、ちゃんとしてるぞ。息を止めると……」

一分近く止めてみたが、さっぱり苦しくならない。

俺、死んでるのかな……。

怖いので深呼吸して、後は普通に息をする。

「どう？」

「苦しくないな」

「そ、そう。じゃあ、神殿に行きましょ。万が一の時でもお布施でなんとかしてもらえるかも」

星里奈が言うが。

「この世界に蘇生は無いはずだぞ」

「ええ……でも、回復魔法が使える人が側にいた方がいいでしょう？」

「そうだな」

向かうと、ダンジョンのすぐ側に大きな神殿があった。皆で中に入る。

「苦しくないの？　抵抗感があったり」

「俺を邪悪なゾンビみたいに言うんじゃねえよ。さて、じゃあ、消すか」

中途半端な不死なんてあっても都合が悪いし、俺は不老不死には興味がない。だらだらと生きるよりはヤりまくって、腹上死した方がマシだ。

【パーティーのスキルリセット　レベル２】を使う。

このリセットスキルのレベルをもっと上げてから還元されるポイントを増やすのもお得だが、それまでに俺の体が賞味期限切れになっては困るからな。

さっさと使う。


『スキル【不死　レベル１】をリセットしますか？』

『はい』

『不死　レベル１』デリート！

ピッと電子音が鳴り、問題なく削除できた。

さて、還元ポイントは……

残り　４００２２ポイント

端数の22は俺が元から持っていたポイントだったので、増えたのは４万か。還元ポイントは三分の二になるわけだから【不死】の取得に必要なポイントは６万か。

……フッ、勝ったな。

体調は……少し体が熱くなって脈打っているのが自分で分かったが、苦しくはない。むしろ調子が良くなった。

「成功だ」

固唾(かたず)を呑んでこちらを見ていた全員がほっとした表情を見せた。

仲間っていいもんだな。

「良かった……私、あなたが死んじゃったらどうしようかと思っちゃった」

「うう、ご主人様」

「良かったです。本当に」

「心配させるんじゃないわよ、バカ」

「よ、良かったですぅ」

「……チッ」

「レティ、今の舌打ちはなんだ？」

「あ、ああ、ごめん、せっかく不死になれたのにって思って」

「ならいいが、凄く感じが悪かったぞ？」

「ご、ごめん」

さて、これだけポイントがあれば好きに使えるが、どう使っていくかな。

俺は宿に戻るぞと言って、意気揚々と胸を張って歩いた。

第十五話　スキル割り振り

俺はスケルトン化していた勇者から【不死】のスキルをコピーし、それをリセット還元する事によって大量のスキルポイントを手に入れる事に成功した。

レティの話では【不死】はレアスキルだというので、こんな芸当ができる奴はほとんどいないはずだ。

「これでアレックは凄く強くなるわね！」

無邪気に喜んでいる星里奈は、俺と仲違いしている様子。戦う羽目になるなんて事は想像もしていないない様子。ま、それはそれでいいだろう。

「さすがです、ご主人様！」

ミーナが両手の拳を握りしめて力強く賞賛しているが、俺の実力と言うよりはたまたまだ。

「【スキルコピー】かぁ。私もそんなスキルさえあればなあ」

レティが羨ましがっているが、ブラウザゲーで最初に取ったこのスキルは当たりだったな。

宿の俺の部屋に全員を集め、指示する。

「この話は他言無用だ。いいな？」

べらべらと周りの奴に喋って警戒されたり嫉妬されたりしても面倒だ。スキルポイントを盗むスキルだってあるかもしれないからな。

「ああ、そうね、言わない方が良いかも」

「ええ、そうですね」

「分かりました、ご主人様。たとえどんな拷問をされようとも……！」

「まあいいけど。リリィには関係ないし」

「喋りたい……けど、話しても誰も信じてくれそうにないし、うん、黙っておくわ」

みんなうなずいて了承はしてくれたようだ。


さて、大量のポイントを手に入れたからといって、速攻で使い切るのは考え物だ。

窮地に陥ったときに、あのとき残しておけば……と後悔するのもごめんだしな。

ただ、冒険に有利になるモノはさっさと取っておく。

まずは『パーティー共通スキル』から。

【レアアイテム確率アップ　レベル４】は次のレベルに必要なポイントが５００。

【獲得経験値上昇　レベル２】は、レベル５に上げるのに必要なポイントが１４２０。

【獲得スキルポイント上昇　レベル5】。すでにMaxらしい。これは色がグレーでポイントが表示されない。
【パーティーのスキルリセット　レベル2】のレベルを5に上げるのに必要なポイントは840。
この辺のスキルだ。

【レアアイテム確率アップ　レベル5】レベルアップ!
【獲得経験値上昇　レベル5】レベルアップ!
【パーティーのスキルリセット　レベル5】レベルアップ!

これで残り37262ポイント。
さらにパーティースキルで良さそうなモノを選んで新たに取る事にした。

【先制攻撃のチャンス拡大　レベル5】New!
【バックアタック減少　レベル5】New!

それぞれポイントを890と305消費して、これで残り36067ポイント。

後は俺個人のスキルだ。
まず、すでに持っているスキルのレベル上げをやっておく。
全部じゃなくて、必要そうなモノだけだ。

レベル5に上げるのに必要なポイント
【スキルコピー　レベル1→5】1240
【打撃耐性　レベル1→5】42
【器用さUP　レベル2→5】56
【素早さUP　レベル3→5】48
【鑑定　レベル4→5】9
【根性　レベル2→5】84
【解説　レベル1→5】60

【予感　レベル2→5】　90
【運動神経　レベル3→5】　120
【動体視力　レベル3→5】　120
【状況判断　レベル2→5】　90
【お買い得　レベル1→5】　150
【話術　レベル1→5】　120
【オートマッピング　レベル2→5】　60
【スキル隠蔽　レベル2→5】　90
【忍び足　レベル1→5】　60
【チョークスリーパー　レベル1→5】　60
【水鳥剣術　レベル3→5】　240
【矢弾き　レベル1→5】　56
【松葉崩し　レベル1→5】　90
合計　2885ポイント
残り　33182ポイント

次に新しく取るスキルだ。
まずは毒や即死に対する耐性。

【毒耐性　レベル5】　New！
【麻痺耐性　レベル5】　New！
【精神耐性　レベル5】　New！
【石化耐性　レベル2】　New！
【即死耐性　レベル1】　New！

石化耐性や即死耐性は消費ポイントがやたら大きい。ポイントが足りなくなるから、その二つはレベルMａｘにはしない。

合計　16900ポイント
残り　16282ポイント

次に攻撃。
今なら、ブラウザゲーのサイトで見た、あの【次元斬】も楽勝だ。
……と思ったのだが。

「あん？　【次元斬】の候補がない？」

「あっ、レベル１でも５０００ポイントもするから取れなかったヤツね」

　星里奈も覚えていたようだ。

「くそっ、水鳥剣士じゃ取れないのか？」

　今の俺のクラスは【水鳥剣士】だが、それより上のクラスでないとダメらしい。

「あれって魔法剣士とかじゃないかしら？」

「ふむ。じゃ、ええと、イオーネ、魔法剣士のギルドってあるのか？」

　俺は剣士に詳しいであろうイオーネに聞いてみた。

「いいえ、そういうのは聞いた事がないです。我流や魔法使いから転職したような人は使うかもしれませんが、剣や鎧って魔法を使いにくくしちゃうので……」

「ま、そうね。魔法使いは普通、剣なんて持たないし、複雑なルーンや印が刻めなくなるもの」

　魔導師のレティもうなずく。

　だが、魔法剣士はありそうなんだよなあ。あって欲しい。

「ウェルバード先生も知らないかな？」

「どうでしょう。私が手紙で父に聞いてみますね」

「そうしてくれ」

　５０００ポイントは残しておく事にして、次はこれをどうするか。

【クラスチェンジ　レベル1】
次のレベルに必要なポイント　60

　最初に取ったまま、『ハズレ』スキルだと思って放置しているスキルだが……。

　ま、ハズレでもスキルリセットで三分の二は還ってくるし、物は試しだ。

　まず、レベルを一つ上げてから【鑑定】してみる。

『クラスチェンジ　レベル2』
【解説】
職業を変更できる。
ただし、レベル2は一年に一度きり。
また、転職条件を満たしている職のみ。
転職後も転職前の知識や経験を失わない。

前は『一生に一度きり』だったから、変更できる頻度が上がっていくパターンだろうな。レベル3で月に一度、レベル4で一日に一度とか、そんなもんだろう。
頻繁に使うスキルではないので、レベル4くらいまで上げておけば実用としては充分か。

【クラスチェンジ　レベル4】レベルアップ！

残り　16222ポイント

さっそく、クラスチェンジ可能な候補をリストアップしてみる。

戦士
剣士
僧侶
魔法使い
騎士
盗賊
詐欺師
遊び人

『遊び人』なんていらねーなぁ。
すでに転職する職業は決めてある。
その前に確認だ。

【ファイアボール　レベル1】
レベル2に必要なポイント3

呪文ファイアボールは現在、３ポイントの消費だ。

これを――

『クラスを【魔法使い】に変更しました！
次のクラスチェンジのロック解除まで残り12時間』

これでポイントの消費量が変わるかどうかだが……。

【ファイアボール　レベル1】
レベル2に必要なポイント3

「うーん、当てが外れた」

「どうしたの？」

「魔法使いにクラスチェンジしてからスキルを取れば、ポイント数が変わるかと思ったんだが」

「ああ、魔法系のスキルが安くなるかって事？」

「そうだ。だが、変わらないみたいだな」

「転職は、取れるスキルの幅を広げてくれるわ」

レティが教えてくれたが、それだと転職前から魔法系スキルの候補がいくつかあった俺としては、あまり旨味がないな。

それが勇者限定のオールマイティーな能力かもしれないが。

「じゃ、最後に俺からお前らにとっておきのプレゼントをくれてやろう」

「何？　エロい服なら要らないんだけど……」

星里奈が早くも警戒したが、リーダーへのありがたみや忠誠心を上げていく必要がありそうだな。

もちろん、俺のパーティーに加入している以上は、エロい服もプレゼントする予定だが。

「心配するな、お前にとってはもっと良い物だ。全員、自分のステータスで今のスキルポイントを確認してみろ」

「0ポイントね。それで?」

「1000ポイントずつ、贈与してやった。確認しろ」

俺の方は、このためさらに【ポイント贈与　レベル5】を31ポイントで新しく取得している。

「あっ、凄い、本当だわ」

「あっ、増えています、ご主人様」

「こんなに?　いいのでしょうか……」

「おほ、おほほほ、うへへ」

「あ……す、凄いです。ふええ」

星里奈、ミーナ、イオーネ、リリィ、ネネに一人につき1000ポイントずつ。

これでパーティーメンバーのスキルも大幅に強化できる。

残ったポイントは111188ポイント。

【次元斬】を取るにしても、まだ余裕があるし、これからもデカい消費のスキルをコピーすれば楽勝だ。

「えっと……私もあの場にいて、命の恩人とまでは行かないけど、敵を倒すのを手伝ってあげたかなと……」

レティが控えめにアピールしてくるが、俺も甘い顔はしないぜ。

これはパーティーメンバーに対する報酬だ。

「その礼はすでに銀貨で支払っただろう。それに、いくらお前が一人でスケルトンを倒してもポイントは手に入らないぞ、レティ。これは全面的に俺のスキルのおかげだ。それなのにポイントを百レベル分も寄越せというのは少し厚かましいとは思わないのか?」

【話術　レベル5】も使って言いくるめておく。

「うぐ、そうね……。でも、なんだろう、このモヤモヤする気持ちは……。じゃあ、その【スキルコピー】と勇者について詳しく教えてよ」

「タダでか？」

「いや、それは……」

「いいじゃない、それくらい」

星里奈が言うが。

「ダメだ、他言無用だとリーダーの俺が言ってるんだぞ？」

「ああ、うーん……そうね、ごめんね、レティ」

「ふう、仕方ないわね。天才魔導師の私ならできるはず！　自力で探ってみる事にするわ。天才魔導師ならできるかもな。

まあ頑張れ。天才魔導師ならできるかもな。


レティが自分の家に戻った後、俺はスキルポイントの稼ぎ方について考えた。

これまでミーナと何度か実験して試してみたが、この世界では行動しただけでスキルを覚える事は無い。やはりポイントを貯めるかコピーする必要がある。


【スキルコピー　レベル5】はこれまでと違いレベルダウン無しで相手のスキルをコピーできる優れものだ。

これで、強力で高価なスキルをコピーすれば、さらに多くのスキルポイントが取得できる。

そのためには、強い敵と遭遇する必要があるのだ。

✧エピローグ　ファッションショーと開通式

その日の夜、俺の部屋でミーナがビキニの水着を着てちょっとしたファッションショーをやった。冒険で手に入れたレアアイテムはちゃんと使わないとな。

「ど、どうでしょうか、ご主人様……」

ミーナの色白な肢体(したい)のいけない部分を辛うじて三角形の小さな布が隠し通している。

「手をどけろ」

「は、はい……」

　ミーナが顔を赤らめながら、手を後ろにやる。

「うん、良いぞ、ミーナ。お前は良いプロポーションをしている」

「ありがとうございます。あの、ご主人様、私、【バストアップ】のスキルを取ろうかと思うのですが」

「却下！　お前は今のままで充分美しいんだ。それに胸は大きくすれば良いってモノじゃないぞ」

「はあ、そうなのですか」

「そうだ」

　俺が満足するかどうか、だからな。

「じゃ、次は、ベッドの上で、猫のポーズだ」

「はい、こんな感じでしょうか？」

「いいぞ。もっと背中をそらせて、胸はこっちに向けろ」

「はい」

　こちらの要望にも細かく応じてくれるミーナは良い奴だ。

　そこでふと思いつく。

「ミーナ、犬の服従のポーズは分かるか？」

「は、はい。その、犬耳族の子供が喧嘩で負けたときにやるものですが」

「やってみてくれるか。どうしてもプライドが許さないというのなら、無理にとは言わないが……」

「いえ、構いません。ご主人様ですから……」

　そう言って仰向けになり、ワンワンのポーズを取るミーナ。

「うん、これもいいな」

　恋人がふざけ合ってる感じがイイ。

「喜んで頂けましたか」

「ああ。じゃ、ご褒美をくれてやらんとな」

「は、はい……」

　そのまま水着の上から胸を揉む。

「あんっ」

色っぽい喘ぎ声を出すミーナは、くすぐったそうに身をよじった。

「ふふ、ほれほれ」

「あっ、ご主人様、やん、そこはダメです」

「ダメなものか。手をどけるんだ」

「は、はい……あっ、んっ、ああんっ」

次第にミーナの息が荒くなり、時々、気持ちよさそうに目を閉じる。

頃合いだと思ったので、俺は水着をはぎ取り、今度は舌を使って乳首を責め立てていく。

「ふあっ、ああんっ、ご主人様ぁっ」

ミーナがビクビクと体を痙攣させつつ、甘い声を上げる。

今度はへその下へと舌を這わせていき、ミーナの桜色をしたクレバスに到達した。

「あっ、あんっ、くうっ！」

そこが気持ちいいようで、ミーナが俺の頭を押さえて、快楽を逃すまいと必死にしがみついてくる。

三度、大きく痙攣したミーナは軽くイったようだ。

とろんとした瞳で俺を見つめている。

「ほら、どうした、言え」

「は、はい。ご主人様、その大きなモノを私の体の中に、い、入れて下さい……」

「よし」

俺はしなやかなミーナの体にのしかかり、その中で荒々しく動く。

「あっ、んっ、ああっ、やっ、くうっ、ご主人様ぁ、ご主人様ぁ！」

声を上げるミーナは今にもイってしまいそうな感じだ。ここで焦らしても面白いが、今日は水着のご褒美だからな。すぐにイかせてやるとしよう。

ペースを上げると、ミーナもラストスパートが近いと分かったようで、目を閉じて俺の体に抱きついてきた。

「ああーっ！」

ミーナの中に、こみ上げてきた熱いモノを思い切り出してぶちまける。

「ふう」

たっぷりと満足したか、気持ちよさそうな顔をしたミーナは眠ってしまったようだ。裸のミーナを抱きしめ、俺も寝ようとするが、そのとき窓の外から雷の音が微かに聞こえた。

明日、雨なら、冒険の方は休みにするか。

ダンジョンにさえ潜ってしまえば雨は関係ないのだが、中に入るまでに濡れるからな。


そんな事を考えているとノックがあった。

すぐに入ってこないという事は、イオーネかな。

「開いてるぞ」

「あ、あの」

「んん？　ネネか。どうした」


まだコイツとはセクロスしていない。だからこんな時間に俺の部屋に来る理由がよく分からない。

「ミーナさんは……」

「ああ、ここで寝てるぞ」

「そ、そうなのですか」

同じ犬耳族とあってか、ネネはミーナに良く懐いているようだし、ミーナも色々とネネの世話をしてやっている。

「まあ、入れ」

「は、はい。ひゃっ！」

雷の音がして身を縮めたネネは、雷が怖かったようだ。

「なんだ、眠れないのか」

「え、ええ」

防音の魔道具があるから、音はそれほど気にならないはずだが、もう少し、度胸を付けさせた方が良いか。

「じゃ、お前もここに来い。みんなで寝るぞ」

「あ……はい！」

ぱたぱたと小さなしっぽを振って嬉しそうにしたネネは、よじ登るような感じでベッドに上がってくる。

俺は頭を撫でてやった。

「あう……気持ちいいです……」

「そうか。こっちはどうだ？」

お尻を触る。

「ひゃっ、く、くすぐったいです。あはっ」

ふむ、まだ男を知らないか。

それでもしつこく撫でてやると、ネネの様子が変わってきた。

「はあ、はあ……んっ、あ、あの」

「どうした」

「いえ……」

「言いたい事があるなら、ハッキリ言えよ」

「はあ、もう、ナデナデはいいので……」

「ダメだ。もう少し撫でさせろ。気持ち良くしてやる」

「ううん……ひゃっ」

股を触ってやるとさすがにコイツも気づいたようで、顔を赤らめた。

「ほら、静かにしろ。ミーナが目を覚ますじゃないか」

「うう、ふぐっ、はうっ、んんっ」

別に起こしたくらいでミーナは怒ったりしないのだが、ミーナのご主人様である俺に言われたからか、ネネは自分で自分の口を手で押さえて声を出すまいとする。健気（けなげ）な奴だ。

意地悪な俺はさらに調子に乗って、イヤらしくネネの体を触ってやった。

「んっ、んふっ、んーっ、んっ、はうっ」

胸を触るが、まだ膨らみ始めたばかりという感じだった。それでも、感度は一人前のようでネネはビクビクと体を痙攣させる。

ネネの花の部分も受精の準備はもうできていた

ようで、しっかりと濡れていた。

　なら、開通式は今日にするか。

　まだ先の予定だったのだが、ネネも怯えてはいないようだし、可愛いので俺は入れてみる事にした。

「んっ！」

「キツいなら、【痛み軽減】のスキルを取れ」

「と、取りました」

「よし、じゃあ、行くぞ」

「は、はい」

　ひょっとすると何をするかはもうミーナあたりから聞いていたのかもしれない。

　ネネはじっと耐えて俺を受け入れた。

「よし、いいぞ」

　軽めにゆっくり動いてやり、ネネを気持ち良くイカせてやる。

「んっ、あっ、ふぐっ、あうっ、ああああーっ！」

　別に声は気にしなくて良かったのだが、ネネは必死にこらえようとして失敗し、最後に大きな声を上げた。

　ちょっと可哀想な事をしてしまったな。

「よく頑張ったな」

　抜いて、頭を撫でてやる。

「は、はい……」

　俺に抱きついてきたネネは、セックスが割と気に入った様子。

　次はその小さな口でフェラでもしてもらおうか、そんな楽しい事を考えながら俺は眠りに就いた。

第四章（裏）ルート　海の魔物

◆プロローグ　カードゲーム

グランソード王国にある宿屋、『竜の宿り木邸』に腰を据（す）えた俺達は、『帰らずの迷宮』の攻略をのんびりと続けている。ここには何かのタイムリミットがあるわけでもない。ならば、せかせかと生き急ぐ必要もないだろう。人生は長いのだ。

休日の今日は、宿の一階ロビーにある丸テーブルで、俺は同じ宿泊客のマーフィーとゲームに興じていた。

ポーカーである。

カードはダンジョンの宝箱から割と良く出ているそうで、しっかりとしたプラスチック製と思（おぼ）しき物を使っている。紙のペラペラなカードではすぐに癖が付いてしまい、イカサマをやろうと思っていなくとも、カードの数字が分かってしまって興がそがれるからな。

俺は自分の手札をめくる。

A（エース）が三枚に、ハートの8、そしてクローバーの5か。

なかなか良い手だ。マーフィー相手なら、充分に勝てそうだ。

「ベットだ」

俺は銅貨を二枚、おもむろにテーブルの中央に出す。

「ハッ、アレックよぉ、子供のおママゴトじゃねえんだ、この宿の賭け金は銅貨三枚三十ゴールドからが相場なんだぜ？」

　マーフィーが自分の手札を眺めつつ言った。こいつはCランク、中堅クラスの冒険者だそうだが、装備は鉄の胸当てで、鋼シリーズで整えている俺と比べるとしょぼい。

「そうか。だが、俺のゲームは二十でやる。嫌なら降りろ」

「それじゃ賭けになんねえだろ、今は二人しかいねえんだしよ」

「じゃあ、賭けろ」

「ったく、ちったぁ宿の先輩に敬意を払おうとは思わないのか。じゃあ、コールだ」

　マーフィーも銅貨を二枚出してきた。だが、弱気だな。

「先に宿に泊まっていたくらいの事で先輩面されてもな。二枚交換だ」

　俺はA（エース）の三枚を手元に残し、要らない手札を捨てる。次に場に積み上げた山から新しいカードを引くが、ほう、A（エース）がもう一枚来たか。これでフォアカードだ。

　俺は今までギャンブルには弱かったのだが、異世界勇者となってからは変わった。あのブラウザゲーのリセマラが効いたのか、運が良い。

「へへ、アレック、その顔だと、そんなに良い札は来なかったみたいだな。日頃の行いが悪いんだよ、お前はよ」

「余計な御託はいい。さっさとカードを引け、マーフィー」

「教えておいてやるが、他人を急かすと幸運の女神様が逃げちまうぜ、アレック。オレは――ふふん、この一枚だけ交換だ」

　ニヤニヤと笑うマーフィーはひょっとしてフォアカードか？　……いや、それはあり得ないな。そこまで強いカードが来たら、迷わずレイズだろう。考えられるのはストレートかフラッシュ狙いか。それだって確率は低いから、この余裕の笑顔は解せない。となるとツーペアかフルハウス狙いのスリーカードってところか。こいつは手札がブタでも虚勢を張るギャンブラーだから、あまり当てにはできないが、まあ、そんなものだろう。

　マーフィーはいったんカードをテーブルに伏せておき、そうっと片目を閉じたまま指でめくったが、軽くため息をついた。フルハウスは失敗したらしい。

「レイズだ」

　俺はそれを見てから場に銅貨五枚を追加する。この手札の強さなら別に金貨を賭けたって良いと思うが、そんな事をすればマーフィーだって警戒してゲームを降りちまうだろうしな。これはあくまで暇(ヒマ)つぶしのゲーム、人生を賭けたギャンブルじゃない。

「はっはー、引っかかったな、アレック。こっちも、どーんとレイズだ」

「んん？」

　やけに強気なマーフィーが銅貨の山を足して十枚にした。といっても百ゴールド、負けたところで懐(ふところ)が痛む金額ではない。

「さあ、どうするんだ？　アレック。別に降りたって良いんだぜ？　賢いプレイヤーはこういうときに降りる。いつもコールする奴はただのカモだぜ？」

「賢い、か。俺はゲームでそんなチキンな遊び方はしない。コール」

　俺が銅貨を足して、場が整った。

「『オープン！』」

　二人が同時にカードを晒(さら)す。

　俺の手札はA(エース)のフォアカード。マーフィーのカードはK(キング)のスリーカードだった。

「なぁっ⁉」

　ククク、目を剝(む)いたマーフィーの顔が笑えるぜ。

「悪いな、マーフィー」

　俺は銅貨のひと山を、力強く手でたぐり寄せ自分の物とする。

「オイ、アレック！　お前、フォアカードならそれっぽい顔くらいしろよ！　そこは迷わず銀貨だろうが！　いちいちセコいんだよ、お前は」

「うるさい奴だ。お前の財布から銀貨を巻き上げなかっただけありがたく思え」

次のゲームに備えて、俺がカードを集めて繰っていると星里奈達が宿の玄関から入ってきた。どこかに皆で出かけていたようだ。

「アレック、カードで賭けをやっていたの？」

星里奈が聞いてきた。

「ああ、そうだ」

「もっと時間を有意義に使えば良いのに」

「フン、大きなお世話だ。ちなみにお前の有意義な時間ってのは何だ、星里奈」

「私は今日はみんなと一緒にグランソードの観光地を回ってきたわ。ね？」

「うん、結構、美味しかったよ！　アレックも来れば良かったのに」

リリィが言うが、わざわざ食い物を探して歩き回るのも疲れそうだ。

「面倒だ」

「もう。仕方ないわね。ところで、街の人達と話してて知ったんだけど、このグランソード王国の南に海があるんですって」

星里奈が言う。

「ふうん」

「ええ？　それだけ？」

「スケベ親父なら『よし行くぞ！』って速攻で言うかと思った」

リリィが言うが、なぜ俺が海に行かねばならんのか。だいたい海なんてものは無駄にアクティブな連中が行くところで不良率も高い。しかも飢えたナンパ野郎が女漁(あさ)りをやる狩り場であり、リア充カップルが幸せ自慢をするための舞台だ。それだけでもろくなもんじゃない。

「海とはどんなところでしょうか。話には聞いた事があるのですが、私はまだ一度も海を見た事がないので」

　ミーナがそんな話をした。

「あ、私も……」

　ネネも言う。

「む」

「ふふ、これはミーナさんとネネちゃんを海に連れて行ってあげた方がいいでしょうね」

　イオーネが言うが、そうだな、誰しも一度くらいは海を見た方が良い。

「よし、今から海に出発だ」

「へえ」「はい！　ご主人様」「おお」「あ……」「ふふ」

「あ？　おいアレック、もちろん、次の勝負を終わらせてからだよな？」

　一人無粋な事を言っている奴がいるが。

「それはこっちに帰ってきてからいくらでも勝負してやるぞ、マーフィー。また今度だ」

「いや、今、勝負だ」

「しないぞ。じゃ、お前達、準備しろ。星里奈は馬車をチャーターしてこい」

　俺はさっそくリーダーとして仲間に指示を出す。

「「はい」」「うん！」「分かったわ。また今度ね、マーフィー」

「おいおい、勝ち逃げが許されると思ってるのか？」

「たかだか百や二百ゴールドで勝ちも負けもあるか。そんなに勝負がしたいなら、馬車の中でやってやる。お前も付いてこい」

　俺はマーフィーに言う。

「おお、馬車代を出して海ツアーにオレも連れて行ってくれるのか」

「勘違いをするなよ、マーフィー。馬車代はお前が出して、負けてすっからかんになったところでお帰りだ。海ツアーは俺達の水入らずだからな。

別パーティーの男なんぞ、誰が入れるか」

「馬鹿野郎、海にも行かずに一人で帰れってそんな話、誰が乗るもんか。勝負だ、アレック！　どうしても海に行きたいのなら、このオレを倒してからにしてもらおう」

マーフィーが席を立ち、玄関を塞ぐように身構える。

やれやれ、ここで戦闘でもやるつもりか？

「やるなら外でやっとくれ」

カウンターにいた女将も興味なさそうに、そこだけは注意してくる。

「いいだろう」

俺は勝負を受け、マーフィーの気の済むようにしてやる事にした。

「ただし、カードの一発勝負だ。俺が負けたら一日中、ポーカーでも何でも好きなだけ付き合ってやるさ。いいな？　マーフィー」

「へっ、そう来なくっちゃ！」

さて、海を賭けた運試しだ。

✧第一話　勝負の行方

テーブルで俺がカードを繰った後、カードの山を譲り、次にマーフィーがやたらと念入りにカードを繰っていく。

「マーフィー、さっさとやれよ。俺も暇じゃないんだ」

俺は苛立って急かした。

「はん、最初から勝つ気満々かよ、気に入らねえ。言っておくがオレは前からお前が気に食わなかったんだ、アレック。妙に羽振りが良い上に、カワイイ女ばっかりぞろぞろと連れまくりやがって」

マーフィーが言うが、つまらない嫉妬だな。ま、立場が逆なら俺も同じ台詞を吐いただろうから、ここは聞き流してやる事にする。

「アレック、チャーター便だけど、ちょうどニックがいたから、彼にしたわ」

星里奈が戻ってきて言う。

「おう、あいつなら安心だな」

ニックはグランソード王国に来る時に俺達が一度使った御者だ。仕事ぶりは真面目で何もトラブルがなかった。

「って、まだカードゲームやってるの？　アレック、のんびりしてないで、あなたも早く準備したら？　ニックは準備したらすぐに来るって言ってたわよ」

「マーフィーとちょいとした因縁があってな。星里奈、ミーナに言って、俺の荷物も準備させておいてくれ。ま、持っていく物はいつもの装備だけで良いが」

「そうね。私は着替えも持って行くけど」

「星里奈、無駄に荷物を増やすなよ」

「分かってるわ」

ようやくマーフィーがカードを繰り終え、俺の手札の五枚を配って寄越した。一発勝負で二人だけのプレイなので、公平を期してそこで交代し、今度は俺がマーフィーのカードを配る。

もちろん、イカサマは無しだ。

カードゲームに慣れているマーフィーを、イカサマの素人である俺がごまかして出し抜くなど土台無理な相談だ。それでなくてもさっきのフォアカードのせいで、マーフィーは俺がイカサマをやっているのではと疑っているはず。手元への視線が鋭いからな。スキルを使えば別だが、こんなお遊びにポイントを使う気はさらさらない。

配り終えてテーブルの真ん中に山を戻したが、そこへマーフィーが手を伸ばそうとする。

「お前が先手を取るのか？　マーフィー」

そこはコイントスで決めるべきだと俺は思ったので言う。

「いや、下手な小細工をされないように、もう一回だけ繰っておこうかと思ってな」

「やめておけ、マーフィー。お前が小細工する可能性だってあるだろう」

「てめえ……アレック、見くびるんじゃねえぞ。オレはポーカーでは一度だってイカサマをした事はねえ。そんな事をしてちゃあ、腕が鈍るからな」

ポーカーにそこまでの腕前が要求されるとは思えないのだが、ま、コイツの矜持だ。そこは尊重してやろう。

「いいだろう。だが、時間がない。一回繰るだけにしろ」

「分かったよ。よし、これでいい。勝負だ！　アレック！」

カードの一騎打ち――。

二人ともテーブルから己の武器となる五枚のカードを拾い、手札の内容を見る。

スペードのA、スペードの2、スペードの3、スペードの4、そして最後の五枚目は……スペードの5。ほう、これも異世界勇者の基本能力値、運のなせる技か。ストレートフラッシュなど、俺も久しぶりに見た。

「よしっ！　来たぜ来たぜぇ！　アレック、お前に吠え面を掻かせる日が、今日だ！」

興奮気味にのたまうマーフィーもかなり良い手札らしい。

さて、どうするか。

ま、考えるまでもないな。これより上の役はロイヤルストレートフラッシュしかないのだ。しかも変えるなら一度手元の札を全て崩さないと成立しない。あまりにも分の悪い賭けだ。

どのみちマーフィーの手札はせいぜいフルハウスと見た。ロイヤルストレートフラッシュなんぞ、出せるタマとも思えない。

「ノーチェンジだ」

俺は銀貨を一枚場に転がし、宣言する。

「奇遇だなあ、アレック。オレもノーチェンジだぜ。…………なあ、ちょっと今、持ち合わせがないから、銀貨一枚、貸しにしてくれよ。な？　な？　いいだろ？」

　そこでマーフィーも銀貨を投げて寄越せば格好も付いただろうに、どこか憎めない奴。

「いいだろう。だが、もうお前が負けても、勝負は受け付けないぞ。俺は駄々っ子と遊ぶつもりはない」

「おいおい、何言ってやがる、それはオレの台詞だぜ？　アレック」

　口の減らない野郎だ。

　俺とマーフィーの不敵な視線がしばしぶつかり合い、俺達は同時にうなずき合って手札をひっくり返す。

「「オープン！」」

　俺の手札はスペードのストレートフラッシュ。対するマーフィーは予想通りのフルハウスだった。

「ばっ……」

　絶句して呆然とテーブルを見つめるマーフィー。

「俺の勝ちだ。テーブルはお前が片付けておけ、マーフィー」

　俺は自分の銀貨を回収すると、宿の入り口に向かう。

「エイダ、そういうわけで、何日か、ちょっくら留守にする」

　カウンターの女将(エイダ)にも告げておく。

「あいよ。その間の宿賃は取らないから、心配しなくていい。部屋はそのまま残しておくよ」

「ああ、またすぐここに帰ってくるつもりだ」

　星里奈やミーナ達もちょうど準備を終えて階段を降りてきた。

「お待たせしました、アレックさん。お久しぶりです」

「おう、またよろしくな、ニック」

　御者もやってきて、実にタイミングが良い。すぐに俺達は幌馬車に荷物を積み込み、自分たちも乗り込んだ。

「馬鹿野郎がッ！」

宿の中でマーフィーが叫んだが、行き場のない怒りというヤツだろう。それが俺に向けてのものだったのか、それとも自分自身に向けてのものだったのか、俺には分からない。

「馬鹿野郎がぁあああー！」

もう一度言ってやがる。やれやれだな。こりゃ、帰るなりまたカードをせがまれそうだ。

「ちょっと、アレック、いったいマーフィーに何したの？」

星里奈が怪訝な顔で向こうを見やると聞いてきた。

「何も。奴がどうしても勝負がしたいというから、負かしてやったまでだ」

「そう。ならいいんだけど、マーフィーにも困ったものね。一昨日(おととい)くらいに一勝負って言ってきて、私も五回くらい付き合わされたもの。ま、全部私が勝ったけど」

星里奈が言うが、それでマーフィーの奴、俺にしつこく勝負を迫ってくるんだろうな。

「ふふ、それは一回くらい、負けてあげるのもお付き合いですよ」

イオーネが微笑んで言うが、確かにな。それが大人の付き合いってヤツだろう。

「ふむ」「なるほどねぇ」

「では、皆様、よろしいですね？　それでは出発します」

「海～！　ヒャッホウ！」

ニックが言い、リリィがはしゃぐと、俺達の馬車は忙(せわ)しく揺れながら南の海へと向かい始めた。

✧第二話　Bランク魔導師の奇襲

ちょっとした見物とバカンスを兼ねて海ツアーに出発した俺達は、宿場町で一泊し、そこからさらに南へと移動している。

　何日も馬車に乗るようだとケツが痛くてうんざりするが、星里奈の話では急げば二泊三日で海岸までたどり着けるという。とはいえ、そこは道中にモンスターも出没するような旅だ、あまり無理して命を落とすような羽目になっては元も子もない。俺はその辺もニックと相談し、無理のない日程(スケジュール)と道順(ルート)を立てていた。

「クリア！」「こっちもクリアです」

　何度目かの戦闘を終え、再び馬車に乗り込む。

「よし、いいぞ、ニック。出してくれ」

「はい。それにしても、皆さん、随分とお強くなられましたね」

　さっきの軍隊蟻(アーミーアント)との戦闘があっという間に終わったからか、ニックが感心したように言った。

「そうか」

「そりゃあ、だってねえ？　アレックがスケルトンから【不死】のスキ——」

　星里奈の馬鹿が口止めしたのにまたペラペラと喋ろうとするので、俺は彼女を鋭く睨み付けた。

「あっと……あはは、まあ、私達も『帰らずの迷宮』で鍛えてたので」

　星里奈もそれだけで思い出したようで、肝心なところはなんとか口にせずに話をごまかした。

「そうですか。やはり冒険者は三日会わざれば刮(かつ)目(もく)して見よ、ですね」

　それが現地のことわざなのか、異世界勇者がもじって広めたことわざなのか、まあどちらでもいい。しかし、俺達が強くなるように、他の勇者達——エルヴィンやケイジもレベルアップで強くなっているはずだった。彼らがシンのように俺達に敵対するとは限らないが、やはり安全のためにもレベルでは上回っておきたいところだな。

「バカンスを終えたら、迷宮できっちりレベル上げだぞ、お前ら」

　俺は気を引き締めるために言っておく。

「分かってるわよ。でも、第一層だと、なかなかレベルが上がりそうにないし、早く下の階層へ行きたいわね」

星里奈の言う事は正しい。

「そうですね」

微笑むイオーネ。彼女は前衛としてやる事はきっちりやってくれているので何も問題ない。

「頑張って第二層への階段を見つけます、ご主人様！」「わ、私も頑張るです！」

気合いを入れたミーナとネネ。二人ともやる気があって大変よろしい。

「エー、面倒臭いー」

リリィだけはやる気が無さそうだが、まあいい、どうせ団子で釣っておけば、いくらでもやる気が出る子だ。

「あっと……んん？」

星里奈が口元に指を当てて、何か疑問に思ったようだ。

「どうした星里奈」

「んー、なんだろう、何か、忘れてるような気がするんだけど」

「ふん。今更、忘れた服なんぞ、取りに戻らないぞ」

俺はきっぱり言っておく。簡単に取りに戻れる距離でもない。

「それは大丈夫よ。ちゃんと確かめてるもの。そんなに重要な物でもなかったと思うし、気にしないで」

「ならいいが」

馬車はゴトゴトと結構揺れる。ニックによればこれでも上等な馬車だそうで、そこは我慢するとしよう。揺られていようと、単調になれば眠くなってくるのが人間というものなのだろう。俺はいつの間にか、ウトウトとし始めた。

「アレックさん、横になってはどうですか」

イオーネが言う。

「ああ、だが、馬車で横になってもな……」

揺れる上に、舗装したアスファルトの上でもないから、車輪が石ころを踏んづけたときに衝撃が直に床から伝わってくるのだ。リリィは大の字になって大口を開けたまま眠っているが、よく眠れるもんだ。

「大丈夫ですよ。ここなら」

そう言って、イオーネが自分のヒザをポンポンと叩いた。

「ほう、ヒザ枕か」

「はい」

「なら、試してみよう」

俺はイオーネの側に寄って横になり、その少しむっちりとした太ももに頭を載せる。

「どうですか？」

「良い感じだな。痛くない」

「良かった。ふふ」

イオーネが俺の髪の毛をそっと手のひらで優しく撫でてくる。

「わ……」「むむ……」

ネネがこちらを見てなぜか顔を赤らめ、星里奈は何か言いたげにしてくるが、文句を言われる筋合いはない。イオーネはすでに俺の女であり、彼女からヒザ枕を提案したのだ。何も問題はない。

「またモンスターが出てくるかもしれないのに……」

ぼそっと星里奈が言うが、これだけの人数がいれば、誰かが見張っていれば良いだろう。

「安心して下さい、星里奈さん。私がちゃんと見張っていますから」

「いいけど、ミーナ、後で私と見張りは交代ね。一人じゃ疲れるし、公平じゃないから」

「はい、ありがとうございます、星里奈さん」

それきり、誰も喋らなくなり、静かに時が流れる。俺はイオーネに撫でられるのが心地よく、このまま少し眠る事にした。イオーネは子守歌なのか、現地の歌を綺麗な声音で歌い始め、それがまた心地よい。たゆたうような時の流れが次第に緩んでいく。このような落ち着いた時間は久しぶりだ。

それが俺の決定的な油断だったのか――。

突如、轟音（ごうおん）と共に馬車が大きく揺れ、俺の体は宙に浮いた。

「『きゃあっ！』」「なんだ⁉」

悲鳴の中、先頭を切ってミーナが馬車から飛び出した。もちろん、幌で視界が取れないから、外の状況を確認する必要がある。ただ、ミーナが無茶をしないかが心配だ。

「私も出ます！」

俺を立たせた後、イオーネもすぐに馬車を飛び出した。

「敵は一人！」

星里奈が【エネミーカウンター】のスキルで敵の数を把握したが、問題はそのレベルだ。彼女がそのまま飛び出そうとしたので俺は止めた。

「待て星里奈、俺が先に出て【鑑定】をやる。お前はその後で【スターライトアタック】を使え」

「分かった！」

星里奈の必殺技は先に当ててしまえば勝利確実だが、敵の強さも分からないのに仕掛けて失敗すればまずい事になる。俺は敵のレベルをそれなりの高レベルと判断した。低レベルなら、問題なくミーナが片付けるだろうが、奴は彼女の嗅覚をかいくぐって仕掛けてきたのだ。完全な奇襲を成功させるだけのスキルを持っていると見なした方が良い。

ここは慎重に行くべきだ。

「『フシュー……この恨み、晴らさでおくべきかーッ！』……はわあわ」

「ネネ？」

自分で怯えながらホラーなアテレコをしているが、今回の敵は俺達を知っている？

それとも盗賊やタダの八つ当たりで適当な奴を襲っているのか？

ともかく、俺は馬車の外に出て……そして拍子抜けしてしまった。

ミーナもイオーネも、もうすでに剣を構えていない。

そこには見知った暗紫色のとんがり帽子を被った魔導師がいた。

「レティ、これは何の真似だ？」

俺は馬車を襲った張本人に問う。

「私だけ、のけ者にして、海にバカンスどがぁ、パーティーを外じたいなら、はっきり言えばいいじゃない！　ずびっ」

泣きながら言うレティも、変な勘違いをしたものだな。すっかりコイツの事を忘れていた俺達もアレだったたが。

俺は【話術】を使う。

「そうじゃないぞ。金稼ぎで忙しそうなお前に、遊びに行こうと誘うのも気が引けてな。もちろん、今後ともネネの師匠として頑張ってもらいたいと思っているぞ？」

「ホントに？」

「ああ、そうだよな？」

皆がウンウンとうなずく。

「……そう。ならいいんだけど。じゃ、海に向けてしゅっぱーつ！」

レティの機嫌がもう直ったようだ。

「ニック、大丈夫だったか？」

俺は馬車の前に行き、様子を見る。

「ええ、馬が驚いてしまっただけなので」

「悪かったな。アレも一応、仲間なんだ。いや、パーティーメンバーかな」

「分かりました。攻撃でなくて良かったですよ」

怒り出さないニックは人間ができている。俺だったら、そんな危なっかしい客はお断りだと言うところだ。

「よし、出発だ」

俺も馬車に乗り込み、再び移動を開始した。

第三話　水着

三日目の昼、順調に行程をこなした俺達は、ついにグランソード王国南方の海に到着した。

「着きましたよ、皆さん」

「おお」「わあ」

幌馬車を降りてみたが、まぶしく輝く砂浜の向こうに、綺麗に澄み切ったエメラルドグリーンの海が広がっている。波がうねりながら砂浜に押し寄せ、白いしぶきを立てては引いていき、そのさざ波の緩やかでリズミカルな音がここまで聞こえていた。上は見るだけで爽快な気分になる青々とした大空だが、そこに高く昇った太陽は妙にギラついていて、日差しもなんだか強い。それまでの馬車の中に溜まっていた怠惰で退屈な俺達の眠気は、一気にどこかへ吹っ飛んだ。

「海ぃー！」

時が止まっていたように惚けていた一同の中で、先頭を切って砂浜を走り出したのはリリィだった。

「あっ、ちょっとリリィ！　海に入るなら着替えて準備運動もしないとダメよ！」

星里奈が声をかけるが、どうせ聞こえちゃいないだろう。

「浅瀬なら死にゃしないだろうし、放っておけ。それより、ミーナ、ネネ、どうだ？」

俺は海が初体験の二人組に聞く。

「はい、これが海ですか……なんだか凄いです」

「ふええ……広い……」

ま、月並みな感想だが、そんな物だろう。海は言葉で表せるようなものではない。こればかりは自分で体験しないとな。

「では私はいったん、近くの港町の宿屋に戻ります。夕方頃にまたお迎えに上がりますので」

御者のニックは海を楽しまないつもりらしい。

「ニック、お前もゆっくりしていっていいんだぞ」

「はい、ですが、ここに馬を置いておくと、暑さでやられてすぐにへばってしまうんですよ。私は何度もこの海には来ていますし、どうぞお気になさらず」

「そうか」

「向こうに、着替えができる小屋があります。水着も売っていますから、それを買われた方が良いでしょう。海から戻られる際には、水魔術士が用意した真水でしっかり体を洗っておいて下さいね。日差しの下にずっといると、肌が焼けて——」

「いや、その辺は俺達も知っているから大丈夫だ」

「そうですか、それでは、ごゆっくり、お楽しみ下さい」

ニックの話ではここは不思議とモンスターが出ないそうなので、俺達は鎧は馬車に置き、最低限の武器と着替えだけを【アイテムストレージ】へ移しておく。馬車を見送った俺達はまず水着を買いに向かった。

「うわあ、たくさんあるわね！」

浜辺の店の一つでは、ハンガーに掛けられたカラフルな水着がずらりと並んでいた。水着のデザインも現代風で、素材も見たところ水を弾く感じで、ここだけ中世じゃねえな。おそらくダンジョンの宝箱から出てきたアイテムなのだろうが……深く考えまい。

「いらっしゃいませ。水着はどれでも一着、二百ゴールドです。ご予算に合わせて、お手頃価格のレンタル一日十ゴールドでも貸し出していますので、どうぞそちらもご利用下さいませ」

こちらも水着を着用した女店員が、笑顔で接客してきた。ここは貴族も訪れる事があるのか、しっかりした造りでどこか高級感が漂う店だ。

「ふうん、レンタルもできるんだ。どうしようか？」

「俺に聞くな、星里奈。店主、新品はあるのか？」

「はい、こちらに陳列してある物はすべて新品です」

「じゃ……面倒だ、男物の水着を一着、適当なのを見繕ってくれ」

男物の水着でさえ、一列ずらりとハンガーが掛けられているので俺は選ぶ気にもならない。

「ダメよ、アレック。私が選んであげるから」

「お前だと赤とか落ち着かない色にするんだろうが」

「ええ？　カッコイイじゃない」

ファッションを他人にアピールするための物と捉えている星里奈と、着心地以外については自分の気分を調整するための物でしかないと考える俺では、もはや次元が異なるのだろう。

「アレックはこれが良いよ！」

いつの間にか店の水着を持ってきたリリィが言う。青と白、横ストライプ模様の上下一体型で、昔のどこかの囚人服みたいな感じだ。

「却下だ」

「じゃあ、これとかどう？」

星里奈が持っている赤い水着は、ブーメランのような形をした細いパンツで、まるで女物だ。これでは隠しきれずに色々はみ出そうだ。

「却下！」

「うわぁ……星里奈、それって」「あう……」

他の女子、レティやネネもドン引きしてるじゃねえか。

「こちらはどうでしょう？」

店員が昼空のようなグラデーション地に、白い墨汁でもぶちまけたような派手な柄の短パンを勧めてきた。

「うーん」

「なら、アレックさんはこれが良いと思いますよ」

イオーネが黒地にイルカのワンポイントの水着を見せてきたが、そうそう、そういうシンプルで落ち着いた物で充分だ。

「それにしよう。二百だったな、ほれ」

「ありがとうございます。試着室はあちらです」

「いや、試着はいい。紐が付いてるなら、サイズも調節して穿けるだろう。じゃ、お前ら、後は好きに選べ。俺は先に行くぞ」

そう言い残して俺は店の隣にある更衣室の小屋に行き、水着に着替えた。そこには服を置く棚もあったが、盗まれても嫌なので【アイテムストレージ】の方へ服とブーツを突っ込んでおく。

「チッ、サンダルも買えば良かったか」

素足で白い砂浜を歩くが、地面の砂が結構熱い。周りを見るが、家族連れやカップルも多いようで、海辺はにぎわっていた。

「おお……」

海に辿り着き、浅瀬に足を踏み入れたが、ひんやりと熱を取ってくれて気持ちが良い。

簡単に準備運動をしてから今度は肩まで海水に浸かってみた。

心と全身が清涼感に包まれ、心地良い――気分爽快だ――。

俺は思わず目を閉じるが、世界がクールミント一色に塗り変わってしまったような、そんな感覚。

しかし、水はそれほど冷たくはなく、泳ぐのにも適しているようだ。

やたらと透明度の高い海は、足下の珊瑚が見えるほどだが、しかし遠くの水平線に近づくとエメラルド色に染まっている。上は紺碧の突き抜けた空。遥か上まで入道雲が立ち上っているが、久しぶりに落ち着いて空を見た気がする。

このところずっと、『帰らずの迷宮』で地下に何度も潜っていたせいだろう。あそこは油断もできない場所だから、知らず知らずのうちに緊張してストレスが溜まっていたのかもしれない。

俺は軽く平泳ぎして海を堪能したあと、一度、砂浜へ上がった。

「アレック～」

手を振ってリリィがやってきたが、彼女はピンクのワンピースの水着を選んだようだ。腰にフリルスカートが付いていて、なんとも可愛らしい。

「リリィ、お前、それは自分で選んだのか？」

「んーん、星里奈とイオーネがこれが良いって勧めてきたから」

「そうか。まあ、お前はそれがいいぞ。良い感じだ」

「にひー！」

褒められて自慢げに笑ったリリィはそのまま海へ、ザブン！　と腹からダイブした。

「ぷはーっ！　冷たーい、気持ちイイ～！」

犬かきで泳いでいるが、まあいい、好きに楽しめ。

「ご主人様、お待たせして申し訳ありません」

ミーナが駆け足でやってきたが、彼女は白いビキニにしたようだ。やや布の面積が小さく、肌を隠しきれずに乳房の膨らんだ部分が半分脇から見えている。際どい感じだが、控えめの胸に清楚な水着というのはイイ。

「別に急ぐ必要はないぞ。それより、似合うじゃないか、ミーナ」

俺はしっかり【話術　レベル５】も使って褒めておく。

「あ、いえ、そんな……恥ずかしいです」

俺の視線を意識したか、両手で胸を隠し、恥じらいで頬をほんのり赤く染めたミーナはいい女だ。

この場で剥いて犯したくなったが、彼女も初の海だ。まずは泳いでからだな。明日もバカンスの予定にしているから、ヤる時間はたっぷりある。

「ちょっとアレック、ミーナをいじめたらダメよ。他のお客さんもいるんだから、少しは考えなさいよ」

　星里奈が何か勘違いした様子でやってきたが、やはりコイツは赤ビキニだった。しかも紐で布面積も狭く、胸や尻がこぼれ落ちそうになっている。

「別に変な事はしていないぞ。それよりお前、学生がそんな物を着るのか」

「別に、いいじゃない、これくらい」

　自分の格好を確かめ、自信ありげに胸を張るコイツは、まあ、見てくれだけは合格だな。釣り鐘型の乳房がなかなかイヤらしい。

「ふふ、たまには派手なのもいいと思いますよ」

　微笑んだイオーネは大人っぽい黒のビキニだった。下はパレオで上品な大人の色香が漂い、布面積は普通のはずだが、迫力のあるスイカップは彼女がちょっと動く度にたゆんたゆんと揺れ、震いつきたくなる。

「そーよ、せっかくなんだし」

「分かった分かった。ま、二人とも良い感じだが、なんでネネにそんなのを着せたんだ」

「はう」

　イオーネの後ろにサッと隠れたネネは、紺色の水着だが……胸に名札まで付いており、どう見てもスク水だ。

「私達が決めたわけじゃないわ。もっと他の良いのを選んで上げようとしたのに、これでいいってネネちゃんが言うものだから」

「どうせお前が落ち着かないド派手なのを選んだからだろう。ネネ、別にけなしたわけじゃないから、隠れなくて良いぞ。俺の故郷じゃ、みんなそれを着て泳いでたからな」

「そうなのですか？　良かった……」

「ハーッハッハッハッ！　見なさいよ、アレック。

どーだ、私の水着が一番カッコイイでしょー」

わざとらしい高笑いをして仁王立ちになったレティだが、紫色のスリングショットは良いとして、背中にマントを羽織り、さらにとんがり帽子を被ったままにしているから、どこぞの痴漢……痴女に見える。

「……さて、じゃ、準備運動をしてから海に入れよ」

「うん」「はい」

「ちょっと！　他人のフリってどういう事よ！」

レティが怒るが。

「やかましい。通報されそうな変な格好をするんじゃない」

「ええ？　水着マントとかカッコイイと思うんだけど」

「レティ、さっきも言ったけど、本当に危ないわよ、それ。溺れると思う」

星里奈もあきれ気味に言うが、一度は注意したのだろう。

「ああ、平気平気、私ってば、ほら、天才魔導師でしょ？　いざとなれば水魔法も使えるし、浅瀬でちょっと浸かるだけにするから――うひゃっ、がぼっ⁉」

濡れたマントが足に絡まったようで、勢いよく顔から転んだレティは、その場でバタバタと暴れ出した。俺と星里奈で腕を掴み、引き上げてやった。

「ぶはー、げほっげほっ、し、死ぬかと思った」

「だから言ったのに」

「アホだな」

「けほっ、ちょっと休む……」

意気消沈したレティが砂浜に戻って体育座りでいじけて縮こまってしまったが、まあ、しばらく放っておいてやろう。どうせすぐ立ち直る奴だ。

「わあ、冷たくて気持ちいい！」「わわ」

レティをよそに皆が海に入り、水の感覚を楽しむ。

「アレックもこっちこっち！」

「俺はさっき泳いだからもういいぞ」

「いいから！　こっちー！」

リリィがしつこく呼ぶので何かあるのかと思い、俺も海に入る。

第四話　意外な秘密

「どうしたんだ？」

リリィが呼ぶので海に入って近づく。

「それっ！」

「ぶはっ！　くそっ、やめろ」

水をかけてきたリリィだが、俺はそんなガキの遊びに付き合う歳じゃねえっての。離れようとしたが、リリィが追いかけてきて、さらに背中から星里奈も俺に水をかけてくる。

「ほら、ミーナも」

「ええ？　でも」

「これが海の遊び方なんだから、大丈夫よ。アレックも怒らないわ」

「わ、分かりました。では、ご主人様、全力で行きます……！」

「馬鹿、やめろ、これはそんな全力でやったら、げぼっ」

やられっぱなしは性に合わないので俺も反撃に出る。

「きゃあっ」「やったなー」「ヒャハハ、切れろ切れろ切れろォ！」

そうこうしているうちに、いつの間にかキャッキャウフフの水遊びだ。俺とした事が、すっかり引き込まれて童心に返って遊んでしまった。

「じゃあ、次はビーチバレーで遊びましょ。ボールも買ってきたから」

星里奈が【アイテムストレージ】からビーチボールを出し、それを投げた。

「ええと、どうすれば……」

「打ち返して、ミーナ」

「はい、じゃあ、それっ」

　結構なスピードでボールが飛んできたが、俺も異世界勇者の【運動神経　レベル5】と【動体視力　レベル5】でなんとか追いつく。

「くっ」

「お見事。では、私も参りますね。すーっ……【水鳥剣奥義！　鳰（かいつぶり）！】」

　――解説しよう。鳰とは「水に入る鳥」を意味する和製漢字であり、「かい」はたちまち、「つぶり」は水中に潜る音を表すという。イオーネはたちまち水の中にザブリと消え……いや、これはフェイク!?

「あっ、上！」

「なにっ?!」

　いつの間にか数メートルも上に跳んでいたイオーネがビーチボールを素手で叩きつける。ボールは潰れたかと思うほど大きく歪み、超高速の回転が加わったのかブレる残像を残しながら海を一直線に撃ち抜いた。ドォンという水しぶきが垂直に巻き上がり、そこだけ直径一メートルの範囲に渡って円形に水がくりぬかれ、海の底があらわになった。

「ふふ、これでどうですか？」

「取れるか、そんなもん！」

「あっ！　面白そう私も！　私も！　――四大精霊がウンディーネの誓約にて、我がマナの供物をもってその水流を……」

　レティまで呪文を唱え始めたが、これはそんな遊びではないので俺は制止した。

「待て、お前らは勘違いしているぞ。このゲームは相手に優しくパスしてみんなで気楽に楽しむ遊びだ。真剣にやろうとするんじゃない」

「そうねえ。さすがにこれだと私はともかく、ネネちゃんは取れないでしょうし」

星里奈も言う。

「無理です、あうあう……」「リリィも絶対無理！」

見ろ、二人ともガタガタ震えているじゃねえか。

「なんだ、そうなんだ。じゃあ、軽ーく、それっ」

マントを脱いだレティがボールを拾って、ネネにパス。

「はわわ……えいっ！」

ちょっと危なっかしい感じだったが、ネネがボールをつなげた。

「ミーナ、行ったわよ」

「はい！」

そう、これこそが清く正しい水中ビーチバレーのあり方である。

少女達がボールにタッチする度に、胸がぷるんっと揺れ、そこにつかの間の桃源郷が現れる。上手くいけば、何かのアクシデントでポロリのおまけも付く。その瞬間を決して見逃すまいと目を光らせつつ、ミスしたようにカモフラージュしながら、わざと少し厳しいボールを女子に送って、肉食獣のようにチャンスを待つ。そんなゲームだ。

「あ、ちょっと待って」

良い感じでゲームが続いていたのに、星里奈がボールをホールドして、流れを止めてしまった。

「なんだ、星里奈、俺のプレイに文句でもあるのか？」

「別にないわよ。それよりあれを見て。少し大きい高波が来てる」

星里奈が指さすので沖を見ると、確かに二メートルくらいのちょっとした高波がこちらに向かって押し寄せつつあった。まあ、あれくらいなら、水は被ってしまうだろうが避難するほどでもない。

ここにはサーファーまでいるようで、板に腹ばいで乗って沖の波を狙いに行く奴らもちらほらいた。

「大丈夫、あれくらいの波なら、直前で息を吸って止めていれば、問題ないでしょう」

イオーネが優しく微笑んで言い、皆もうなずく。

俺もやや身構え、水面が盛り上がり、そろそろというところで息を大きく吸って止める。

体が水中にふわりと浮くと、頭上から海水の壁が覆うようにのしかかってきた。少し我慢し、水が引くのを待ってから、息をする。

「ふう」

「ぶはっ、げぇ、タイミングを間違えたぁ！　げほっ、げほっ」

「あらあら、大丈夫ですか、レティさん」

約一名、息継ぎに失敗したようだが、他は問題ないな——と俺がパーティーメンバーを確認しようとしたとき。

「あっ、ネネちゃんは？」

「むっ？」

さっきまですぐそこにいたネネの姿が無い。

「ネネ、どこだ⁉」


「くんくん、ダメです、匂いが水と潮の香りにかき消されてしまって……」

捜索にはもってこいのミーナの鼻が使えないと来たか。

「任せて！　——我が呼びかけに応じよ、探し物はいずこや、【ディテクト！】」

レティが探知の魔法を使った。

「そこよ！　星里奈の後ろ」

「えっ、ああ……」

星里奈の四メートルくらい後ろでバシャバシャと溺れているネネがいた。

「おい、何してる、星里奈、早く助けろ」

「えっと」

なぜか一番近くにいる星里奈がその場を動かない。

「チッ！」

俺も泳ぎが得意な方ではないのだが、水に飛び込み、何十年ぶりかのクロールでネネのもとに行く。

「ほら、落ち着け、ネネ、もう大丈夫だぞ」

幸い、まだ足が下に付くところだったので、俺も慌てずに済んだ。溺れた奴がパニックでしがみついてくるから、ダブルで溺れるパターンもよくあるものな。

「けほっ、けほっ、ごめんなさい、です……」

「謝らなくていい。気にするな。手をつないでやれば良かったな。それより、星里奈」

「ご、ごめん……」

「なんで動かなかったのか、理由を言え」

普段の星里奈なら、真っ先に助けに行きそうなのに、行動が解せない。

「それは……」

「あー、私、分かったー！」

「なに？」

この中では一番アホそうなリリィが真っ先に理由に気づいたようだが、はてさて、それが本当に当たっているのかね。

「リリィ、言わないで」

星里奈が知られたくないようで、止めようとする。

「えー、どうしよっかなー、ふひひ」

「『うう、泳げないなんてバレたら恥ずかしいし、アレックが絶対馬鹿にしてくるからぁー！』はえ……」

ネネが【共感力☆】で誰かさんの思考を読んだか、理由を暴き出した。

「あのなあ、星里奈」

俺はため息をつく。

「うう……」

「泳げないのは馬鹿にされる事なんかじゃないぞ。それよりも、今みたいな時に困るから、仲間にはきちんと申告しとけ」

「……はい」

顔を赤らめた星里奈だが、反省はしたようなので、もうそれでよしとしよう。

「そうだったのですか……でも、何だか星里奈さんが泳げないのは意外です」

ミーナが言うが、俺も同感だ。コイツ、運動神経は抜群だったはずだが。リセマラする前は違っていたのか？

「うん……私、小学校に入る前に親に海に連れて行ってもらった事があるんだけど、そこでクラゲに刺されて、水が怖くなっちゃって。プールは普通に泳げるんだけど」

プールでは泳げるなんて、変わった金槌だな。

「なんだ、じゃあ、今も無理してたのか？」

「ちょっとだけ。ここは足下が綺麗に透けて見えるから、腰までならなんとか」

「まあいい、いったん休憩に上がるぞ。全員だ」

「「はい」」「「うん」」

砂浜に上がったが、さっきまでそこに無かった石像ならぬ砂像がその場に作られていた。

「レティ、お前、無茶苦茶器用だな……」「凄ーい」

作った奴に感心する俺達。さっきレティが転んで砂浜でいじけていた時に作ったようだが、そんなに時間はなかったはずだ。

「フッ、ちょっと魔術で作っただけだから。まあ、天才にかかればこんなの超余裕だし、あ、ルーンを教えて欲しかったらみんなにも教えてあげなくもないよ？」

「いや、別に要らん」「私も別にいいかも」

魔術と分かってしまえば、あまり凄さを感じない。砂浜に像を作るだけの魔法なんて、こういう時くらいにしか使い道がなさそうだ。星里奈や皆もそう思ったようで興味を示さない。

「なっ、ネネちゃん！　ネネちゃんは覚えたいよね?!」

「は、はい……まあ」

やや強引だが、ま、レティはネネの先生役だし、そこは師匠のご機嫌を取っておくのもいいだろう。

頑張れ、ネネ。

「じゃあ、しばらく自由行動にするぞ。海に入る奴は二人ひと組でな」

俺はリーダーらしく最低限の注意事項をパーティーメンバーに伝えると、とある目的の場所に向かう事にした。

第五話　ミラクルホール

グランソード王国の南にある海水浴場。

ここは一般の人々にも開放されていて、モンスターもなぜか出没しないフィールドだから、誰でも砂浜で遊ぶ事ができ、人気スポットらしい。

となれば、だ。

当然、若い美少女達も海でちょっとひと夏の解放感を味わおうとやってくるわけだ。

しかも、ここにはおあつらえ向きの更衣室も備え付けられていた。なら、漢(おとこ)として覗くしかないよな？

もちろん、女子更衣室の建物と男子更衣室の建物は別々となっており、迂闊に女子側に近づこうものなら即座に通報されたり、兵士がやってきて逮捕されたりしてしまうだろう。だが、リセマラ勇者の能力と、スケルトン勇者から【スキルコピー】した【不死】によって膨大なスキルポイントを手に入れた今の俺ならやれる。行ける。

俺は完全勝利の予感を胸に秘め、女子更衣室がある建物裏手に生い茂るヤシの木林に足を踏み入れた。

ここで周囲をキョロキョロとしてはいけない。見かけた者があいつは挙動不審だと思えば即イエローカードだ。そのヤシの木林が女子更衣室の近くにあるのだから、男が近づこうとしているだけで、通報トリガーが発動しかねない。俺は全神経を集中し気づかれないよう細心の注意を払いつつ周囲を窺う。もし、途中で「おい、何をしている」「どこへ行くんだい？」と声を掛けられたなら、そこで小便をするか、日陰に入って休むフリでごまかすつもりだ。

砂を踏む一歩一歩が、永遠とも感じられるような緊張感の中、俺は【幸運　レベル5】のスキルに全てを賭けた。

結果——俺は誰にも見とがめられる事なく、ヤシの木林に入る事に成功した。ここまで来れば後は余裕だ。日光をまぶしく反射している砂浜のせいで、木の陰は見えにくくなり、海と水着をエンジョイしている海水浴客はこちらを見る事もないだろう。

そしてついに俺は女子更衣室の建物の裏に回り込んだ。

その建物は板張りで建てられた木造建築で、それなりにしっかりした造りにはなっているが、ここは中世だからな。壁の内部に断熱ボードが入っていたりしないから、外側と内側にある木の板の隙間が一致する点、ミラクルホールを見つけるだけで良い。ミラクルが無いなら、ちょっとナイフでガリガリやって、ミラクルを自分で作り出せば良いのだ。

「む？」

だが、奇跡の桃源郷を探し始めた俺は、いきなりそこに丸く開けられた穴を見つけてしまった。

いやいや、そんな、これは虫でもかじったのだろうか？　それにしては内側まで穴が開いていて完璧なミラクルになっている。

——少し妙だ。

いくら俺がリセマラ勇者で他人よりも運の基本値が高くなっているとは言え、その数値は上限である50ポイントの半分程度でしかなかった。【幸

運　レベル5】が仕事をしてくれたにしても、これは出来過ぎな気がした。

……まあいい。

目的のためなら、使えるモノは何だって使えば良い。それで他人が不幸になったり、何かが壊れたり失われたりするなら問題だが、穴を覗くだけなら何も減りゃしない。少し気になるのは、穴の周りに白い粉が付いているのだが、これも【鑑定】で毒物ではないと出た。

ならば、迷う必要があろうか?

「ふーっ」

俺は息を大きく吐いて精神統一すると、両手を壁に突いて、その奇跡を覗き込んだ。

見える。見えるぞ。

女子更衣室の中央部がモロに見える。

何という僥倖。何という光景。

これもきっと俺の日頃の行いが良いせいだな。

しかも、中では数人の女が今まさに着替えようとして服を脱いでいる最中だった。

シークレット・ストリップショーにようこそ!

「この水着ー、ちょっと冒険しすぎたかもー」

「いいじゃない、せっかくお金を払って馬車で来たんだもの、今日は弾けなきゃ!」

「そ、そうよね。うん、私、弾けちゃう!」

なんとまあ、まだ成人式を迎えたばかりという感じの、うら若き美少女達の無防備な事か。

それは男に「私を視姦して下さい!」と言っているような物だ。

彼女達は俺に見られているとも知らずに、惜しげも無くその白い肌をさらけ出した。

なかなか良いスタイルだ。スレンダーな少女と、もう一人はグラマラスな少女。

「あら、その下着、可愛いわね」

「うん、自分でちょっと刺繍してみたの」

ナイスだ。それは俺に対する無自覚なアピールなのだろう。スレンダー美少女は刺繍入りのブラをよく見えるように引っ張って広げてみせた。

「それっ」

そこに人差し指がぷにゅんと突っ込む。

「やんっ！　ちょ、ちょっとぉ」

ナイスだ、グラマラス女。お前はちょっとぽっちゃりしすぎて俺のアウトオブ眼中だったが、その悪戯心は評価して鑑賞の対象に加えてやろう。ぶるんぶるんと揺れるバストはなかなかの見応えがある。

「ママ〜、早くぅ」

「はいはい、ちょっと待ってね」

おっと、親子連れも来たか。あどけない顔の少女は年端もいかない感じだが、ツーサイドアップで可愛らしい髪型だ。母親はまだ若く、爆乳と来た。母娘そろって親子丼というのもいいね。

少女は海が待ちきれないのか、急いで服を脱ぎ始める。上着をカゴにぽいっと放り投げた。これでもう上半身裸だ。だが、クソッ――背中をこちらに向けていて、ちっぱいが見えない。こっちを向けっての！　まあいい、小粒のお尻から先に鑑賞するのもいいだろう。少女がスカートに手を掛け――

「【スターライトアタック！】」

猛烈に嫌な予感がしたので俺は後ろを振り向いたが、俺の頭のすぐ横に、剣の切っ先がまっすぐ突き出されていた。

「星里奈……！」

今のは警告のつもりなのだろう。彼女が本当に俺を仕留めようと思えば、不意打ちで外すとは思えない。しかし、剣から絶対の死を意味する虹色の星屑が、俺の顔のすぐ側でこぼれ落ちるのはそれだけで胃が縮み上がる。

「どこへ行ったのかと思ったら……こんなところで、こんな事をするなんて。それ、リーダー失格じゃない、アレック」

さあ、どう答えたものか。選択肢は三つ。

1、「それがどうした？」
2、「それはあなたの見解ですよね」
3、「ほんの出来心です、ごめんなさい！」

1の「それがどうした？」は俺がリーダー失格を認めた事になるから、星里奈がリーダーをやると言い出しかねない。それはダメだ。勇者らしい奴が勇者をしたら、危険地帯へまっしぐら、別の意味の冒険になってしまう。

2の「それはあなたの見解ですよね」は星里奈が反論してくるのは確実で、ここで言い争いをしていたら、更衣室にいる連中が外の状況に気づいてしまうだろう。これもダメだな。

3の「ほんの出来心です、ごめんなさい！」は星里奈が許してくれそうだが、俺のプライドが許さない。ほんの出来心？　違う。それは漢の本能であり、異世界で自由に生きると決めた俺の生き様だ。うん、今決めた。俺はとことん自由に生きるぜ。

「なんとか言いなさいよ」

俺は第四の選択として大真面目な顔で人差し指を口元に立て、星里奈に静かにするよう促した。

とにかく、俺はここで大きな声を発してはいけない。男が近くにいると更衣室の連中に気づかれてはならないのだ。

「何よ。私に協力しろと言っているつもりなら――」

俺は無言のまま、覗き穴を指さす。

「建物を壊してまで、あきれるわね」

首を横に振り、俺じゃないとアピール。

「は？　あなたじゃないなら、誰が……」

星里奈が穴を覗き込み、確認するが、それだけでこの穴を開けた人物を判別するのは無理だろう。

「とにかく、こっちへ来い。見張るぞ」

囁き声で言う。

「ええ？」

　ヤシの木林へ星里奈の手を引いて誘導。これで少々大きな声を出しても大丈夫だ。俺は真面目ぶったまま木の陰に隠れ、建物に注意を促す。

「穴を開けた人物が覗きに来るのをここで見張って待つと言うの？」

「そうだ」

「……」

　うさんくさそうな目でこちらを見る星里奈は、俺が本当の事を言っているのか、小芝居をやっているのか、半信半疑といったところだろう。ちょっとでも俺を信じてくれているのなら、ここは全力で押すに限るな。

「星里奈、俺の目を見ろ。お前はこんな大事な場面で、パーティーのリーダーを疑うのか？」

「いや、だって、この状況でのあなたの行動って決まってるじゃない」

「悲しいな……確かに俺の今までの行動はそう思わせてしまった部分が多かった。それは否定しない。だがな、俺は嘘が嫌いだ。もしも俺があの穴を開けていたのなら、それを恥じたりごまかしたりすると思うか？　いいや、しないね、俺はそんな生き方はお断りだ。エロく生きて何が悪い！」

「やっぱりアレックが開けたんじゃない」

「いや、違うぞ。本当にそこは違うんだ」

　話の持って行き方を間違えた。

「いいわ。一割くらいはアレックの言う事が本当だと信じてあげる。ちょっとここで見張って、誰か来るか見てみましょ。それで誰も来なかったら有罪ね」

　星里奈が言う。

「そいつが今日来るとは限らないぞ」

「ええ、そうでしょうね。でも有罪なんだから」

「はぁ？」

　意味が分からない。そんな俺に星里奈が続けて言う。

「もしもあれがずっと前に開けられていたりして、もうここに張本人が来ないとしたら、真犯人を見つけようがないでしょ？　私達も『帰らずの迷宮』の攻略を続けなきゃだし、アレックの無罪が証明できるチャンスは今日一日だけって事よ」

星里奈が言うが、推定無罪の原則はどこ行った。そのやり方だと冤罪出まくりなんだが。

なので、俺は拒絶する。

「いいや、それならここで何日でも粘るぞ。冗談じゃない。仲間に疑われたままでパーティーが組めるかってんだ。お前は信頼できない相手に命を預けるのか？」

「それは……ううん」

俺としてもそこは重要なので、本気でここのバカンスを延長する気でいた。まあ、ずっとここで見張るのは面倒なのでその役割は星里奈に押しつけ、俺はその間存分に夏の海を楽しむつもりだが。

「いいから、見張れ。これはリーダー権限だ」

「それで嘘だったら、リーダーを降りてもらうわよ、アレック。分かっているでしょうね？」

「もちろんだ。当然だな」

全く怯む事なく俺は断言した。事実、あの穴を開けたのは俺ではない。それが証明できるかどうかは難しいところだが、俺は冤罪をよしとするほど甘っちょろい人間ではない。

「……いいでしょう。だったら見張るわ」

第六話　野外プレイ

俺が有罪か無罪かを確かめるため、星里奈と二人で女子更衣室の建物を見張っている。覗き行為についてではなく、覗き穴を開けた犯人を捜すためだ。

しかし、すぐに犯人がやってくるとは思えず、じっと見張っていたが、俺はすぐに飽きてしまった。

「退屈だ。星里奈、何か他にいい手がないか、考えろ」

「私だってじっと見張るのは退屈なんだけど。あなたが素直に謝るなら、許してあげても良いわよ」

「だから、俺じゃないと言ってるだろう」

「それを素直に信じられると、私も幸せなんだけど」

星里奈はそう言いつつも、建物に視線を戻し、真面目に見張るようだ。ま、コイツに任せておこう。ヤシの木に手を当て、ただ立っているだけの格好だが、赤い紐水着で、しかも良いケツをしているから……うん、星里奈を鑑賞しながら待つというのも良いな。

俺はその場にしゃがみ込み、ベストアングルを探しながら、星里奈のヒップを観察する事にした。

「ちょっと……。何をしているのよ、アレック」

俺の視線を感じたか、星里奈が振り返って言う。

「二人同時に見張っている必要はないだろう。俺はしばらく休む。ここに付いていてやるから、お前が見張っていろ。後で交代でいいだろう」

「休むなら、あっちに行ってなさいよ。とにかく落ち着かないから、私のお尻をそんな近くで見ないで」

「星里奈、お前は考えが甘いぞ。俺がお前の側に付いているのは、お前のケツを見るのが目的じゃあない。考えてもみろ。穴を開けた男が凄腕だったら、お前一人で対処できるか？」

「できると思うわよ。覗きに夢中になっていれば、後ろからさっきみたいに近づけば、誰かさんは気づいてなかったみたいだし」

「俺は凄腕じゃないからな。とにかく、お前が心配だ。俺の冤罪を晴らすためでもあるし、一緒に付いていてやる」

「もう、心にもない事を言っちゃって」

軽く流した星里奈だが、もうあっちへ行けと言わなくなった。俺はニヤリと笑い、ローアングルで星里奈のヒップを視姦する。

「うう……いてもいいけど、そこで座って見るのはやめてくれる?」

「修行だと思え。集中を切らすな」

「後で同じ事をやってもらうわよ、アレック」

「いいだろう」

星里奈にケツを見られるくらい、どうと言う事はない。

同意を得た俺は、さらに星里奈のケツに大胆に近づき、くんくんと匂いを嗅いでみる。

星里奈はバッと凄い勢いで自分のケツをかばい、振り向いて怒った。

「ちょっと! そんな事しないで!」

「軽い冗談だ。声がデカい。それじゃ犯人が気づいて近づかないぞ」

「アレックが変な事してるからでしょうが。ああもう、この変態親父ったら! あっ、誰か来た」

「なに?」

俺は周囲に目を配ったが、水着姿の二人組が確かにこちらに歩いてきた。どちらも若い男だ。彼らもバカンス目的なのか、陽気に笑い合っている。しかし、彼らはそのまま更衣室の前を通り過ぎていった。

「ううん、さっきの二人組が犯人だったのかしら?」

「違うだろうな。奴ら、一度もこっちに視線を向けなかったし、覗きをやる目的だったなら、もっと挙動不審になるはずだ」

「そうね……」

続いて女がやってきたが、女は無視して良いだろう。同性愛者にしたって、堂々と更衣室の中に入って視姦すればいい話だ。穴を開ける必要はない。

また退屈になった。

だから、俺は水着からプリッとはみ出ているイイ感じのケツにぷにゅっと人差し指を突っ込む。

「きゃっ。何してるのかなぁ～、アレック」

　怒りの拳を握りしめて、星里奈が笑顔のままで怒るが、ほう、剣は出してこないか。

「お前も退屈だろうと思ってな」

「それなら話だけで良いでしょ。そんな事されたら見張りどころじゃなくなるんだけど」

「そうか？　時々、建物を見るだけで良いだろう。楽しもうぜ」

「ちょ、ちょっと、あんっ♪」

　右手で優しく下からお尻を撫でてやると、星里奈は身体をびくりと震わせ、色っぽい嬌声を上げた。

「や、やめてったら」

「いいだろう？　お前もして欲しいんじゃないのか？」

「今はしなくていいってば、あんっ、ちょっとぉ、ダ、ダメ……」

　右手で俺の手をどかせようとする星里奈だが、すでにヤシの木に寄りかかった状態で、もう感じてやがるのか、イヤらしい奴め。

「どうした、力が入ってないぞ、星里奈」

「だ、だから、そんな事、されたら――んんっ、はぁんっ！　ダ、ダメだって！　誰か来たら、どうするのよ」

「見せつけてやれば良いだろ。海でバカップルがはっちゃけるのは、珍しい事でもないはずだ」

「いや、バカップルになりたくないんだけど、あっ、んっ、そこ、イイ……んっ！」

　太ももの内側を下から撫で上げていき、俺の指が到達した赤い布の形を確かめるように、小さな膨らみをいじってやると、星里奈は堪らずふるふると震えながら木に抱きついた。

「お前、いつもより敏感だな。なんだ、野外プレイが好きだったのか？　そうならそうと早く言え」

「ち、違うもん。ホント、やめて、こんなの、ダメよ、ダメ、あんっ！」

「いいだろ、バカンスなんだ、お前も楽しめ。いつもよりもっと気持ち良くなるぞ？」

「い、いつもより……？」

「ああ」

俺は悪魔の笑みを浮かべて返事をする。

「でも、ここじゃ、丸見えだし……んはっ」

「さっきここを通った連中も見てなかっただろう。裏手で、日陰にもなっているからな。きちんと見ようとしないと、見えないはずだ」

「そ、そうかしら……ああんっ♪」

「別にやめても良いが、お前、もうヌルヌルのびしょびしょだぞ」

「うう、あなたがいじるからでしょ。ねえ、お願い、アレック、あなたのを――もう、私……はぁ、はぁ、くっ」

できあがった星里奈はもう我慢ができなくなったようだ。野外で触られてシたくなるなんざ、もう立派な痴女だな。清楚な女子校の学生とはとても思えん。

「ま、いいだろう。お前が望むなら、いくらでもシてやるぞ。ただし、もうちょっと待て」

俺は星里奈の愛液でヌルヌルとなった薄布の感触をもっと楽しむため、彼女のお尻の下で指先を執拗に動かす。

「ああんっ、焦らすなんて意地悪！　私、くうっ……もう立ってられないんだけど」

「木に抱きついてろ。すぐお前の大好きなモノを出してやる」

俺は短パンを少しずらし、固くたぎっている一物を外に出した。星里奈の背中に密着し、下の薄布も指ではぐって挿入すると、互いの敏感な肉をさらにこすり合わせる。

「ああ……は、入ってくる、アレックの、おっきいのが、んっ、はあんっ！」

喜びの声をあげた星里奈だが、そのくせ、いつもより入り口がキツい。

「力を抜け、星里奈、奥まで入らんぞ」

「だって、くうっ、立ってたら、どうしても、あんっ♪」

「まあいい、これくらい濡れていれば、充分だ。強引に行くぞ」

「ま、まって、アレック、ああっ！　きゃんっ、ちょっとぉ、くうっ、あっ、あっ、あっ」

小さく悲鳴を上げた星里奈だが、痛くはないはずだ。リズミカルに俺が腰を振ると、それに合わせて器用に肉棒を締め上げてくる奴。

「もう名器だな。歌舞伎町か吉原でナンバーワンも取れるんじゃないのか、お前」

「何のナンバーワンよ！　くっ、あっ、んっ、んっ、ダメ、イ、イクっ、イキそうっ、アレック、アレックぅ！」

「ほら、イケよ。野外プレイで、好きでもない中年親父に後背位で中出しされて、イっちまえ」

「私はっ、好きでもない奴にっ、んっ、身体を許したりなんかしないっ、ンンン――っ！」

星里奈が全身を、足先から脳天まで快楽に震わせ、汗に湿った深紅の長髪を大きく振り乱すと、激しくイったようだ。

ふう、俺も今のはなかなか良かったぜ。

「はぁ、はぁ、はぁ……」

「星里奈、今、お前、面白い事を言わなかったか？」

「ぐ、言ってないわよ。タダの気の迷い、言葉の綾よ。別にアンタが好きなわけじゃないもん」

「ならいいが。俺もタダの遊びだからな。清純な女子校生がマジの恋愛を求めてるなら、ちょっと気が引けるというか、なけなしの良心が痛むところだったが……そりゃ良かったぜ」

「むむむ……ふんっ！」

星里奈は顔をプイッと背けてしまった。

✧第七話　食い物に釣られて

「じゃ、星里奈、俺はちょっと喉が渇いた。ジュースでも飲んでくるから、そこで見張ってろ」

　俺は水着の短パンをはき直して言う。

「ええ?」

「お前のも後で持ってきてやるぞ?」

「そうじゃなくて、この状態で放置されても……私もシャワーを浴びたいわ」

「ここにそんな上等なモノがあるのか?　水桶は見かけたが」

「水桶で良いわよ。とにかく、身体を洗わないと……」

「分かった、だが俺の水分補給が先だ。少し待ってろ」

　熱射病には気をつけないといけないからな。

「ちょっとぉ」

「誰かが来て、発情真っ盛りのお前の姿を見たら、襲いかかってくるかもしれんが、そこは正当防衛だ、やられるもやるも好きにしろ」

　冗談だが、そう言ってやる。

「エエエー……?」

　途方に暮れた声を出す星里奈だが、この日陰にわざわざやってくるとしたら、バカップルか覗き魔だけだろう。彼女一人でも充分に対処できるはずだ。問題ない。

　俺は一度海に入って身体を洗い流した後、砂浜にある店に向かった。

「ふむ……妙に品揃えが良いな」

　俺は店の並びを見て、感心した。かき氷に焼きそば、イカ焼き、焼きトウモロコシ、色つき炭酸ジュースと、そのまま現代の日本にでも来たかのような錯覚を抱く。いや、これはおそらく異世界勇者の一人が発案して、日本そっくりの店にしたのだろう。

焼きそばとイカ焼きの香ばしい匂いにも惹かれたが、まずは喉を潤そうと思い、ジュースの店に入る。

「いらっしゃいませ」

この世界の接客サービスは、特に武具店だと挨拶なしの放置が基本なのだが、ここは接客態度も指導が行き届いているようで何よりだ。

「色のついてないのを一本くれ」

「はい、一ゴールドになります」

ラムネの瓶を受け取り——さすがにキャップはプラスチックとは行かなかったようで、コルク栓の形をした木も一緒に手渡された。ラムネ瓶の内側で蓋の役割を果たしているビー玉を、その縦長の木栓を使い、力を込め下に押し込む。押されたビー玉がスポッと外れて瓶の底に落ちると、プシュッと音がして、炭酸水が勢いよく瓶の口から吹き出した。


「おっと」

慌てて口を付けて吸い取るが、大半はもうこぼれてしまっている。瓶を持つ手も濡れてしまったが、まあ、ラムネはこんなモノだろう。気にせずに瓶を傾けて、ゴクゴクと飲む。すると甘みと、わずかばかりの酸味が舌に弾けた。懐かしい味だ。

「ふう、ゲフ」

軽い運動の後の水分補給はやはり美味しい。

「あーっ、アレックが一人で何か飲んでる〜」

小うるさいガキの声がしたのでそちらを振り返ると、リリィだった。

「俺が一人で何を飲もうと俺の勝手だが、お前も飲むか？」

「うん！」

「店主、金だ」

【アイテムストレージ】から黄銅貨を一枚取り出して渡す。

「どうも。じゃ、お嬢ちゃんは何色がいいかなー？」

「んーとねぇ、黒〜！」

「はい、コーラね」

数種類ある中で一番不健康そうな飲み物を選んだリリィだが、たまには良いだろう。だが、俺はリリィの将来も考え、意地悪く笑って言ってやった。

「お前、それ骨が溶けるぞ」

「はぁ？　そ、そんなわけないもん」

フフ、ちょっとビビってる、ビビってる。

「大丈夫ですよー。直ちに問題はありません」

「ホラぁ〜！　アレックの嘘つきー」

直ちにという部分が嫌らしいが、まあいい。

「んん？　あれれ？」

　リリィはラムネの飲み方を知らないようで、試行錯誤で短い舌を入れたり、逆さまにしたりした後、瓶を思い切り振り始めた。

「馬鹿、振るんじゃない！　この木栓で、中にあるガラス玉を押してみろ」

「ふうん？　んしょ、んきゃあっ⁉」

　あれだけ激しく振っていれば、こうなるわな。

「目、目がぁ〜！　うわーん！」

「店主、水はあるか？」

「はい、さ、お嬢ちゃん、洗って上げるから、上を向いて」

　桶の水をリリィの顔にそのままぶっかけたが、水着だからできる事だな。

「ふう、酷い目に遭った！」

「だから振るなと言ったんだ。ま、飲んでみろ。旨いぞ」

「ホントかなぁ……」

　恐る恐るといった感じで、もう三分の一しか残っていない暗黒のジュースをゆっくりと口元に持って行き……リリィが最後は一気にクイッと飲む。

「ンンン〜〜！」

　目をきゅっと閉じてその場で地団駄を踏んだり

リィは、炭酸がきつかったかな？　それも教えてやれば良かったか。

「ナニコレ、面白〜い！　美味しい〜！」

「だろう？」

すぐになくなってしまい、それでは可哀想なので、俺はもう一本、リリィに同じのを買ってやった。今度は振らないように慎重に蓋を開けた彼女は、ごきゅごきゅと豪快に飲む。

「プハー、ゲフ、あはっ！」

げっぷが自分で面白かったらしい。

「あら、二人とも、ジュースですか」

イオーネもやってきた。

「あっ、イオーネ。これ、すっごく美味しいよ！」

「イオーネも一本、飲んでみるか？」

「はい。でも、私は葡萄味がいいですね」

「エー、コーラが良いのに」

「葡萄も旨いと思うぞ。俺が奢ってやろう」

「ふふっ、どうも」

「それと、星里奈が女子更衣室の裏手で待ってるから、悪いがイオーネ、星里奈の分も持っていってくれるか」

俺はイオーネに頼んだ。

「分かりました。星里奈さんは何味が好きなんでしょう？」

「さあな。オレンジでいいだろう」

アイツが好きそうな赤色、アセロラや苺味などは見当たらなかったので、適当に選んでやった。

「うん、美味しいですね」

「どんな味〜？　イオーネ、一口頂戴」

「はい、どうぞ」

「んくっ、おー、これも、んまー！」

「おい、リリィ、一口だけだろう」

まだ飲もうとするリリィに俺は注意したが。

「いえ、あとはリリィちゃんにあげますよ」

「わーい、ありがとー。あっ、イオーネ、それ、しっかり思い切り振ってから！　星里奈に渡してね！　にひっ」

　小悪魔が悪だくみを思いついたようだが、イオーネは微笑むだけで振ったりせず、そのまま持って行った。

「ゲフ。あー美味しかった！　アレックー、アレも食べたいー」

「ああ？　焼きそばか。じゃあ、奢ってやろう」

「やったぁ！」

　ちょうど俺も小腹が空いてきたので、リリィを連れて隣の店へ行く。

「へい、らっしゃい！」

　はちまきを頭に巻いた店主が、良い手際で二本の鉄のへらを使い、焼きそばを鉄板の上でかき回している。

「親父、二人前だ」

「毎度！」

　発泡スチロールの代わりに、二重にした葉っぱの容器に入れた焼きそばを渡された。椅子代わりに置いてある木の切り株にリリィと二人で座り、ちょっと食べにくい木のフォークで食べる。

「んまー！」

「ほう、再現率はなかなかだな」

　麺もソースも、こだわりの異世界勇者がいたのか、違和感を抱かないレベルの味だった。マヨネーズまで網目掛けにするとは、やるな。

「親父、この店を考えた奴の名前を知っているか？」

　日本人だろうし、少し興味が湧いた俺は聞いてみた。

「へい、確か、サキさんという人だったと思います」

「ふうん、女か。会えるか？」

「いえ、今はここにおられないので」

「そうか、ならいい」

　会ったところで美人とは限らないしな。異世界勇者なら、強力なスキルを持っていそうだから、敵に回られても怖いか。

「店主、焼きそばを一人前じゃ！　大盛りの大至急、肉の脂身は無しで、多めに入れてたもれ。マヨもたっぷりとな」

「へい！」

　白粉でも塗っているのか、顔だけ真っ白の変な男がやってくるなり注文した。常連客のようで、大盛りが選べるとは、ちょっと失敗したな。

「うわ、リリィも大盛りにすれば良かったぁ！」

　リリィも悔しがった。

「ぬ、これは愛い童じゃの。ほれ、店主、この童にも大盛り一人前を追加じゃ。麻呂が奢って進ぜよう」

「わーい、ありがと、マロー！」

「ほっほっ、それは名前ではないぞえ、まあ良きかな良きかな」

　ド派手なラメが入ったキラッキラの金色の短パンを穿いた男は、貴族のようだが、温厚な奴ならいいだろう。奢ってもらうだけなら別に害はないだろうし、好きにさせておく。

「へい、大盛り二丁、お待ち！」

「うむ」

「んまー！」

「リリィ、俺にも一口寄越せ」

「やー！」

　ケチ臭いな。

「これ、そこの男、童の食べ物を取ろうとするとはけしからんのう」

「そーそー、けしからんのう」

「ふん」

　お代わりを頼むほど腹は減っていないので、買うのはやめておく。

「美味しかった！」

「うむうむ。それは良かった。ところで、童、そちの名はなんと申す？」

「リリィだよ」

「リリィか、良い名じゃ。どれ、麻呂が良い物をあげよう」

パンパンと男が手を叩くと、どこからやってきたのか、執事服を着込んだ男がすっと布袋を差し出した。

「ほれ、飴ちゃんじゃ」

「おおー。んまー！」

「さて……リリィよ、もっと飴ちゃんが欲しければ、麻呂に付いてくると良いぞ、のほほ」

「行く～！」

……おかしい。執事が持っている飴の袋にはまだたくさん入っている感じだが。

なぜこの場で渡さない？

俺はその場では何も言わずに、二人の後を尾行する事にした。

エピローグ　白色と褐色の間で

顔に白粉を塗った平安貴族のような男は、リリィを連れ砂浜を歩いていく。俺は少し離れて二人の後をこっそりと追う。

「リリィよ、こっちじゃ、こっち、ほほほ」

「うん！」

リリィは何も警戒せずにヤシの木林の奥に入っていったが、これは……。

「にょほっ、では、リリィよ、その水着をペロッとめくるのじゃ、ペロッと」

「こう？」

リリィがピンクのワンピースの肩紐を半分外し、胸元をめくる。

「おほっ！」

「そこまでよッ！　この変質者共！」

剣を持った紐水着勇者がその場に現れた。

「な、何奴！」「星里奈?!」

「さっきこの辺りで小さな子供を狙う変質者がいると聞いたわ。どうやらあなた達みたいね」

「ぬうっ！」

「待て、星里奈、お前はさっきまで女子更衣室の裏手で見張っていただろう。誰かに聞いたなんて、そんな時間はなかったはずだ」

　俺まで濡れ衣を着せられたようなので、そこは指摘しておく。

「それなら、さっきイオーネが来て代わってくれたわよ」

　それから耳にしたのか。聞き込みが無駄に早いな……。

「オホン！　麻呂は由緒正しき貴族。その麻呂に向かって変質者呼ばわりなどと、何かの間違いでござろう」

「俺もそうだな。第一、今日来たばかりだぞ」

「アレックはともかく、そっちの白粉男は、動かぬ証拠があるわ」

「なんと!?」

「こちらに来てみなさい。見せてあげるわ」

　星里奈が女子更衣室の方へ向かう。

「よ、よかろう、証拠があるというのならば、見せてみるのじゃ。赤っ恥を掻いても知らぬぞ？　名誉毀損でおじゃる。誣告（ぶこく）罪でおじゃる」

「どちらが赤っ恥かしらね」

　連れ立って歩いて行くと、女子更衣室の壁の前ではイオーネが微笑んで待っていた。

「これよ。この穴」

　星里奈が俺が見つけた壁のミラクルホールを指で示す。

「うぐ、そ、その覗き穴がどうしたというのでおじゃる」

　……どうやら、コイツで当たりだな。星里奈もあきれたとばかりに肩をすくめてみせた。

「おい、麻呂、お前、どうしてそれが覗き穴だと分かった？」

　星里奈はさきほど、穴としか言っていない。俺はその点を平安貴族に問い詰める。

「なっ、いや、女子更衣室に穴が開いていれば、誰でもそう思うに決まってるでおじゃる！　まさかその程度のコトで、麻呂を犯人扱いしたでおじゃるか？　これは片腹痛いでおじゃるぞ？」

「まだあるわよ。この覗き穴の周りに付いている白い粉、これ、あなたのお化粧でしょ」

「ぬっ！　……し、知らぬ、知らぬでおじゃる！」

「あー、飴ちゃんのおじちゃん。ねー、また脱ぐから、飴ちょうだい！」

　そこに一人の幼女がやってきて言った。

「い、今はそれどころではないでおじゃるよ。あっちへ行くでおじゃる。しっしっ」

「えー、ペロペロもさせてあげるよ？　更衣室にお友達を呼んできても良いし」

「確定ね、この外道。イオーネ、兵士を呼んできて」

「分かりました」

「ぬう、待つでおじゃる！　グランソード国王は不正と犯罪にはとても厳しい御方でおじゃる。金じゃ！　金貨をくれてやるから、どうかこの話はなかった事に！」

「ダメね。買収なんて効かないわよ」

「メロンも付けるでおじゃる！」

「メロンッ⁉」

　リリィは食べた事があるようでそれに反応してしまったが。

「コイツが覗いていた変質者よ、連れて行って」

やってきた兵士に星里奈が冷たく言い放つ。

「よし、来い！」

「ま、待つでおじゃる。麻呂は、グランソードの貴族、伯爵でおじゃるぞ！」

「グランソードの貴族であれば、王族貴族であろうと刑を免れない事も知っているだろう。さあ、来い！」

平安貴族は縄を掛けられ、兵士に引っ張られていった。

「まったく、最低の男ね」

哀れな貴族の後ろ姿を睨み付けながら、星里奈が言う。

「まったくだな」

流れとして俺はしれっと同意し、うなずいておく。

「ええ。誰彼構わずはいけませんね」

イオーネも。

「うーん、良いおじちゃんだったけどなあ。飴くれたし」

リリィには被害者意識はないようだ。

「じゃ、私はシャワーを浴びてくるわ」

「星里奈、お前、まさか、あの状態で聞き込みをやったのか？」

一発ヤった後で精液まみれだったはずだが。

「ち、違うわよ。ちゃんと海で洗ったし」

「そうか、ならいいが、お前も変質者として捕まらないように気をつけろよ」

「くっ、うるさい、アンタだけには言われたくないんだから！」

「ふふ。ここはそういう恋人的な行為は大目に見てもらえるそうですよ。さすがに小さい子を騙したりするとダメですけど。では、私は詰め所に寄って、覗き穴の事を兵士に話しておきますね」

イオーネが後始末をしてくれるようだ。

「ああ。今日はここの近くの宿に泊まって明日、出発するとしよう。だから時間は急がなくても良いぞ、イオーネ」

「はい」

「飴、食べそびれた……」

リリィが残念そうにポツリと言った。

「リリィ、飴なら後で手に入れてやる。今日は宿に戻るぞ」

「ホント？　ならいいけど」

「それにしても、リリィ、お前、なんか妙に日に焼けたな」

「そう？」

「紐をずらしてみろ」

「うん、おお、白ーい」

小麦色になった部分と残っている白い肌の境目が面白いほどくっきりと付いている。

これで裸になったらどうなるか——。

俺とリリィはお互いの考えが分かって同時にニヤリとした。


宿にチェックインして夕食の後で、俺はリリィを部屋に呼んだ。

「しよっ、アレック」

「おう、ヤるぞ」

リリィが服を脱ぐと、ワンピースの水着の形がそっくりそのまま白く浮き上がっている。

「アハハ、水着着てるみたーい」

「ここが違うけどな」

俺はリリィの胸の小さな膨らみのぽっちを押してやる。

「あんっ、そうだねー、フフ」

あどけない顔つきのくせに、浮かべた笑みは妖艶でもあり、不思議な共存だ。

「ケツも見せてみろ、リリィ」

「いいよ？　んー、自分じゃよく見えない」

「じゃ、俺が境目をなぞって教えてやろう」

リリィのぷりっとした小さめの尻を人差し指でなぞっていく。

「きゃはっ、くすぐったいよ、アレック」

「我慢しろ」

「むぅ～り～！　きゃうっ、あはっ！」

笑って暴れるリリィを捕まえ、今度は仰向けにし、足の付け根から内側へといじっていく。

「んはっ、そ、そこ、んっ、ああっ……」

　次第に色香を帯びていくリリィの喘ぎ。俺はその細い足首を両手で掴み、ぐいと押しつけてひっくり返った蛙のような姿勢を取らせると、今度は中心を舐めてやった。

「んっ！　あっ、ああっ、イクぅっ！」

　桜色の小さな突起をめくるように舐めてやると、その未成熟な体を二度痙攣させて、リリィは恍惚の表情になった。

「はふぅ……」

「どれ」

　入れてやるか、と俺はのしかかりかけたが、しかし、ひょいとリリィが逃げた。

「おい」

「待って、今度はリリィが舐めてあげる」

「それはいいが、噛んだりするなよ」

「分かってるよ」

　リリィがベッドの上を匍匐前進でにじり寄り、俺の先端を口に含んだ。だが、彼女の小さな口では奥までは入りそうにない。

「んちゅっ、ちゅぱっ、んっ、んっ」

　それでも健気に一生懸命、リリィが舐めてくる。

「いいぞ、リリィ、その調子だ」

「うん、んっ、んっ、オエッ、ふう、んっ、んっ、ちゅるっ」

　俺の一物を奥まで入れすぎたのか一瞬、吐きそうになったリリィだが、すぐに持ち直した。

　その小さな舌を巧みに使い、フェラも上達してきたな。

「そろそろだ、リリィ。飲まなくて良いから、顔に出すぞ」

「んっ、んっ、んっ、きゃっ！」

　顔に飛ばしてやると、リリィはその白濁の垂れた液体を舌でペロリと舐める。

「うえ、美味しくない」

「来い、リリィ」

「うん」

　あぐらをかいた俺の上にリリィを乗せて、座位で挿入してやった。

「んっ……」

「じゃ、動かすぞ、リリィ」

「うん、あっ、あっ、あっ、くうっ、やぁんっ、んはっ、ンン〜、はうっ、はにゃーん、んふっ」

　とろける声を出すリリィはしっかり大人として感じていた。俺は後ろから包み込んだリリィの体を荒々しく上下に動かし、激しく肉をこすり合わせる。快楽と感情の波が大きくうねり、やがて頂点へと高まっていく。

「イクぞ、リリィ」

「き、きて！　アレック、んはッ――――！」

　ほとんど声にならない叫びを上げたリリィはぐったりと脱力した。俺はリリィを抱えてベッドに仰向けに寝かせてやり、彼女のぽっこりしたお腹をナデナデしてやる。

「ン……」

　幸せそうな笑みを浮かべたリリィはどんな夢を見ているのやら。

「飴ちゃん、もっと頂戴……むにゅむにゅ」

「やっぱりこいつは食い物か……」

　俺は少しあきれたが、明日はリリィに飴を買ってやろうと心に誓うのだった。

第五章　奴隷商人

✧プロローグ　不死者の層

「見つけました！　ご主人様！」

「でかした、ミーナ」

「「やったぁ！」」

『帰らずの迷宮』第一層に足を踏み入れてから攻略日数、合計六日。ようやく俺達は第二層への階段を見つけた。

「アレック、【オートマッピング】の空白はどうするの？」

　星里奈が聞く。

「もちろん、埋めていくぞ」

　取りこぼしは無しだ。

「了解！」

　すでに第一層の魔物（モンスター）は敵ですらない。

　スキルを大幅に強化している俺達にとっては、ゴブリンなど一人で相手をしても殲滅できる。そのくらいの強さだ。

　魔法使いに転職したネネも魔導師レティの指導により、いくつかの呪文を覚えて魔法使いらしくなってきている。

「行きます！　――四大精霊がサラマンダーの御名の下に、我がマナの供物をもってその爪を借りん！　【ファイアボール！】」

　ネネが杖を操り呪文を唱えると、拳くらいの大きさの火の玉がボウッと飛んでいき、ゴブリンに命中した。

「ギャッ！」

すでにミーナの一撃により弱っていたゴブリンは、それがトドメとなって息絶えた。

終わったな。

「クリア！」

「アレック、これでマップも全部、埋まったわよ。入れない場所も残ってるけど」

「それは後でいい。宿の女将(エイダ)の話だと、いったん下の階層に行って別の階段からでないと上がれない部屋があるらしいからな」

「うん」

「ようやく第二層かぁ。同じ場所で戦ってると飽き飽きだもんねぇ」

リリィが言うが、モチベーションを保つ意味でも、戦闘する場所はある程度ローテーションにするなり、変えていった方がいいかもな。

「案内人は付けないのよね？」

星里奈が確認してくるが、このダンジョンでは先達(せんだつ)のパーティーメンバーを雇って、同行してもらうのが一般的らしい。

「付けない。信用できる奴ならともかくな。それに、まだ浅い階層だ。最初からそんな奴に頼っていたら勘が鈍る」

レベルやスキルだけを上げても強くならない。

それは、この前のスケルトン勇者との戦いで得た貴重な教訓だ。

とっさの状況判断や、詰め将棋のような戦略、仲間の連携、冷静さ――そういった目に見えにくい総合的な能力はスキルだけに頼っても上手くいかない。

実際に戦いながらコツを掴んでいくしかないのだ。

「そうね。敵もそこまで強いわけじゃないし、第三層くらいまでは行けそうよね」

「ああ。だが、油断はするなよ」

「うん」

「じゃ、行くぞ」

第二層への階段は、幅四メートルほどの広めの階段で緩やかなものだった。途中に折り返す踊り場もある。

これなら敵が下にいたとしても、すぐに発見できるし、複数人での対応が可能だ。

陣形はそのまま、ミーナを先頭に、星里奈、イオーネ、リリィ、レティ、ネネ、そして最後尾に俺が続く。

階段を下まで降りきった。

「少し暗いな」

左右を見回して俺は言う。

上の階の第一層は、一定間隔で燭台が設置されており、魔法のロウソクなのか、明かりの炎が尽きる事は無かった。だが、この階は同じ石壁でも全体的に薄暗く、視界は一回り狭くなっていた。

通路の先も見通すのは困難だ。

「ええ。マッピングが大事になりそうね」

全員がスキルの【オートマッピング】を取っているので、一度通った道なら迷う事はないはずだ。

「まずは、この周辺を探索するぞ。経験値稼ぎはその後だ」

「「了解」」

灰色の石壁に沿って、第二層の通路をゆっくりと進む。

「ご主人様、やはりここは死体が腐った臭いがします」

ミーナが顔をしかめて言う。さっき第二層への階段に近づいたときもミーナは臭いについて言及していたのだが、おそらくこのフロアはゾンビがいるのだろう。

「お前は大丈夫か？」

「はい、満腹でなければ大丈夫です」

「必要なら、無理する前に耐性スキルを取っておけよ。ネネも」

「あ、そうですね。取りました」

「私も取りました」

「よし」

「くんくん、私は何にも臭わないけどなぁ」

リリィが言うが、犬耳族は嗅覚に優れているので特別だ。

「うっ！」

急にうめき声を上げてネネが立ち止まる。

「どうした、ネネ」

「そ、それが、『美味しそうな匂い』って……」

なるほどな、【共感力☆】のスキルで、連中の思考を読んだか。

「全員、戦闘態勢！　ゾンビが来るぞ！」

俺がそう言って剣を抜いてまもなく、ビチャッ、ズルッ、という嫌な音を立ててゾンビ達が姿を見せた。

すでに半分以上腐っているので、直視も厳しい状態だ。

「うわー、私、これ、生理的に無理！」

「うるさい！　無理でも牽制はやれよ、リリィ！」

リリィはまだ良いのだ。触るわけじゃないし、触られる事も少ない。

問題は自分から近づかなければ話にならない前衛の者達だが。

「やっ！　はっ！　それっ！」

「はぁーっ！　せいっ！」

「しっ！」

ミーナ、星里奈、イオーネの三人は顔色一つ変えずにゾンビに斬りかかっている。

割とスゲーな、お前ら。

俺も早めに感覚は掴んでおきたかったので、嫌々だったが、ゾンビに近づいて斬る。

「ＡＨＡＡＡ……」

地獄の底から聞こえてくるような、そんな不気味な声で呻くゾンビ共。痛覚がないらしく、斬っても全然怯まない。そのまま平気で手を伸ばしてくるので、俺はいったん後ろに下がって間合いを調節しつつ斬り込んでいく。

ゾンビの動き自体はかなり遅いので、逃げるのは難しくなさそうだ。

「くっ、しぶといわね！」

星里奈が顔をしかめて言ったが、五回ほどクリーンヒットを浴びせても、まだ動いてくる。

「どいて下さい！　――四大精霊がサラマンダーの御名の下に、我がマナの供物をもってその爪を借りん！　【ファイアボール！】」

ネネが炎の呪文を唱えたが、ゾンビが思った以上に勢いよく燃え上がった。

「なるほどな、弱点は炎か」

「うん。他にも聖属性にもてんで弱いわよ、こいつら」

レティがそう言って、透明な液体の入った瓶をゾンビにぶつけた。

すると、しゅうしゅうと白い煙を立てて、あっという間にゾンビは溶けて消えてしまった。

「今の、聖水なの？」

星里奈が少し驚いた顔で確認する。

「そ。質によって値段が違うけど、五十ゴールドも出せば、ゾンビの群れでも一本で仕留められるわ」

「有料か……」

それは面白くないんだよな。

前にミーナの病気を診てもらった生臭坊主の顔が思い浮かんだが、ぼったくりしていそうで嫌だ。

それに、いくら持ち運びが楽な【アイテムストレージ】があるとはいえ、そこから探し出して投げるというタイムロスも考えなくてはいけない。

ゲームなら命中率が百パーセントのアイテムで

も、このリアルな世界ではおそらくミスや空振りも発生する事だろう。

「いいじゃない、五十ゴールドなんて安い安い」

星里奈が何でもないという風に言うが、余計に俺は聖水を避けたくなってきた。

「ネネ、期待しているぞ」

「は、はい、アレック様」

魔法使いの炎で片付ければ宿代だけで済む。

俺達は第二層の探索を再開した。


不意打ちを食らわないよう、囲まれないよう、慎重に歩く。

と、迷路の折れ曲がった通路の先から物音がして、何かがこの先にいるのだと分かった。

「ん？　この匂い……？」

だが、ゾンビではなさそうだ。ミーナが立ち止まって首をひねると、その匂いが何かを思い出そうとする。

「戦闘態勢！」

だが俺はそこには油断や迷いを入れず、全員に構えさせる。前衛が剣を抜いた。

「待って下さい」

先に向こう側から声を掛けられ――――それは女の声だった。

第一話　執念の僧侶(クレリック)

『帰らずの迷宮』第二層。

そこで出くわしたのは見覚えのある女だった。

白いローブに身を包み、肌も綺麗なのでゾンビではない。水色の髪は光沢を帯び、しかし、前に見たときよりはほつれていた。

「あなたは……確か、西の塔で……」

「あっ、思い出した！　シンにやられたパーティーの子だよ！」

星里奈やリリィがそう言うと、辛そうにフィアナは下唇を噛んで険しい顔になった。

『非業のカットラス』を勇者シンに奪われていた奴らだが、殺されてはいなかったのか。てっきり全滅したと思っていたが。

「あいつはどうした」

俺はまずそれを彼女に問いただした。ディルなんとかと言う、西の塔で赤い短刀を手に入れて自慢していたお調子者の青年の事を。

「ディルムッドは殺されました。他のみんなも」

視線を落として言う彼女は淡々とした喋り方だったが、そこには深い悲しみが感じられた。

「そうか」

彼女はどうにかして生き残ったようだが、仲間が全員やられたとなると、とても喜べる話ではないだろう。

「私は、あの日、司祭様から呼ばれて、神殿で回復の手伝いをしていたんです。本当ならその日はパーティーは休みだったはずなのに、ディルムッドはまた宝が手に入ると思ったんでしょうね……。私抜きで西の塔に行ったと後で知り合いから聞きました」

「……」

「あなたたちがシンを倒してくれたそうですね。お礼を言わせて下さい。ありがとうございました」

フィアナが深々と頭を下げる。

「いや、礼はいい。だが、なぜお前がここに？」

彼女の後ろには見知らぬ三人の戦士がいたが、わざわざ国境を越え、パーティーも組み直してまでダンジョンに潜る必要があるとは思えなかった。

俺が彼女の立場なら、親しい仲間を失い、当分の間は何もする気が起きなかっただろう。

「……それは……」

「言う必要はない。何であろうと、己の信ずる道を行くが良かろう」

後ろから、鉄兜を被ったドワーフが低い声で言った。

「いえ、言います。私はこの迷宮にあると聞く、復活の呪文を探しにここまで来たのです」

ディルムッドを生き返らせたい、か。

その願いは分かる。

しかしそれは、どこまで信憑性のある話なのか。

先程ドワーフの戦士がフィアナに沈黙をアドバイスしたのは、つまり、そういう事なのだろう。

「お前達は熟練したパーティーでもなければ、資金も潤沢ではないはずだ。せっかく拾った命を、むざむざ捨てる事になるぞ」

俺は警告する。おそらくフィアナは焦っているのだろうが、正常な判断ではない。

パーティーが全滅したとなれば、相当な出費を強いられたはずだ。

捜索を依頼する費用、そして弔いをする費用。

自身も聖職者であり、優しげな目をしたフィアナが、葬儀もあげずにここにやってくるとは到底、思えなかった。

「だからと言って、じっとしている事など、私にはできません」

硬い声で言うフィアナ。

「分かった。好きにしろ」

「ちょっと」

横から星里奈が咎(とが)めるような声をあげるが、俺と彼女は仲間同士という関係ではない。西の塔で一度見かけただけの相手だ。

警告はしてやった。どのみち、止めても無駄だろう。

「なあ、話があるンなら、また後にしてくれや。こっちはサボってると、奴隷紋の痛みでしゃれにならない事になるからよ」

若い方の戦士が言う。彼の左腕には奴隷の紋章が刻印されていた。

「あっ、そうでした。すみません」

「おし、じゃあ、行くぞ、うすのろ！」

「お、おでは、うすのろ、違う」

一番大柄な戦士がややゆっくりとした口調で抗議した。

「けっ、トロいから、うすのろなんだよ」

「ジュウガさん、喧嘩はやめて下さいね」

フィアナが聖職者らしく注意する。

「ああ？　オイオイ、今の、どこが喧嘩だよ。なあ、おっさん」

肩をすくめてドワーフに声をかけた若い戦士だったが、ドワーフは気にもとめずに先を歩き始めた。

「おい！　おっさん！　ったく、無視すんな。おお、そうだ。そっちのおっさんよ」

「アレックだ」

「ああ？」

「アレック、だ」

大切な事だから二度言いました。

「ハッ。ンな事たあ、聞いてねえっての。お前ら、どう見ても新顔って面してるから、一つ、ここの先輩として教えといてやるぜ。ここの第二層の敵はゾンビなんかじゃねえ。石だ」

「んん？　どういう意味だ」

「へへ、ない頭でせいぜい考えるんだな。いてててて！　うおっ、くそっ、奴隷紋が」

左腕を押さえて苦痛に顔を歪めるジュウガは慌てて仲間の所へ戻っていく。

「いててて、フィアナ、【ヒール】を頼むぜ、【ヒール】をよ！」

「それくらいは我慢して下さい、ジュウガさん」

「ちくしょう、マジで痛いってのによぅ。にしても、なんでフィアナがセーフで、オレ様だけアウトなんだ？　同じドレウロの奴隷なのに」

「さあ？　私は奴隷として日が浅いからでしょうか」

その一言でフィアナが最近に奴隷となった事が

分かった。おそらく、旅に出る資金を集めるため、借金して自分を奴隷商人に売ったのだろう。

バカな女だ。ディルムッドが浮かばれないな。

「行っちゃった。なんだか、やるせない話ね」

星里奈が言う。

「ええ。いったん奴隷となってしまえば、どんな酷い目に遭うか……」

イオーネも気にしたようだ。

「でも、悪い事ばかりでもないですから」

ミーナが二人を励ますように軽くガッツポーズをして言う。

「悪い事ばかりでも、ない、ねえ？」

星里奈が意味ありげに俺を見て言うが。本人がそう言ってるのだから、素直に受け取れと。

「アレック様は、やざじいでずがらぁ！」

「ネネ？」「ネネちゃん?!」

なぜいきなり鼻水まで垂らして泣く。【共感力】のスキルや性格のせいだろうが、びっくりしたぞ。

「ほら、拭かないと。女の子がそんな顔してたらダメよ。笑顔、笑顔」

星里奈がハンカチを出して顔を拭いてやり始めたが、任せておこう。

俺とイオーネは周辺警戒に努める。ここはダンジョンの中だからな。


日が暮れる時間になったところで探索を中止し、俺達は宿屋に戻った。食料を持ち込めば効率が上がるかもしれないが、宿屋の旨いスープは捨てがたかったからだ。


それに、あそこは急がない方が良い。

まだ浅い階層だからこそ、油断しないようにじっくり行くのだ。

気むずかしい処女みたいなもんだ。急いで奥に入ったところで上手くはいかないだろう。いや、よく知らんけど。

「ご主人様、フィアナさんの事ですけど……」

ミーナがスープを飲む手を休めて言う。

「んん？　あいつがどうかしたか」

「助けてあげられないでしょうか」

「……どういう風にだ」

「それは……」

ミーナも具体的なプランは持っていない様子だ。あるいはプランがあっても俺がうんと言わないと思ったか。

俺は言う。

「個別に攻略を進めて、それで復活の呪文とやらが見つかれば、あいつに見せてやってもいい。だが、できる協力はそこまでだぞ」

俺はフィアナを買ってやる事は考えていない。

復活の呪文の事だけをのめり込んで考えている彼女は、遅かれ早かれ無理をして命を落とすだろう。


ここは生半可なダンジョンではない。

星里奈もそれが分かっているようで、渋い顔はしたが俺には何も言わなかった。

「復活の呪文があったとしても、たぶん、彼女には使いこなせないと思うわ」

レティが言う。高レベルの司祭でもなければ、という事だろう。それに時間の問題――。

死んだ直後ならまだしも、長い時間が経てば、それだけ復活も困難になると考えられた。

「この話はもうやめだ」

そう言って俺は面白くもない話題を変える。

「待って。ゾンビがたくさん出てくる階層なら、僧侶のあの子を雇ったらどうかしら？」

星里奈が提案をしたが、それは悪くない考えに思えた。仲間にするのと雇うのは、ちょっと違う。

「いいだろう。交渉してみるか」

俺はフィアナの現在の持ち主と交渉してみる事にした。

第二話　ジュウガの夢

フィアナを雇いたい。

ヤナータの店で俺が店員にそう告げると、彼は壁に掛けられた木札を見て言った。

「現在、彼女はダンジョンを探索中ですので、戻ってきたら伝えます。ご予約という事でよろしいでしょうか」

「ああ、それで構わない。いくらだ？」

「彼女は回復魔法持ちのクレリックですので、少々お高めになっております。週に千五百ゴールドとなりますが」

所持金が四十万を超えている俺にとっては安い金額だ。

聖水代をケチっておいて、この出費には抵抗感がないのはどうしてなのか、自分でもよく分からないが。俺の金だからな。好きに使ってやる。

フィアナが帰ってくるのはいつになるか分からないという店員の話だったので、俺達はそのまま先にダンジョンに潜る事にした。

「じゃ、第二層の探索を再開するぞ」

「おー！」

リリィがやけに元気が良いが、まあ、ゾンビとはいえ、気になる。

嫌がって「もう行かない！」と言うよりはマシだ。

「なんでお前、そんな楽しそうなんだ？　ゾンビを見てヒイヒイ言ってただろうが」

俺は聞いてみた。

「言ってないよ！　なんて言うか、スリルがあって楽しい？」

「なんだそういう事か。楽しむのは良いが、油断はするなよ」

「んもー、アレックってそればっかり。油断、油断、油断！　耳にタコができそう」

リリィが文句を言うが気にしない。

第一層は階段までの最短経路を行く。途中、ゴブリンの群れに何度か出くわしたが、低レベルしか出てこないので余裕だ。

第二層は炎の魔法を使えば、あっさりとゾンビも片付く。ただ、ＭＰが尽きないように俺は魔術士の二人に節約するように言い渡しておいた。

いざというとき使えません、じゃ困るからな。

それに、戦術の経験を積むにはあえて『縛り』を設けて難易度を上げておく必要があった。


「お？　アレックじゃねえか、また会ったな」

名前はジュウガだったか、若い奴隷戦士がニカッと笑って言う。

捜す手間が省けたか。他の者も無事のようだ。

フィアナもいる。

「ああ。ヤナータの店で交渉して、俺がフィアナを雇った。フィアナは付いていてこい」

「はあ、そうですか」

「待てよ！　口でそう言うだけなら、嘘かもしれねえぞ？」

ジュウガが止めた。

「じゃ、いったん店に戻ってからだな。とにかく一度地上に戻るぞ」

「だからよぅ。お前に命令される覚えはねえってこっちは言ってるんだぜ、アレック」

話の通じない野郎だ。客かもしれない奴が言ってるんだから、そこは上に確認を取るのが当たり前だろうに。

「さっきもナンパしてきた野郎共がいたが、安心しろよ、フィアナ！　オレ様がお前の事、守ってやンよ」

格好を付けて言うジュウガだが、こいつもフィアナに気があるのか。面倒臭えな。

お、そうだ。

「ジュウガ、一つ、良い事を教えてやろう」

「お、なンだよ？」

「フィアナはディルムッドの女だ。貫通済みだぞ」

「なっ！　なにぃいいいいいいいいいいいいー!!!」

やけに反応がいいな。ふふん。

「な、何の話ですかっ！　私、彼とは幼馴染みでしたけど、恋人だったわけじゃありませんから」

フィアナも顔を赤らめながら訂正するが、ジュウガには聞こえていないようだ。

「嘘だろ！　いや、ディルムンを助けたいって言ってわざわざ違う国のダンジョンまで奴隷落ちしてやってくるなんて、やっぱそれしかねえ！　あーちくしょう！」

「名前、ディルムッドなんですけど……」

「おう、ディルムッドだったか。どうも難しい名前だから覚えにくくてよ。会ったら一発ぶんなぐってやる。いや、オレ様に乗り換えねえか？」

「もう、私の話を聞いてますか？　乗り換えるも何も、ディルムッドと私は恋人同士ではないですし、あと、それがどっちでもジュウガさんと付き合うつもりはないです」

「ぬぐぐ」

さらりと断られたな。軽いノリで言うからだ。

「で、どうするのだ。こいつが本当に客なら、店に確認した方がよかろう」

鉄兜のドワーフが常識的な事を言う。

「ダメだ、ダメだ！　オレ達は今、探索してアイテムを拾ってこいっていう任務中だろが。店に帰るまでは勝手に行動するわけには行かないぞ。奴隷紋が痛くなったら事だしな！」

融通が利かない奴だが、命令違反で奴隷紋の痛みが来るのを怖がっているのだろう。

ジュウガが俺に同意するなら、一時的に所有権の書き換えもできるのだが、話を疑ってかかってきているから、それも難しいか。

「分かった。なら、アイテムを拾いながらお前らが俺に付いてこい。それなら仕事をさぼってるという判定にもならないだろうし、奴隷紋も発動しないはずだ」

　妥協案を出してやった。付いてくるのはフィアナ一人だけで良かったんだが。

「お、その手があるのか。それならいいぜ！」

　ジュウガはあっさり同意し、他の三人も反対意見はないようだ。

「決まりだな。じゃ、フォーメーションはフィアナが真ん中、ジュウガとドワーフとデカいのは最前列だ」

「ああ？　フォーメーションだぁ？　それって陣形の事か？」

「そうだ」

「ふん、格好つけて言いやがって。フォーメーション、フォーメーション、おっし！　フォーメーションはオレ様が先頭だな！　お前ら、ちゃんと付いて来いよ！」

　単純な奴は使いやすいな。


「アレック……ちゃんとあの三人の面倒も見てよ？」

　星里奈が心配するが、当たり前だ。いくら奴隷であろうと、俺は使い潰すような真似はしない。それに。

「あいつらはどう見ても前衛だろうが。余計な心配をするな」

　フィアナ達を連れて先へ進む。


「おらっ！　見たか、ゾンビ野郎！」

「ふむ」

　俺は戦闘の間、四人を観察して戦い方を見た。

　一人目のジュウガは両手持ちの大剣（ツーハンデッドソード）を振り回して戦う力任せのパワーファイターだ。危なげはないが、レベルは22と俺達よりもやや低い。

　二人目の棍棒を持ったデカい戦士はレベル23、動きが遅いのが気になるが、体力とパワーは段違いだ。片手の一撃でゾンビを吹っ飛ばしている。

三人目の鉄兜のドワーフはハンドアックスと円形の盾を装備しており、盾役に徹する事が多い。レベルは32と俺達よりも高かった。

「これじゃ、私の出番が無いわ」

星里奈が軽く肩をすくめるが、交代で戦ってもいいだろう。

「ジュウガ、次は星里奈達に任せろ」

「ああ？　まだ疲れてねえぞ」

「いいから交代だ」

「む……」

「休めるときに休んでおいた方が良い」

ドワーフの戦士も言った。

「分かったよ」

さすがに新しい奴が増えるとやり方で揉めるか。ま、こいつらは第二層の間だけだ。フィアナのターンアンデッドさえあれば後の三人は要らないんだけどな。

「ここでいったん休憩を取るぞ」

行き止まりの小部屋を見つけたので、そこで休む事にした。

疲れたというほどではないが、これから先、深い階層を攻略するときには休み方も覚えておかねばならない。

元Aランクパーティーのエイダも、そんな話をスープを出しながら教えてくれている。

「アタシに言わせれば、長く潜っていられるパーティーは休憩の取り方が上手いんだ。

食料なんてものは二の次さ。長持ちするのを往復して運んだり、配達を頼んだって良いからね。

だが、休憩はそうはいかない。

まだ大丈夫、区切りの良いところで、なぁんて思って先送りにしてると、激しい戦闘の連続がやって来ちまうのさ。

そこで剣が振れなくなったら、全滅だ。全滅とまで行かなくても荷物を捨てて逃げ出す羽目になる」

人間、常に余裕を持っておけという事だろう。

特に生死が懸かる危険なダンジョンではなおさらだ。

「ああ？　休憩って、まだ疲れてねえし、お前らも肩で息してるって感じじゃないじゃんか」

ジュウガが俺の考えを理解せずに言ってくる。

「ジュウガ、ワシらは付いて行くだけだ。雇い主のリーダーが休むと言えば休む、それも任務だぞ」

鉄兜のドワーフは奴隷としても年季が入っているのか、話が早い。

「いや、だからまだ雇い主と決まったわけじゃねえだろうが……ったくよぅ」

他の皆がすでに座ってしまったので、仕方なくという感じでジュウガもドカッと座った。

もちろん、交代の見張りは立てており、今はミーナが小部屋の入り口を固めている。

「アレック、闘技場へはもう行ったか？」

ジュウガが聞いてきた。

「いいや」

「なンだよ、まだかよ。あそこで優勝すりゃ、デカい賞金がもらえるんだぜ」

「命を落とす事も多いがな」

ドワーフの戦士が付け加えて言う。

「うっせえなぁ。オレ様は死なねえっての。いつか優勝して、デカい豪邸を買って、奴隷の身分ともおさらばだ。旨い肉をたらふく食ってやるぜ！」

ま、夢があるのは良い事だ。

「あの人も応援してくれてるしな。へへ」

「あの人？」

「ああ。うちのオーナーさんだ。イカした黒い鎧を着てる人だよ」

「ヤナータの事か。応援ねえ？」

休みもほとんど与えずにこき使い、使い捨て状態で運用されている奴隷達に見えるのだが。

「文無しのオレに良い武器を貸してくれたし、チャンスは誰にも平等だからな」

おそらくヤナータがそう吹き込んでやる気を出させているのだろう。手に入れたレアアイテムはオーナーの総取り、賃金も錆びた鎧を買い換えられるほどではないレベル、随分とボロい商売だ。

ま、俺は俺の生活が安定すればそれでいい。ヤナータのやり方は気にはなるが、すべての奴隷を救う事など土台、不可能だ。

「じゃ、行くぞ」

休憩を終わりにして、俺は立ち上がった。

第三話　油断

第二層は入り組んだ通路の迷宮になっており、時々、ゾンビが出てくるが罠らしい罠もない。

こんなものか。

これなら第三層も問題なく行けるだろう。

「よっしゃ！　片付いたぜ、アレック」

一時的に雇った形になっているジュウガがニカッと良い笑顔を見せてくれる。彼は闘技場で優勝する事を夢見て、ヤナータのもとで頑張っている奴だ。ジュウガは思い切りが良く、敵に真っ先に自分から斬り込んでいくし、腕も確かなので、このまましばらくフィアナと一緒に雇い続けても良さそうな感じだ。

先へ進むと、ミーナが第三層への階段を見つけた。

「ご主人様、下への階段を見つけました！」

「よし」

「あー、アレック、オレらは第二層のレアアイテム探しが任務なんだ。悪いが下には行けねえぞ」

ジュウガが困った顔で言うが、俺もすぐ下に降りるつもりはない。まだ第二層の探索は始まったばかりで、マップも埋めきっていない。

「心配するな。まだこの階層の探索を続けるぞ」

「へえ、そりゃいいが、あんたら、下を目指してるんじゃないのか？」

「そうだが、順番に行かないとな」

「かったるいやり方だな。オレならどんどん下に行くけどな」

「お前がパーティーリーダーになったときはそうしろ」

「おう。リーダーねえ？　へへ、自分のパーティーを組むのもいいかもな！」

当然だ。レアアイテムを上納しなくていいし、好きなタイミングで好きな場所へ行けるのだ。

休むのも自由。ま、ある程度の稼ぎを上げていかないとどん詰まりになるだろうが、そこは老後の生活が間に合う程度ののんびりでいい。

俺は生活するために戦うのであって、戦いのために生活してるわけじゃない。

階段がある部屋を素通りして通路を進むと、心なしか、空気が淀んでいるように感じた。

「気を引き締めていけ」

「おいおい、無駄に気合いを入れさせんなよ、アレック。第二層なんて楽勝だぜ」

まだパーティーを組んだばかりのジュウガが笑って俺に物言いを付ける。

「死ぬぞ。油断してると」

「ああ？　ビビらせんなっての」

「でも、第一層でも結構ヒヤッとさせられる敵がいたし、第二層だからって油断はしない方が良いわ」

星里奈も言う。

「おいおい、冗談だろう。あんたらオレよりレベルが上だろ？　ゴブリンごときに苦戦したって言うのか？」

「ゴブリンじゃない。スケルトンだ」

「んん？　第一層にそんなのいたっけな？」

「静かに！」

イオーネが皆に注意を促した。

「どうしたよ、姉ちゃん」

「黙れ」

ジュウガを黙らせたが、不満そうな顔だ。それよりも、通路の先で物音がした。

ドン、ドン、と強くノックするような音だ。

「誰かいるな」

「いちいちノックなんてしてねえで、さっさと開けて進みゃいいだろうによぅ」

そうできない何かがあるのかもな。

「行ってみよう」

物音がした方へ通路を進んだが、通路脇に扉が一つあった。頑丈そうな木の扉は閉まっている。

「おい、誰かいるのか」

ジュウガが扉の向こうに呼びかけてみる。

「あぁ……」

微かに返事をする声が聞こえ、ドン、と扉が叩かれた。

「おい！　怪我でもしてんのか？」

そう言ってジュウガが扉をそのまま開けようとするので、俺は制止した。

「待て」

「何でだよ。助けを求めてるなら、早く助けてやんねえと」

「ああ。だが、これが罠という事も考えられる。ミーナ、お前が開けろ。ジュウガは剣を構えてろ」

「はい、ご主人様」

「念の入ったこった」

ここは通路が狭く、入れ替わるのも体を横にして道を譲り合わねばならない。配置は重要だった。

「開けます」

ミーナが取っ手を引く。

「うおっ！　ちくしょう！　モンスターハウスだ！」

ジュウガが向こう側を覗き込むなり叫んだ。

「全員、下がれ！」

俺は指示した。

後列の奴が前に出ようとすると、どん詰まりになって撤退どころか、動く事もままならなくなる。

狭い場所で戦うより、広い場所まで下がってからやり合う方がいい。

「うおっ⁉　くそっ！」

ゾンビは匍匐前進で前に出てくる奴もいて、しかも動きが速い。

最前列のジュウガは狭い場所でツーハンデッドソードを思うように振り回せず焦っていた。

これならハンドアックスのドワーフを前に出させるべきだったか？　いや、奴のリーチだと床を這いずってくるゾンビには対処できないな。

何にせよ、今、パーティーの配列を入れ替えるのは不可能だ。俺はこの状況を打破できる後衛魔導師の名を呼ぶ。

「レティ！」

「分かってる！　――我は贖うなり。主従にあらざる盟約において求めん。憤怒の魔神イフリートよ、鋭き劫火で敵を滅せよ！　【フレイムスピアー!!!】」

レティが複雑な印を指で素早く切り、呪文を完成させた。

幾本もの炎が、まさしく槍のように飛んでいき、ゾンビを突き刺し吹っ飛ばしながら倒していく。

小気味よい連射だ。

「よしっ、いけいけー！」

リリィもスリングの牽制の手を休めて応援だけ

になった。

残ったゾンビをジュウガが片付け、それで一息つく。

「ふう、今の、すっげー呪文だな。助かったぜ」

「フッ、礼には及ばないわ。それより、ジュウガは怪我の手当をしたら？　血が出てる」

「任せて。――女神エイルよ、我が願いを聞き入れたまえ。【ヒール！】」

フィアナが回復魔法を唱える。一度では全快しなかったようで何度も唱えた。

俺は回復魔法ってもっと強力なのかと思っていたが、これは使い勝手が悪そうだ。

「もう痛みも引いたし、その辺でいいぜ、フィアナ」

ジュウガが言う。

「でも、まだ傷口が」

「いいって。こんなもん、布で縛っておけば治るっての」

ニカッと笑ったジュウガはその場に座ると自分で自分の服を破り、さっさと手当を終わらせた。

「これで清めておけ」

ドワーフが小さな瓶を取り出すと琥珀色の液体を振りかけた。

「なんだそれ――ふおっ！　しみる！　何しやがったてめえ、毒か！」

「違います。酒ですよね」

「ああ」

「いや、なんでそんなもん……」

「消毒のためだ」

俺が言ってやったが、ジュウガは酒で消毒するという事は知らなかったようだ。

「別に毒になったわけじゃねえってのに、くそっ」

「じゃ、いったん地上にあがろう」

「おいおい、オレ様ならまだやれるぜ？」

「違う。そろそろ日も暮れる。俺達が宿に戻るん

「ああ、なんだ……」

「そういう事なら、ワシらも付いて行った方がいいだろう。店に確認も入れねば」

鉄兜のドワーフが言い、全員で地上に出た。

「日帰りができそうなのは第三層までだな」

宿『竜の宿り木邸』の食堂は広い。

エイダ特製の煮込み料理を食べつつ、俺達は今後の方針について話し合った。フィアナやジュウガ達はヤナータの店に戻っているので、別行動だ。

「そうね。後は日持ちする食料を運び込んで、ダンジョンでキャンプか。なんだか変な気分」

星里奈が嫌がるかと思ったが、そこまででもないようだ。

「でも、ジュウガさん達は第二層でレアアイテム探しと言っていましたよね？」

ミーナが確認する。

「ああ、そこからは別行動だ」

「そうですか」

「ま、人数が多くても狭い場所だと意味ないもの」

レティが言うが、その通りだ。ダンジョンは数を頼めばというやり方は通用しない。

複数のパーティーに分けるならともかく、前衛を遊ばせるようなら連れて行く意味があまりない。

予備戦力という考え方もあるが、遊撃に近いのが一人いれば充分だろう。そこまで深刻な状況になるまでダンジョンに長く滞在するつもりもないからな。

誰かが怪我をしたら、そこで探索を打ち切って上に戻れば良い。

❦第四話　瓦解

翌日、ヤナータの店に行ってみたが、話は通ったようでフィアナ達が俺達を待っていた。

俺が欲しいのは女クレリックだけで野郎を雇うつもりは無いのだが、増量無料キャンペーン中だとかでやや強引に店員から押しつけられた。まあ、ジュウガと鉄兜のドワーフはそれなりに役に立ちそうだから、キャンペーン期間の間だけは連れて行ってやろう。無料体験が終わったら即お払い箱だ。無料は二人までという事で、この間までジュウガと一緒にいた棍棒の大男は別パーティーに連れられていった。

「なあ、アレック。次からアンタ達の宿の前で待つから、泊まり先を教えてくれよ」

ジュウガが言うので俺は宿の名前を教えてやった。

「『竜の宿り木邸』か！　なんかカッコイイぜ！　こんちくしょう！　オレもそっちの宿にしようかな」

「やめておけ。金を貯めておかんといざというときに困るぞ」

鉄兜のドワーフが言う。

「でもよう、納屋だぜ、納屋。オレも普通の宿で、ベッドの上で寝てえよ」

「なら、金を稼がないとな。行くぞ」

コイツの面倒まで見たくはないので、俺はそう言ってさっさと出発する。


第二層に潜り、日没の時間になるまで探索を続けた。戦闘が終わり、切りが良いところで俺は皆に帰還を告げる。

「じゃ、俺達は地上に戻るが……」

「おう、オレ達はここで寝泊まりするからこっちの心配は要らねえぜ。オレ様の腹時計で朝になったら、ここの階段で待ってるからよ」

　ジュウガがうなずいて言う。

「分かった」

　すぐに合流できるか気になったが、ジュウガの腹時計もなかなか正確なようで、翌日の探索も順調に進んだ。

「なあ、アレック。金を渡すから、パンと干し肉を買ってきてくれねえか。上に戻るより、その方が稼げるからよ」

「俺は構わんが……」

　他の者を見たが、彼らも賛成らしい。三日分、十五ゴールドを預かった。

「持ち逃げすんなよ？」

「するか！」

　たった十五ゴールドぽっちを持ち逃げとは馬鹿にされたものだ。いっそ俺の所持金を教えてやろうかとも思ったが、ジュウガにＰＫで襲われても笑えない。そこは内緒にしておく。


　ジュウガ達と会ってから五日目、第二層の探索もあらかた片付いてきたが、その日はジュウガ達が時間に遅れた。

「悪い悪い、ちょっとオレが起きられなくてな」

　起きたばかりなのか、肩を回しながらやってきたジュウガが謝る。

「待つのも面倒だ。お前達が根城にしている場所を教えておけ」

「ああ、この先に扉の閉まる小部屋があっただろう。モンスターハウスになってたところだよ」

「そうか。敵は出てこないんだな？」

「出てたら、おちおち寝られるかっての。見張りもちゃんと立ててるし、問題ねえよ」

　俺は嫌な予感がしたが、ジュウガ達も見張りくらいはまともにやっているだろう。ジュウガはともかく、残りの二人、フィアナと鉄兜のドワーフはしっかりしている感じなので、大丈夫だろうとは思うのだが。

「モンスターが湧いてこないとも限らない。気を付けておけ」

「ハッ、アレック、知ってるか？　モンスターポップを見た冒険者なんていないんだぜ？」

「その話を詳しく聞かせろ」

だいたいは分かっていたが、この世界の現実と、俺の知識との間で、齟齬があると困る。俺は説明を求めた。


モンスターは一度倒しても、どこからともなく再び現れる。


それをポップと呼ぶが、冒険者達の視界内に新たなモンスターが湧いて出てくる事はない、という事だった。

これを利用してダンジョンでは狭い部屋で休憩を取ったりするという。


ゲームだと画面内に新たな雑魚敵が湧いてきたり、そもそもエンカウントするまで敵が見えなかったりするが、この世界ではこの方がありがたいな。

ただし、ボスと魔術召喚によるポップは別だそうだ。

「なら、ボスには気を付けないとな」

「そうだが、アレックよう、このダンジョンでは、ボスは四層まで出てこないんだぜ」

「……ふうん。そうか」

あのスケルトン勇者はボスではないのか。

「ねえ、ボスってどういう感じなの？」

星里奈が聞く。

「どういうって、その階で一番強え奴に決まってんだろ。段違いって話だ」

ジュウガはボスと今までやり合った事はないらしい。

「ボスは特定の部屋にいて、その縄張りから外に出てくる事はないわ」

レティが特徴を教えてくれた。

「だから、五層から下に潜れる奴はあんまりいないらしいぜ。ボスは一度倒せばそのパーティの前にはもう出てこなくなるみたいなンだが、初挑戦の階は倒さないと先に進めないって話だ」

なるほどな。それで第四層のクリア、つまり第五層への到達がBランクパーティーの認定になるって事か。

それならギルドの試験官もボスの討伐と言えばいいだろうにと思ったが、討伐部位を売り買いして不正する奴を防ぐため、あえて内緒にしているのかもしれない。

ま、どっちでもいい。俺は正攻法でいく。

こちらは常人の二倍近いパラメーター能力と、スキルコピーのおかげで、ほとんどチートみたいな実力だからな。

あとはレベルさえ順調に上げられれば、問題はないだろう。

レベル上げだが、ゾンビの経験値は今ひとつだ。一匹につきだいたい50程度は入ってくるのだが、レベル27だと次のレベルまで1万近くも経験値が必要だ。だから、俺のレベルはまだ上がっていない。

となると後はスキル強化だが、【次元斬】や魔法剣士についての詳しい事はまだ分かっていない。

手紙の返事をくれたウェルバード先生は、魔法剣士と戦った事はあるそうだが、クラスチェンジ条件までは知らないとの事だった。

【次元斬】に至っては、見た事も聞いた事も無いという。

だがそれでも、ネネのレベルが俺達に近づいているので、パーティー全体としてはレベルアップにつながっている。


「ご主人様、敵が来ます」

「よし、全員、戦闘態勢だ」

ミーナの声に、俺は通路の先に注意を戻した。

「敵は五匹！」

星里奈が言い、すでに斬りかかっている。

ゾンビは少々斬ったくらいでは倒れないので、時間はかかる。が、スピードや技量ではこちらが圧倒している。一対一なら余裕で倒せる相手だ。

ただ、途中でジュウガがふらつき、動きが鈍かったのが気になった。

「クリア！」

「ジュウガ、寝ぼけてるのか？」

「ちげえよ。ただ、足がちょっとな」

「足？」

「この間のゾンビに噛まれた傷がまだ治ってないんです」

フィアナが心配そうに告げた。モンスターハウスに出くわした時か。もう何日も前の話だが。

「見せてみろ」

「いや、良いって！　ちょっと腫れてるだけだからよ。大げさにすんなって」

ジュウガはそう言ったが、毒にでも冒されていたら、面倒だ。

ここは【鑑定】だな。

〈名前〉ジュウガ　〈年齢〉18　〈レベル〉23
〈クラス〉戦士　〈種族〉ヒューマン
〈性別〉男　〈HP〉102／257
〈状態〉破傷風(はしょうふう)
【解説】
グランソードの奴隷。
冒険者。
性格は陽気で、たまにアクティブ。

「破傷風になってるぞ」

「「えっ！」」

皆も驚いたが、この驚き方だと毒よりもマズそうだな。

「ミーナとイオーネは周辺警戒！　ここにキャンプを張る。ジュウガ、足を見せろ。これはリーダー命令だ」

「分かった。でも、破傷風って何だ？」

「傷の治りが悪く、熱が出て、ろれつが回らなくなり、体中が痙攣し、最後には苦しみながら死に至る恐ろしい病です」

フィアナが説明した。

「くそ、病気か……治療にいくらかかるんだ？」

「……かなりかかります」

「ええ……？　マジかよ」

ようやくジュウガも深刻さに気づいたようだ。

ブーツを脱いだが、足がぱんぱんに腫れていて、なかなか脱げない状態になっていた。

「うわ、酷い。真っ赤じゃん。中がなんだか黒くなってるし……」

リリィが傷を見て引き気味で言う。確かに酷い状態だ。

「どうしてこうなるまで放っておいたんですか……言ってくれれば良かったのに」

フィアナがそう言いながら連続で【ヒール】を掛ける。

「いや、オレもこんなになってるとは思わなくてよ。前に傷が腫れた時があったが、その時はほっといても治ったからよ……」

「どうだ、フィアナ」

「やはりこの状態だと傷の治りが悪いですね。司祭様に見て頂かないと。私には手に負えません」

「じゃ、探索は中止だ。地上に戻るぞ」

「待ってくれ。オレには払う金が二百しかねえよ」

「後は俺が出しておいてやる。貸しだ」

「すまねえ」

さすがに意気消沈したジュウガは、いつもの元気が無かった。

第五話　治療の代償

足の腫れたジュウガを神殿に連れて行った。

俺の【鑑定】では『破傷風』と出ていたし、治療も困難らしい。クレリックのフィアナの話では治療も困難らしい。


この世界では【ヒール】を掛けても病気は簡単に治らないようだ。

「司祭様、いかがでしょうか」

フィアナがお伺いを立てる。

「ふむ…………」

相手は総白髪で目も長い眉で隠れるようなジジイだ。ジュウガの傷を見てヒゲを数回撫でたが、何も言わない。

「どうなんだよ、ジジイ。早く言わねえと、そのヒゲ抜くぞ」

「ちょっと、ジュウガさん、失礼ですよ」

「治るなら治る、治らないなら治らないでいいから ハッキリ言ってくれよ。オレは中途半端なのが一番気に入らねえンだ」

「よかろう。ならば教えるが、この傷はもう手遅れじゃ。足を切るしか助かる道はあるまい」

「なっ！　お、オイオイ、オレに片足になれってか？　冒険はどうするんだよ」

「辞めるしかあるまい」

「辞めろって……いやいや、困るって」

「なら、足を切らずに治癒魔法をかけ、神に祈りを捧げるか。ただし、まず命は助かるまい。お前のような傷はこれまで何人も見てきた」

「な……」

「どうするかは自分で決めるが良い。今日の日没までにな。それ以上は命に関わる」

司祭が真顔で言った。

「なんだよ……いや、冗談だよな？」

ジュウガが半笑いで聞くが、心の整理が付かない様子だ。

片足で生き残るか、冒険者として死ぬか。

本当にハードな選択だ。すぐに決められる話でもないな。

俺がどうこう言える話でもない。

「後は一人で決めさせよう。相談があれば、フィアナ、付いていてやれ」

真面目に考えさせるため、俺は言う。

「はい」

神殿を出る。


「ねえ、外科医の小島先生に見てもらうってのはどうかしら？」

星里奈が言う。俺もそれは考えたが、現代の薬品も器具もないのだから、彼でも難しいだろう。

それに、もっと難しい問題もあった。

「手術は手伝ってもらえるかもしれないが、ここへ連れてくるのに時間がかかる。熟練の司祭が今日の日が暮れるまでに決めろと言ったんだ。間に合わないだろうな」

「そっか……そうよね……馬車でここまで五日はかかるものね」

小島は隣の国にいるからどうしても時間がかかる。

「レティ先生、どうにかなりませんか」

ネネがすがるように聞く。

「うーん、怪我人の治療って私の専門外なのよね。思いつくと言ったら、せいぜい、エリクサーかエリクシールくらいかな」

その薬は市場に出回るようなものではなく、王城には保管してあるだろうという話だったが、奴隷のジュウガに譲ってもらえる見込みは全くなかった。

結局、打てそうな手は何もなかった。

回復魔法のエキスパートである司祭が匙（さじ）を投げているのだから、俺達にはどうしようもない。

その日はもうダンジョンに潜る気にはなれず、俺達は宿屋に戻った。

「私、何か手がないか、聞き込みをしてくるわね」

「ああ。スられたりしないよう、気を付けろよ」

「ええ」

星里奈を見送り、俺は治療系のスキルを閲覧した。

ただ、【ヒール】で効果が無いものを、【手当】や【看護】でどうにかできるとも思えない。

今、気づいたが、俺の取得可能なスキルに治療系はほとんどないのだ。

あのブラウザゲーの初期選択では僧侶の高レベルスキルを選べていたが、今はダメだった。

いったん僧侶にクラスチェンジして、そこから鍛え直していたら、やはりジュウガの治療には間に合いそうにない。

これはパーティーの一人を僧侶に転職させ、司祭を目標として計画的に育てておいた方が良いか。

今回はジュウガだったが、次は俺が怪我をするかもしれないからな。

話は夕食の時にでもするか。

そう思っていると昼過ぎ、フィアナが宿にやってきた。ジュウガがついに決断をして、足を切るという。

「そうか」

「それで、あのう……」

フィアナが言いにくそうにする。

「ん？　なんだ？」

「その、お金を」

「ああ、いくらだ」

俺がジュウガの治療費を立て替えてやるという話にしていたんだった。

「手術と当面の治療代、それに神殿の部屋代一ヶ月分で、合わせて三千ゴールドのご喜捨を……」

「分かった、払おう」

「あの！　この喜捨は必ず神もご覧になっておられると思います。なんなら手術代だけでも構いません！　私も出しますのでどうか――」

「待て。だから払うと言っているだろう。ほれ、銀貨三枚で足りるんだな？」

「ああ、どうも。でも、いいんですか？　彼はすぐには返せないと思いますが」

「そうだろうな。だが、パーティーを組んだ奴を見捨てるのは後味が悪い。それに、俺はそれくらいの遊ばせておく金は充分にあるからな、心配ない」

「そうですか。他人のためにポンと三千ゴールドも出せるなんて、本当に立派だと思います。じゃ、すぐに手術の準備を、ああ、おまんじゅうを買っていかないと」

「まんじゅう？　それが治療に何か関係するのか？」

俺は気になったのでフィアナに問う。

「ええと、直接ではないのですが、司祭様は甘い物に目がないそうなので」

「心付けか。まあ、好きにしろ。ほれ、雑費も追加してやろう」

大銅貨も一枚、持たせておく。

「ありがとうございます。でも、おまんじゅうは私が買いますから、このお金は別の服代や薬草のお金に回しますね」

「ああ、お前の良いと思うように使ってくれ」

「はい」

フィアナは丁寧に一礼した後、走って行った。

あの様子なら、フィアナも周りが見えているから大丈夫だろう。

✧第六話　ヤナータの応援

『竜の宿り木邸』。

　グランソード王国で俺達が拠点にしている宿屋だ。

　四階建ての大きな宿屋はしっかりした造りだが、冒険者御用達として荒くれ者がたむろしている。

　俺はその一階のテーブルで、他のヒマそうな宿泊客とカードゲームに興じていた。

　だが……チッ、手札は最悪だ。

「冴えねえ顔だな、アレック」

　俺の真向かいに座った男がニヤつきながら言う。

「うるせえ、マーフィー。これは俺の地顔だ」

「そいつぁ悪かったな。……全額レイズだ」

「ああ？　ノーチェンジでか？」

「おう。アレだ、男には一生に一度、勝負に行ける時がある。オレにとってそれが今だ。この間の借りをきっちり返させてもらうからな」

　……ハッタリだな。

　こいつは時々、そんなセコい手を使ってブラフを掛けてくるし。しかも一生に一度なんて大袈裟だ。

　ハッタリには、ハッタリを。

　ここは役なしのブタだろうとノーチェンジ、全額コールで――

　と、リリィが外から慌てた声を上げて走り込んできた。

「大変大変！　アレック、すぐ来て！」

「どうした。ジュウガの手術が失敗したなら、俺が出て行ったところでどうにもならんぞ」

「手術はちゃんと成功したみたい。でも、フィアナがヤナータの店の奴らに無理矢理連れて行かれそうになってて、神殿の人たちと揉めてるんだよ！」

　そういう事か。

フィアナは奴隷落ちして今はヤナータの所有物になってしまっている。法や理屈から言えば、ヤナータが早くダンジョンに潜れと言えば、フィアナはそれに従う義務があるだろう。

だが、ジュウガの治療や看病もあるからな。

今は俺が週千五百ゴールドで彼女を雇っているのだから、俺が出て行けば、店の奴らも納得するはずだ。

「よし、任せろ」

「そう来なくっちゃ！」

「じゃ、マーフィー、この勝負はチャラだ」

俺は内心でニヤつきながらカードをテーブルに放り投げた。

「なあっ⁉　おま、くそっ、オレの人生初のロイヤルストレートフラッシュがあああ！　待て！　アレック！　せめて、この勝負を終わらせてから行けよ！　おい！　アレッーク！」

許せ、マーフィー、これも人助けのためなんでな。お前なら分かってくれるだろ。ぷふっ。

俺は怒声を背中に浴びつつ、走って神殿へ向かった。

「こっちの部屋だよ」

リリィが案内してくれた廊下の先は応接室になっているようで、そこに司祭とフィアナ達がいた。ヤナータの手下も二人いたが、あきれた事に片方の男はこの場で剣を抜いている。

神殿の中だぞ？

無理矢理にでも連れ帰れという命令を受けているのだろう。が、フィアナや神殿の者を傷つけたら、ただでは済まないだろうに、頭の悪い奴らだ。

あと一歩遅かったら、どうなっていた事やら。

「そこまでだ。剣を仕舞え」

「ああん？　なんだてめえは！」

剣を握りしめたヒゲ面の奴隷が、予想通りの反応を返してくる。

「そのフィアナの現在の雇い主だ。週千五百で雇っている。そうだな？」

見覚えのあるヤナータの店員が一緒にいたので、ソイツに言う。

「はあ、ですが、契約の勤務時間外はこちらの管理下にあるわけでして」

「そうか。だが今は昼間だ。コイツには俺の指示でジュウガの看病を言い渡してある。そうだな、フィアナ」

「はい！」

「いいや、ですが、奴隷の看病なんて何も付きっきりでなくても良いでしょう」

「俺はそうは思わん。それとも何か？　お前の所の店は客が前金を払ってるってのに、勝手に別の仕事に就ける気か。それは世間様じゃ詐欺と言うんだぜ？　ドレウロだったか、店の評判が落ちるぞ」

「そうだそうだー、私がドレウロは詐欺だーって酒場で言いふらしてやるんだからね！」

リリィが指差して言う。小生意気な奴だが、こういうときは小気味良いな。

「いや、それは困ります。アレックさん、あまり言いたくはありませんが、うちの商品をダメにしたのはお客様の責任もあると思うんですよ」

「なに？」

商品と言えば、ジュウガの事だな。確かに俺が店から借りた奴隷が俺との冒険中に怪我をしたわけだが……。

「もちろん、賠償金を払えなんて事は言いません。冒険者が冒険で怪我をしたり死んだりするのはよくある事ですから。うちはそういう場合、状況を聞き取りしましてね、責任に応じて弁償を求める事もあるんです」

むむ。ジュウガの怪我の料金を支払え、と来るのか？

それはちょっと納得がいかないぞ。

「ただ、今回は、どう見てもお客様の責任ではない。ジュウガに剣も構えさせて充分な注意を払った上での不可抗力ですからね。なので、前金はお返ししませんが、それでチャラという事にさせて頂きます」

「ほう」

そういう事ならドレウロもなかなか使い勝手が良さそうだ。

「つきましては、いったん全員を契約解除としまして、アレックさんには別の奴隷をご紹介しますので、冒険に出られる際には予定をお聞かせ願えればと」

「いや、気が変わった。今から冒険に出るぞ。だから契約解除は無しだ。ジュウガも含めてな」

「ええ？　弱りましたねえ……。アレックさん、ジュウガはどう見ても冒険には出られませんよ」

「それはお前の見立てだな。一時間後には治ってるかもしれないぞ」

「ご冗談を。足が生えてくるとでも言うんですか」

「ああ。神の奇跡ってヤツだ。俺は信心深くてな」

「ぷぷっ」「はは」

それを聞いてリリィや神官達が笑う。

「ふう、仕方有りません、オーナーを呼んで参りますので」

「好きにしろ。話は聞いてやるぞ」

「はい。お前はフィアナを見張っていろ。なぜか奴隷紋が発動してないから、逃げるかもしれん」

「わかりやした！」

店員は応接室を出て行った。

「フィアナ、手荒な真似はされていないな？」

ここには聖職者が大勢いるから、ちょっとの怪我ならあっという間に治して分からなくなっている可能性もあった。

なので、念のために聞いておく。

「はい、剣を抜いたところで、アレックさんが来てくれましたから」

フィアナが笑顔を見せた。

「そうか」

間に合って良かった。

俺はこのまま応接室で待つ事にする。

「お茶をどうぞ」

ここの僧侶がお茶を入れてくれた。

「悪いな。連れのごたごたに巻き込んだみたいで」

老司祭がその場にいるので、気を悪くしないよう、俺が謝っておく。ジュウガもここに入院中だからな。

「なんの。話はフィアナから聞かせてもらったが、なかなかどうして、今時、粋な事をなさる。ワシらも協力させて頂きますぞ。治療代を負けろというのは、こちらも色々と費用がかかるので、勘弁願いたいが」

長い眉毛の下から、笑っている瞳を覗かせつつ司祭のジジイが言う。

「別に負けろとかそんな事は言わないから、上手くフィアナを匿ってやってくれ。後の話はこちらで付ける」

「なんだと！」

そこにいる見張りの奴隷が声を荒げたが、剣はすでに仕舞っている。多勢に無勢、それくらいを判断する頭はコイツにもあるようだ。

「俺はきちんと金を払っている客だぞ。さっきの店員も自分で判断が付かないからオーナーを呼んでくると言ったんだ。お前は下手な事をせず、大人しく待っていた方が利口だと思うがな。ヤナータは客には丁寧な対応をするから、奴隷紋のお仕置きがくるかもしれないぞ」

「むむ……」

青ざめた奴隷はやたら奴隷紋のお仕置きを食らってるらしい。頭が悪いのは仕方ないにしても、ちょっとやり過ぎの感があるな。俺がドレウロの奴隷社員でなくて良かったぜ。

「お待たせしました、アレックさん」

ドレウロのオーナー、ヤナータがやってきた。厳ついムキムキ奴隷を六人も引き連れてのご登場だ。

話が決裂したら、力尽くで片付けようって魂胆か？

面白い。

受けて立とうじゃないか。

「リリィ、全員を呼んでこい」

「分かった！」

だが、ひとまずは紳士らしく話し合いだ。

黒の鎧を着込んだヤナータは俺の向かいの席に座った。

「アレックさん、細々とした駆け引きはやめにしましょう」

「ああ、いいぜ」

「あなたはうちの奴隷が気に入られたようです。フィアナについては二十万でお売りしましょう」

「不足だな」

「おやおや。私はそれなりに長くやっている奴隷商人です。商品の目利きは確かですよ。アレはオークションに出せば三十万は固い。そこを良心価格で売ると申し上げているのですが……」

「そうじゃないぜ。ジュウガはどうするつもりだ」

「どうする、とは？　足を切ったそうですね。残念ですが冒険者は廃業でしょう。こちらは解雇するので、アレックさんがご希望なら、タダで差し上げますよ」

「なンだよ、そりゃあよ！　オレはまだやれるぜ！」

松葉杖を突いてここにやってきたジュウガだが、手術直後だってのに、無茶すんな。

ヤナータもあきれ顔で首を横に振った。

「無理ですよ。ジュウガさん、無理に冒険者を続けなくとも、職はあります。道具職人なんてどうですかね。知り合いを紹介しますよ」

「オレぁ、細かい作業は向いてねえンだ。それに、アンタも言ったよな？　闘技場でオレが優勝する夢を応援したいって」

「ええ。ですが、その足では、難しいでしょう」

「そんな事、わっかんねえだろうが！」

「まあ、落ち着け、ジュウガ」

ヤナータの言っている事はまともだ。多少奴隷の扱いがドライだが、杖を突いて歩くような奴が闘技場で優勝するのは難しいと言わざるを得ない。

剣を持って戦う事すら、おぼつかないはずだ。

✧第七話　取引

ヤナータはジュウガに転職を勧めた。

だが、ジュウガはあくまで闘技場や冒険者にこだわるようだ。それはいずれ、足が治ってから好きにやらせてみればいい。

自分で限界に直面しなければ、分からない事もあるだろうしな。

それより今は、この事態の収拾をどう付けるか、だ。

六人の荒くれ奴隷を引き連れたヤナータは、話がこじれるようならこいつらに命令して荒事で事を片付ける腹づもりだろう。

じゃなきゃ、交渉を有利に進めるための脅しだろうが、それ自体交渉能力のなさを露呈するようなもんだし、ヤナータはそういうタイプではない。

交渉が決裂したときに備えたタダの保険だろ

う。

初めから荒事や脅しを考える奴なら、派手にやってくるだろうからな。

司祭のジジイも俺に協力すると言った手前、あからさまに文句は言ってこないが、毛の長い眉が垂れ下がりどう見てもここでの荒事はよしてくれと願っている顔だ。

俺が正真正銘の勇者なら、ここでヤナータを悪者にして一刀両断の大立ち回りなんだろうが、それじゃ虐げられた大勢の奴隷達はどうにもならない。自由になっても路頭に迷うだけだ。

一人や二人なら薬草集めで細々とやっていけるが、何十人も一斉に職が無くなるとなれば話は違う。道具屋も薬草を何人も持って来たら換金を断るだろうからな。

それに、俺にも応援プランができた。

前々からなんとなく思っていた事だが、今、この場でアイディアが固まったと言った方が良いか。

そのプランを実行するのなら、今はまだヤナータとは対決するときではないのだ。

「これが、落ち着けるかよ！」

ジュウガは気が立っているらしく、荒々しく叫ぶ。自分の足がダメになったのだ。やり場のない怒りもあるだろう。

彼自身、怪我を甘く見た部分はあったかもしれないが、それは足一本と引き換えにさせられるほどの落ち度じゃあない。

病気や怪我は注意すれば避けられる時もあるが、元から人間は病気や怪我になるのが当たり前だ。

それは単なる確率の問題であって、報いや運命では決してない。そもそも、弱った病人を責めてどうするんだ？　って話だ。

「ジュウガ。お前は冒険者としてダンジョンで力を付け、闘技場で優勝したい、そういう夢だったな」

俺はジュウガに確認を取る。

「ああ！　オレ様の小さい頃からの夢だからな！　足が一本無くなったからって、そんな簡単に諦めが付くような話じゃねえ！」

「分かった。なら、俺がお前を雇って冒険者を続けさせてやる。だから、今は治療に専念してベッドで寝とけ」

「ええ？　いや、それは……」

「やあ良かったじゃないですか、ジュウガさん。優しいご主人様の下で、夢を叶えて下さい。ま、叶えられたら、ですけどね」

ヤナータは微笑んでそう言ったが一言余計なんだよな。心の底では見下してる証拠だ。

「てめえ……チッ、見損なったぜ、ヤナータ」

ジュウガは変わらず応援してくれるヤナータを期待していたようだが。

奴隷を商品としか見ていないヤナータはそんな甘い奴ではない。時には彼も、奴隷にやる気を出させるために優しくリップサービスもするのだろう。

だが、最後まで面倒を見るような男ではないのだ。

商品に傷が付けば、取り替えるだけ。

そこに愛着や情など入り込む余地はない。

その現実に気づけただけで、ジュウガは良しとすべきだ。

「じゃ、ジュウガは俺がタダでもらう。フィアナはそっちの言い値の二十万で買う。もう一つ、ヤナータ、おまけを付けてもらいたいんだが」

「何ですか？　あまり欲を掻きすぎるのも、どうかと思うのですがね」

「そう警戒しなさんなって。アンタにとっては、だぶつく在庫一掃セールができて、お得だと思うぜ？」

「……聞きましょう」

コイツはがめつい商人だから、金の話なら、たとえ悪魔とだって取引するし、母親を斬り殺された直後でも交渉に応じるだろう。

すべては金のため。

そんな奴だ。

「お前が捨てようと思ってる奴隷、もしくは将来性がなくてどうなってもいいと思ってる奴隷を全部寄越せ。もちろん、そちらの言い値で良いぞ」

「……どういうおつもりですか、アレックさん。そんな事をしたって、あなたには一ゴールドの得にもならないはずですが」

「損得じゃねえよ。これは人の気持ちの問題だ。別にお前に人の気持ちを理解しろとは言わない。イエスかノーか、それだけ答えろ」

「分かりました。私に対する侮辱は今回は大目に見てあげます。ただ、今後、私の商売を少しでも邪魔するような事があれば、遠慮なく叩き潰してさしあげますよ。これは奴隷商人の先輩としての忠告です」

「つまり、邪魔をしなければそちらも手を出さないって事だよな」

「ええ」

言質（げんち）は取った。

「聞いたか？　司祭さんよ」

「うむ。ワシがこの取引の証人となろうぞ」

このジジイは明日にもぽっくり逝きそうだが、側にうなずいている若い神官が何人もいるので大丈夫だろう。

「気に入った！　オレも証人になるぞ！」

他にも良く通る声で手を上げた奴がいた。神殿に担ぎ込まれていた冒険者か？　見たところ、怪我はしていないようだが。

この男……装備はボロいくせに妙に雰囲気があるが……まあいい。

いつの間にか騒ぎを聞きつけて野次馬が廊下に集まっていたようだ。

「じゃ、奴隷のリストと値段は後で良い。二十万もあれば足りるか？　足りないなら、もう少し待ってもらう事になるが」

「いいえ、充分ですよ。三十人でせいぜい五万といったところですか。ただ、私と同じ商売を考えているのなら、やめておいた方が身のためですよ」

ヤナータが言う。

「しないから安心しろ。ま、奴隷を連れてダンジョンには潜るがな」

「ええ。では、商談成立です。後で細かいリストと商品を送ります。『竜の宿り木邸』宛でよろしいですね」

「ああ。そうしてくれ。商品は小綺麗にしておいてくれよ。それと丸裸同然で届けられても困るんだが」

コイツの事だ、装備どころか服も寄越さないなんてやりかねないので、釘を刺しておく。

「そこまではしませんよ。どのみち、彼らが身につけている武具は売れないような中古品ばかりですから」

売れるなら装備をすべて売り払ってから手放したんだろうな。やれやれ。

応接室を出て行こうとしたヤナータが、立ち止まった。

「ああ、そうそう、アレックさん。今回の奴隷の値段については口外しないで下さいよ。店舗の場合は運営に費用が掛かるから、あれが適正な値段のレンタルなんです」

「分かってる。心配するな」

今、ヤナータの商売を邪魔したり潰したりするつもりはない。

「では、ワシも失礼する。怪我をした奴隷がいればいつでも連れてくるが良かろう。適正な喜捨で面倒を見てやろう」

このジジイも、えげつないな。喜捨に適正価格があんのかよ。ま、神官の給料もあるだろうから、タダで看ろなんてのは論外か。

いくら神への愛や信仰があろうとも人は食い物がなければ生きていけない。

人が生きるのには、相応の費用が掛かって当然なのだ。

「アレックさん、これからよろしくお願いします」

フィアナも自分の境遇に文句はなさそうだ。

いずれ性的なサービスも俺にしてもらう予定だが、分かってるのかね？　分かってないだろうな。ま、そこは今は内緒にしておこう。ヒヒ。

「しかしよぅ、アンタ、貴族かなんかか？　やたら金持ちだな」

ジュウガがまだそこにいるが。

「フィアナ、このアホな怪我人をベッドにくくりつけておいてくれ」

「はい」

「いや待て、こっちの方が早いな。ジュウガ、左腕を出せ」

「こうか？」

俺は手持ちのナイフで、自分の指の腹を軽く切り、彼の奴隷紋に血を一滴落とした。奴隷紋章の書き換えだ。

問題なく、成功。

「ジュウガ、新しいご主人様の命令だ。怪我が治るまで大人しくベッドで寝てろ。いいな」

「でも、退屈でよぅ――いてててて！　ああっ!?　なンだこれ!?」

俺が何をしていたか、眺めていたのに気づいてなかったのか。アホだな。

「さ、ジュウガさん、ベッドに行きましょうね」

フィアナがニッコリ顔で手を取って連れて行く。

俺の方は、宿屋のエイダに話を通しておかないとな。三十人分の寝床が必要だ。人数は多いが、それまで納屋で寝ていたような連中だし、大部屋に雑魚寝でも充分だろう。

　神殿を出ると、走ってきた星里奈達と出くわした。すでに彼女達は剣を抜いている。

「アレック、ヤナータはどこ⁉」

「ああ、それならもう片が付いたぞ」

「え？　もう？　ボスを一人で倒すなんて。美味しいところ、全部持って行かないでよ」

「誰がボスだ、誰が。お前、商人ギルドの幹部、町の名士を斬り殺すつもりか」

「ええ？　名士って。あいつの評判、凄く悪いわよ」

　だろうな。金儲けにしてもやり方や限度ってものがある。

「常識を覆す」という謳い文句の看板だが、常識ってのは人が社会で集団生活を送る上で大切な大前提だ。

　俺の方はそこそこ常識をわきまえたやり方をしなくちゃな。純粋な商売をやるつもりじゃないから、それでやって行けるだろう。

エピローグ　朝の目撃

　一週間後、『竜の宿り木邸』の裏庭ではジュウガの快活な声が響いていた。

「よっし、おめえら、朝の素振りだ！　気合い入れて行けよ！」

「「「応ッ!!!」」」

　野郎共の暑苦しい叫び声に、俺はベッドでもぞもぞと起き上がった。

「なんだ、アレは」

「はい、たぶん、ジュウガさんが新入りを鍛えてるんだと思いますが」

　俺と一緒のベッドで寝ていたミーナが答える。

「何もこんな朝っぱらから、宿の近くでやらなくたっていいだろうに。ミーナ、いや、リリィ、ちょっと来てくれ！」

ミーナは裸なので服を着て下に行かせるのに時間が掛かると思い、俺はリリィを呼ぶ。が、アイツもまだ寝ているようでやって来ない。

使えねえ。

「星里奈、ネネ、誰でも良いから、ちょっと来い！」

「あの、ご主人様、私が行って来ましょうか？」

ミーナが察して申し出るが。

「お前はいい、俺専用の抱き枕だからな」

起き上がりかけた彼女を強引にぐいっと抱き寄せる。

「あんっ！　わ、分かりました」

手が胸に当たったからか、良い声を上げるミーナ。俺とあれだけヤっても恥じらいが残っていて非常によろしい。

一眠りしたら、今日は冒険を休みにして、一発、昼間っからミーナとヤるかな。

俺がそんな事を考えていると、部屋のドアが急に開いた。

「あのっ、アレックさん、お呼びでしょうか？」

ちょうどいい、フィアナがやってきてくれた。

新調した真新しい聖職者用のローブをちゃんと着込んでいる。

もちろん、これは俺のプレゼントだ。フィアナは最初は遠慮していたが、俺が衛生面やうちのパーティーの心構えなど、色々と言葉巧みに理屈を付けて渡しておいた。

「ああ、フィアナ、下の張り切ってるバカに、素振りはよそでやるか、もっと静かにやれと言ってくれ。うるさくて敵(かな)わん」

「…………！」

「フィアナ？」

彼女はこちらを見てなぜか固まっている。

「あの、ご主人様、私達、裸なので、その……」

脇でミーナが言うので、ようやく寝ぼけている俺にも事情が理解できた。フィアナは男女の関係にはまだ初心なのだ。

「ああ、悪かったな。とにかく、後ろを向いて落ち着け、フィアナ」

「は、はい……」

耳まで真っ赤にしているフィアナは、ふふ、これはベッドに連れ込むのが楽しみになるが、今は紳士ぶっておかないとな。

彼女にとって、俺はジュウガの治療代を気前よく出してやった良い人であり、自分を買い取ってヤナータの魔の手から救ってくれた王子様なのだ。

——今のところは。

「何か用？　アレック。あっ！」

今度は星里奈がやってきたが、彼女はフィアナを見て何か誤解したようだった。

「ま、待て、早合点するなよ」

俺もちょっと焦る。丸裸の状態で斬られてはかなわない。星里奈はいつも腰に剣をぶら下げていて、しかも勘違い体質と来た。

「この外道！　奴隷にしたからって聖職者の女の子にいきなり手を出すなんて、無理矢理はダメだって言ってるでしょ！」

「だから、やかましい。俺はまだ何もしてないぞ、アホ」

「じゃ、どうしてフィアナが顔を真っ赤にしてるのよ。フィアナ、もう大丈夫よ、このスケベ親父にお尻を触られたりしたんでしょうけど、私の目の黒いうちは、あなたに手を出させないから」

「いえあの」

「いいえ、星里奈さん、違います、ご主人様は——」

「ミーナは黙ってて、あなた、いっつもアレックを庇ってばかりで良い方にしか言わないから」

「はあ」

「あ、あのぅ、星里奈さん、アレックさんが言ってる事は本当で、私、別に何も……」

フィアナが自分で告げた。

「口止めされてない？　ここで本当の事を言っても、私があなたを買い取ってあげるから、生活の事は大丈夫よ？　実力だって私が本気になれば必殺技でどうにかできるし」

　ああそうとも、時々アホな点を除けば、確かに実力は凄い奴だからな。

「い、いえ、本当の事です。ただ、ちょっと、お二人がそういう関係だとは思ってなかったもので……」

　フィアナがきちんと説明し、星里奈も、ベッドの上の俺と裸のミーナを見比べてようやく納得したようだ。

「ああ、なんだ。そういう事。ええ、そうね、この二人はラブラブだから、気にしないで良いわ。もう他の女の子は入る余地、全然ないし」

　星里奈が俺とミーナを見て、手をヒラヒラさせて言う。

「おい、何を勝手な事を言ってる。俺はまだまだ女は増やす予定だぞ」

「もう……ちゃんと冒険にお金を使ってよね」

「お前に心配されなくとも、そこも両立だ」

　フィアナ達をヤナータから買い上げたので俺の所持金も結構減っているが、まだ十七万ゴールドが手元にある。

　とはいえ、上玉を買うなら、そろそろ金も稼がないといけないな。

「オラ、もっと声、出せや！　腹からだ、腹から！」

「「押忍（オス）！」」

「どうでも良いが、あのアホをちょっと黙らせてこい、星里奈。近所迷惑だ」

「そうね。さ、フィアナ、ここにいるとあなたも襲われちゃうから、行きましょう」

「は、はい」

「待て、俺はそんな事はしないぞ。紳士だからな」

「よく言うわ。私を無理矢理、手込めにしたくせに」

「ええっ？」

　フィアナが驚くが、チッ、余計な事を言いやがって。

「待て。それもこれも、お前が俺にいきなり斬りかかって殺そうとしたせいだろうが。まだ時効になってないぞ。なんならバーニア国の城に訴え出てもいいんだからな」

「それは……ちょっとした行き違いよ。さ、下に行きましょ。大事な事、教えておいてあげる」

　にゃろう。フィアナにおかしな事を吹き込まないよう、今夜あたり、きっちりベッドで星里奈にヒイヒイ言わせて釘を刺しておかないとな。

「ご主人様、ドアを閉めてきます」

「ああ」

　ミーナがベッドを降り、星里奈のアホが開けっ放しで出て行ったドアを閉め、鍵も掛けた。

「来い」

「はい」

　やってきた裸のミーナを抱き寄せる。

「一発ヤるぞ」

「わ、分かりました……」

　身をすくめたミーナだが照れているだけで、嫌がってはいない。その証拠に、唇を寄せると自分から応じてくる。

「んっ、んんっ、あっ、あんっ、んっ、はっ、くうっ、ご主人様、んんっ！」

　白い柔肌をビクビクと震わせるミーナは、何度触っても飽きない。

　形の良い小ぶりのお尻も揉みごたえ充分だ。

　念入りに俺はミーナの体の敏感な所を舐め回してやり、しっかりほぐしてやる。

「ご、ご主人様、私、もうダメです、我慢できません、早く……」

ミーナが潤んだ瞳で懇願してくる。

「いいだろう」

こちらも準備万端なのでゆっくり挿入する。

「んっ、ご、ご主人様ぁ、あんっ」

悦びと羞恥心が入り交じった表情で喘ぎ声を漏らすミーナを俺は優しく、そして執拗に責め立てていく。

「あ、も、もう、イきます」

「よし、イけ」

タイミングを合わせて一番奥まで深々と突っ込み、思い切り出す。俺の愛情をしっかりとミーナの体に注いでやった。


外も静かになったようで、俺は満足してミーナを抱きつかせたまま、二度寝する事にした。

そろそろ新入りの奴隷達のパーティー編成をしないといけないのだが、まあ、それはまた後でいい。

金もあるし、あくせくする必要はどこにもないのだ。

第五章(裏)ルート　王の遺児

✧プロローグ　十万ゴールドのクエスト

俺達は第二層のゾンビを気長に倒しつつ、『帰らずの迷宮』の攻略を続けている。

城のような迷宮の通路をまっすぐ進むと、頭上が明るくなった。

第一層に続く階段だ。迷宮内に漂う靄が朝日に透かされ、それは幾重にも畳んだ光のカーテンのように美しく見えた。

「よし、地上だ」

「ふう」「やった」

余裕を持たせた攻略をやっているものの、ジュウガがあんな事になったせいもあって、やはり知らず知らずのうちに気が張っていたのだろう。地上に辿り着くなり皆がほっとした表情を見せる。

「よう、アレック、お疲れさん」

顔見知りの門番兵士が、そんな俺達を気の良い笑顔で出迎えてくれた。

「どうだ、アレック、何か良いお宝でも見つけたか？」

もう一人の兵士が聞いてくる。

「話はまた今度だ」

疲れているのでまともに相手をする気にはならない。というか、眠くてあくびが出る。

「そうかい。徹夜はやめとけよ。そーゆーパーティーはな、決まってドジを踏んで全滅か解散だ」

「分かっている。余計なお世話だ」

長話をするつもりは無いので、俺はさっさと通り過ぎた。

「アレック、せっかくアドバイスしてくれてるんだから、あんな態度を取らなくても良いんじゃない？」

別の兵士と二言三言、挨拶を交わした星里奈が俺を追いかけてきて言うが。

「役に立つアドバイスならな。誰でも知ってるような話なんざ、うるさいゴミ情報と同じだ」

「そうかしら」

「じゃ、アレックが『油断するな』って言うのも、もうゴミ情報だから、聞かなくて良いよねー？」

リリィが生意気な事を言い出した。

「ダメだ。俺はお前らが油断していそうだから注意してるだけだ。それとこれとは話が別だぞ」

「エー？」

「ふふっ、リーダーも大変ね」

「ふん」

俺は星里奈に何か言い返してやろうと振り向いたが、その向こう、迷宮の入口両脇の柱がなぜか気になってしまった。

何だ……？

「アレック、どうかしたの？」

「いや、気のせいだ。何でもない」

特にいつもと変わった様子はない。何より、あそこで見張っている兵士が四人もいるのだ。何か異変があれば、彼らが真っ先に気づいている事だろう。

「疲れてるみたいね。早く宿に戻って休みましょう」

「そうだな」

連れだって宿に向かって路地を歩く。すると、向こうから体格の大きい戦士数人の、柄の悪そうなパーティーがやってきた。ここでいちいち道を譲っていたりしたらそれこそ舐められる。だから俺はまっすぐ進む。

「へへ」

　向こうの戦士は粗野な笑みを浮かべると、わざとなのか、こちらによろけて来た。

「いてえっ！」

　しかし、なぜかぶつかる前に戦士のほうが先に悲鳴を上げ、自分で慌てて姿勢を立て直した。

「なんなの？」

　星里奈も怪訝な顔でその戦士を見つめる。

「イオーネ、手は出すな」

「分かりました」

　すでに腰の鞘に手を掛けていたイオーネに、俺は指示を出しておく。こちらに実害がない限り、先手を取ってしまえば、ＰＫだのなんだのと、面倒な事になりかねない。

「てっ、てめえ、いきなり何をしやがる！」

　頭を押さえた戦士が、地面に落ちていた黒い短刀——いや、これはくないか？　——それを拾うと、わめき始めた。

「それは俺達の物じゃないぞ」

　俺は冷静に言っておく。うちのパーティーにそんな装備をした奴はいないからだ。しかし、いきり立った戦士達は聞く耳を持たず、凶悪な顔つきで武器を構えた。

「ふざけんな！　これは真正面から飛んできたんだぞ。お前らの他に誰がいるって言うんだ！」

「野郎、ＰＫか？　舐めた真似しやがって。ここの流儀を教えてやろうぜ？」

「「応！」」

　相手は……斧使いが二人に、槍持ちが一人、そして剣が一人か。

　間合いの長い槍は少々面倒だが、前衛だけなら、こちらに分があるだろう。前衛はミーナと星里奈とイオーネの三人で、装備もこちらが上だ。さらに俺達のパーティーは魔法使いや僧侶が後衛として控えており、人数でも大きく上回っている。後はレベルを【鑑定】して――。

「いや、すまんすまん、はは、今のを投げたのはオレだ」

睨み合いの中、俺達の後ろから兵士が笑いながら走ってやってきた。

「何だと!?　てめえ、いったい、どういうつもりだ」

「いやあ、ちょっと手に入れた武器を試そうと思ってな、だが手が滑った。薬草と慰謝料だ、これで丸く収めてくれないか」

兵士が金目の物を差し出すと戦士に握らせた。

「ふん、銅貨程度じゃあ……おお？　銀貨か。まあいい、そういう事なら、次から気をつけろよ」

「分かったよ、兄弟」

兵士が片手を上げて迷宮の門へ戻っていく。

「星里奈、今の兵士、お前は見覚えがあるか？」

こいつは人の顔を覚えるのは得意だったはずなので、俺は彼女に聞く。

「いいえ、初めて見た顔ね。それに、あそこからだと結構、距離があるわ。上に向けて投げようとしたのかしら？」

「さあな。全員、さっきの奴には気をつけておけ」

ほんのわずかだが引っかかる物を感じて俺はパーティーメンバーに注意を促した。

「「了解」」

「アレックったら、ホント、何でも気をつけろってうるさーい。相手は兵士じゃん」

リリィが一人文句を言うが、ま、こいつは気をつけても気をつけなくてもあんまり変わらないだろうから、よしとしよう。

少し歩くと四階建ての大きな建物が見えてきて、俺達の泊まる宿『竜の宿り木邸』に入る。

「お帰り、アレック。いらっしゃい！　うちは一泊朝夕の食事付きで十ゴールド……ん？」

宿の女将（エイダ）が客でも出迎えるように言いかけたが、

後ろを見ても新規の客はいない。

「なんだ、エイダ、寝ぼけたのか？」

「冗談はよしとくれ、アンタと違ってアタシゃ朝からシャキッとしてるよ。でも気のせいかね、もう一人いたように見えたんだけど」

首をひねる女将に横からマーフィーが言う。

「ハッ、何言ってるんだ、エイダ。いつもの連中しかいねえじゃねえか。寝ぼけたんだよ。顔を洗ってこい、顔を」

「うるさいね、もう洗ったっての」

「それよりもアレック、聞いたか？　例の十万ゴールドの大物クエスト」

丸テーブルでヒマそうにカードを一人で繰っていたマーフィーがそんな話をしてきた。

「詳しく聞かせろ」

金額が大きいので、当然、俺も気になる話だ。

「おっと、タダじゃあ教えられねえなぁ」

マーフィーがふてぶてしくニタニタと笑い出しやがった。

「じゃあいい」

どうせ明日、冒険者ギルドに寄ればいい話だ。

「チッ、面白味のねえ野郎だ、じゃあ教えてやるよ。昨日、冒険者ギルドに貼り紙が出た。人捜しの依頼だ。捜し人は何でも元ヴァレンシア王国の王族らしくてな。艶のあるピンクの髪の少女だってよ」

「何……？」

「それって……」

俺達が思わずリリィの顔を見る。彼女は今でこそ、こんな有様だが、元は正真正銘の王女だ。王家に伝わる形見の指輪も男爵から取り返してやったしな。

「マーフィーのおじちゃん、それ、誰が依頼を出してるの？」

リリィが聞いた。

「ああ？　誰だったかな……？　そこは、よく覚えてねえな」

「うわ、使えなーい」

「う、うるせえ、悪ガキが。ん？　そういえば、おめえもピンクの髪だな……」

「うっ」

まずいな。

「――って、ギャハハ！　ねぇわ、リリィが王族って、ヒー」

丸テーブルをバシバシと叩き、腹を抱えて笑うマーフィーは、まあ、何も知らなければそう思うか。

「むー」

「放っておけ、部屋に戻るぞ、リリィ」

「分かった」

全員で俺の部屋にそのまま集合する。星里奈、ミーナ、リリィ、イオーネ、ネネ、レティ、フィアナ――この場にジュウガはいないが、奴は嘘がつけるタイプじゃないから、この件は知らない方が良い。ジュウガは今、リハビリがてら裏庭で剣の訓練でもやっているはずだ。

「さっきの話だが」

俺は今後の対策について皆と話し合う事にした。

第一話　ほんの小さな異常

何者かが冒険者ギルドの依頼を使って、リリィを捜し出そうとしている。これはしっかりとした手を打たないとまずい。

「まず、星里奈。お前は冒険者ギルドで誰が依頼を出しているかを確認してこい。今すぐだ」

「分かったわ」

星里奈がうなずいてすぐに部屋を出て行く。

依頼人の素性が『ギラン帝国』だとかなり危険だ。リリィの故郷『ヴァレンシア王国』を滅ぼして併呑（へいどん）した帝国にとっては、反乱の芽となりそうなものはすべて確実に潰しておきたいだろうから、見つけ出して処刑するか、どこぞの貴族の褒美として妻や奴隷にされるか、そんなところだろう。良くて僧院に幽閉だが、そんな事になれば、リリィが俺達と冒険したり、俺とラブラブ生活を送ったりするというのはどうやってもできなくなる。

もう一つの可能性としては、ヴァレンシア王国の生き残りの重臣達が『王女リリアーナ』を迎え入れようと捜している場合だが、これも似たような状況になりそうだから、あまり歓迎できない話だ。

なので俺は本人に言っておく。

「リリィ、お前はしばらく、出かけるときはフード付きのローブにしておけ。誰かに間違われても問題だからな」

「うん」

情報はどこから漏れるか分からない。知る人間が少なければ少ないほど有利だ。リリィが王族だと知っているのはリリィ本人と俺と星里奈、それからミーナだけだ。仮にリリィが王族でなくとも俺達はリリィを守るので、必要のない情報だろう。他のメンバーには報せない方が良い。ここにいるのはタダのリリィであって、王女リリアーナではないのだ。

「ね、ね、アレック、私、良い事を思いついちゃったんだけど！」

レティが俺を指でつついて言う。

「何だ？　言ってみろ、レティ」

「うん。リリィを王女に仕立てて、十万ゴールドを受け取っちゃうってのはどう？」

何を言うかと思えば、ダメだコイツ、目が両方ともゴールドマークになってやがる。

「ダメですよ、レティさん」

フィアナがすぐに窘めた。

「それでは、偽者を用意したかどで、私達もリリィちゃんも罰せられてしまいますよ」

「そこはなんとかバレないように……うへへ」

「却下だ！　金なら俺が普通の冒険でいくらでも儲けさせてやる。だから、おかしな方法に飛びつこうとするな。金額に目がくらんでもダメだ。それが確実に手に入るかどうか、そっちの方が重要だぞ？」

いくら報酬がデカかろうと、当たりもしない宝くじにつぎ込むだけ無駄な事だ。危ない橋を渡るのはなお悪い。

「エー？　アレックってば、その顔でそんな大真面目に言われても。もっとワイルドにグレートに行こうよ、旦那、ねえねえ」

欲の皮が突っ張りまくった顔でニヤつくレティが俺をヒジで小突いてくるが、ここはリーダーの資質が問われる場面だろうな。同じ顔になったら負けだ。

だからこそ俺は否定せずに言ってやった。

「いいぞ、レティ。どうやら俺達とお前は方針が違うようだから、このパーティーを抜けて好きにしてくれ。止めはしない」

「ハッ！　い、いやいや、別に、方向性は合ってると思うし、お願い、捨てないで、アレック様ぁん」

「いちいちすがり付くな、鬱陶しい」

レティを振り払う。

「ああんっ」

彼女のローブがめくれて、割と際どいレオタードが見えたが、こういうときはまるでそそらんな。

「じゃ、これからしばらくはリリィを一人にしないよう、誰かが側についていてやれ」

「はい、ご主人様！」「「はい、分かりました」」

ミーナやイオーネが注意していれば、まず問題ないはずだ。

一同が部屋に戻ったあと、俺は星里奈を待つ。

「アレック、分かったわ」

戻って来たか。

「聞こう」

「依頼人はギラン帝国のドウ＝デ＝モイーヤ伯爵、名前がちょっと怪しかったから商人ギルドでも確認したけど、本当に実在してるみたい」

「星里奈、キラキラネームのお前が他人の名前にいちゃもんを付けるのか」

「もう、からかわないでよ。私は自分の名前がちゃんと気に入ってるんだから。それより、このモイーヤ伯爵って、ここからずっと離れた北方の辺境伯で、特に役職にも就いていないそうなのよ。少し変だと思わない？」

「確かにな。王女捜索の命令を受けるにしても発するにしても、ちょいと妙な人選だな」

もし俺がギラン帝国の皇帝で王女捜索をやるとすれば、ここグランソード王国にゆかりのある外交官の貴族か、近場の貴族を選んで命令を出すだろう。あるいは、直属の隠密(おんみつ)を使い、味方の貴族達にも一切知らせないか、だ。

「ギルドの職員に依頼人がどんなだったか、対応した受付の人にも聞き込みをしてみたけど、普通の鎧を着た騎士に見えたって」

そこで星里奈が意味ありげな視線で、間を置いてから言う。

「——ただし、家の紋章は刀傷が入っていてちょうど見えなかったそうよ」

短時間でそこまで調べ上げるとは、大した奴だ。

「それは紋章を偽ったか、隠していると見た方が良いな」

この世界において貴族の紋章はれっきとした身分証だからな。職人も警戒して、普通は頼まれても彫り込もうとはしないから、簡単に偽造はできない。リリィの白い指輪の時には、星里奈が上手く職人を騙くらかしたか、けしからん胸を見せつけて色気で落としたに違いない。

そのイヤらしい胸の星里奈が同意する。

「私もそう思う。だから、これはギラン帝国が出した依頼じゃなくて、ヴァレンシア王国のものだと思うの。一度、依頼人に会って話をしてみたらどうかしら？」

「それで、お前は王女を引き渡せと言われたら、ハイ分かりましたと仲間を売るのか？」

　俺は問う。

「べっ、別に、売るとかじゃないんだけど……」

「甘いな、星里奈。向こうにしてみれば十万ゴールドを出してでも取り返したい重要人物だぞ？　俺やお前がどう思っていようと、リリィを出した時点で、結果はそうなるぞ」

「……そうね、ごめん、考えが足りなかったわ。私、友好的に話ができるとばかり……」

「その可能性もあるだろう。だが、俺はそんな賭けはしたくない。仲間は賭けて良い物なんかじゃない。使い捨てでも、売り物でもない。代えの利かない大事なモノだ。分かるな？」

　俺は大切な事だと思ったので、真面目に言う。

「ええ、分かるわ。うん、その通りだと思う」

　星里奈も神妙な顔でうなずいた。

「すでに他のメンバーには話したが、リリィはしばらく、フード付きのローブを着せておく。お前もあいつを一人にしないよう、それとなく見張っていておいてくれ」

「ええ。それが良いわね。でも……ふふっ、アレックってちゃんと仲間の事を考えてくれてるのね」

　当たり前だ。

　いくらでもヤりまくれるロリっ娘(こ)を俺が手放すハズがないだろう。イエス！　源氏物語！

　俺がリリィの教育方針を、壁に向かってニヤつきながらあれこれと考え込んでいると、ノックがあった。

「アレックさん、星里奈さんも、朝食ができたそうですよ」

「ありがと、イオーネ。じゃ、下に降りましょ、アレック。食べるでしょ？」

「ああ」

俺が時間通りに宿の朝食を食うのは珍しいが、迷宮探索でちょうど時間がズレてタイミングが合ったようだ。

宿一階の食堂に行くと、他の面子もそろってていた。奥側のテーブルにはむさ苦しい男共がいるが、そういえば、ヤナータから奴隷を大量に買ったんだった。ちょっと邪魔くさいが、仕方ない。

「「「チース！　ボス！」」」

その荒くれ者達が一斉に声をそろえて挨拶してきた。挨拶はいいんだがな。

「お前達、あんまり気合いを入れて挨拶しなくて良いぞ。他の宿泊客も怖がるだろうしな」

「ハッ、気にすんなよ、アレック。こっちも似たような連中ばっかりだ」

「違えねえ！　ガハハ」

食堂に座りきれずに入口側の丸テーブルに座っていたマーフィーが、彼のパーティーメンバーと一緒に笑い飛ばした。

「おい、てめえら、お頭が手を付けるまで、食べるンじゃねえぞ」

そんな事まで言ってる奴がいるが、ジュウガがこいつらの挨拶も躾けたんだろうな。しかし、お頭かよ……うちは盗賊団ではないのだが。他の連中が緊張してこちらを見ているので、俺はため息交じりに言っておく事にする。

「別に構わないぞ、ジュウガ。そこまで厳しくやる必要はない。好きに食え」

「おしっ、許可が出たぞ！　食って良し！」

「「「押忍！」」」

「スープはお代わりもあるから、たんと食べとくれ！」

威勢の良い女将が言い、皆も待ってましたとばかりに一斉に食べ始める。

――だが、その時、星里奈が狼狽えた声を上げた。

「ちょ、ちょっと待って！」

第二話　侵入者

『竜の宿り木邸』の食堂で、まさに朝食にありつこうとしていた俺達だったが。

「何ですかい、姉御」

「姉御って呼ばないでよ。星里奈でいいから。それより、リリィ、あなたのスープ、おかしくない？」

「んん？　あれ？　ホントだー」

俺もそちらを見たが、皿が木の皿から銀の皿になっており、スープの色も妙に白い。

異変を感じた俺は、即座に言う。

「全員、動くな。エイダ、説明しろ」

「説明ったって、アンタ達が勝手に用意したんじゃないのかい？　アタシゃ木の皿のスープしか出してないよ」

宿の女将が肩をすくめるが、俺達をからかったりするような人物でもないし、本当の話だろう。

「なら、ミーナか？」

勝手に料理をしそうなミーナにも念のために確かめるが、彼女は慌ててふるふると首を横に振った。

「い、いえ、ご主人様、違います」

「じゃあ、誰だ？」

ないだろうなとは思いつつ、むさ苦しい男共にも一応確認する。

「いいや」「オレらじゃねえよ」「あんな旨そうなスープ、あったら一人で食っちまうよな」「作れねえし」

顔を見合わせて口々に言う男共だが、やはり無関係のようだ。だいたい、用意するならリーダーの俺に対して、だろう。

「全員、両隣の奴の顔を確認しろ。見知らぬ奴がいないか、確かめるんだ。ここでそういう奴を見かけなかったか？」

次に、不審者を確認する。人数が多いので、俺もすぐには確認できない。ヤナータから買い付けた奴隷三十数人は顔もろくに覚えちゃいないからな。

「いや、問題ないぜ。全員、知った顔だ。間違いねえ！」

ジュウガがやけに自信たっぷりに言うが、こいつが奴隷の事を一番把握していそうだな。元々、彼らは同じ店で働いていた同僚でもあるし、顔は覚えているのだろう。

「じゃあ、どういう事かしら？　誰にも気づかれずに、スープを入れ替えたっていうの？」

星里奈が彼女の小さなあごに手を当てて考え込むが、スープを入れ替えようとすれば、嫌でも目立つはずだ。

だからこそ、解せない。


「ねえ、アレック、お腹空いたー。もういいでしょ。んまー！」

「あっ、馬鹿」「ちょっと、リリィ」

俺達が止める間もなく、銀のスプーンで怪しすぎるスープを飲んでしまう奴。暗殺用に毒入りだったら、どうするのかと。

俺は急いで【鑑定】を使った。

〈名称〉ヴァレンシア王宮仕込みのポタージュスープ
〈種別〉料理
〈材質〉最高級の小麦粉、最高級のバター、最高級の生クリーム、最高級の調味料、最高級のタマネギ、最高級のホワイトアスパラガス、最高級のパセリ
〈重量〉１
【解説】
ヴァレンシア王国秘伝の極上スープ。

通常と違い、雪のような乳白色。

厳しい修行を積んだ最高の料理人だけが作れる。

……犯人の目星が付いたな。

「問題ない。【鑑定】済みだ。そのまま食って良いぞ」

「なンだよ、ビビらせやがって。リリィ、そのスープ、オレにもくれや。なんかそれ滅茶苦茶、旨そうだべ」

「あー！　ジュウガ！　ダメ～」

「やめておいた方が良いぞ、ジュウガ」

俺は注意してやったが、すでにジュウガは横からリリィの皿にスプーンを突っ込んでいた。

「いって！　うおおお⁉　な、なンだこれ⁉　オレ様の手になんか刺さってるぞ！」

ジュウガが右手を押さえてわめく。その手には、黒い鉄の、鋭利な武器が刺さっていた。

「くないね。抜いて上げるから、こっち来なさい、ジュウガ」

星里奈も【鑑定】したようで、慌てたりしない。

「や、優しく頼むぞ？」

「そう言っても、これって一気に抜いた方が痛くないわよ。はい、腹に力を入れて歯を食いしばって、一、二！　ハイ、抜けたわよ」

「ひいっ！　三だろ！　そこは三で抜くところだろ！　なンで二で抜くんだよ！」

「フィアナ、悪いけど、【ヒール】を唱えてあげて」

「はい。じゃ、ジュウガさん、こっちに来て下さいね」

「は、早く頼むぜ、フィアナ、速攻で」

「ええ。――女神エイルよ、我が願いを聞き入れたまえ、【ヒール！】……では、こんなものでしょう。後は薬草を塗っておきましょうね」

大した傷でもなかったようだし、奴もどこにいるのかは不明だが、それ以上の攻撃をするつもりは無さそうだ。

しかし、リリィを発見したなら、どうしてすぐに動かないい？

様子見といったところだろうか？

「プフッ。ジュウガ、ざまぁ～！」

ニヤニヤと笑うリリィは知ってか知らずか、お気楽なものだが。

「くあ……寝るか」

飯を食って眠気が襲ってきたので、俺は部屋に戻って睡眠を取る事にした。別に、食事に眠り薬が入っていたなどという事ではなく、ダンジョンでしっかり寝ていなかったせいだ。石床の上だとマントや毛布を敷いても、いまいちなんだよな。

鎧を脱いで柔らかなベッドに寝転がると、俺はその心地よさにすぐに眠りに落ちた。

「ふう」

スッキリと目覚めたが、窓から差し込む夕日の光を見ると、これから夜になるようで昼夜が逆転してしまったようだ。ま、夜に起きていても、特に困る事もない。俺は何をするでもなく、ぼーっとして待つ。

「ご主人様、失礼します」

やがてノックが有り、良い頃合いでミーナが水差しを持ってきてくれた。

「お目覚めでしたか」

「ああ、ちょうど今、起きたところだ」

「水を入れますね」

「ああ」

コップに水を注いでもらい、それをグビグビと飲む。水分補給が終わって、落ち着いたところで俺は聞いた。

「リリィはどうしてる？」

「はい、今は部屋で眠っています。イオーネさんと護衛を代わってもらいました」

「ならいい。ま、俺達が護衛するほどの事もないかもな」

「はあ」

俺は窓を開け、外を覗いてみたが、下の路地に行き交う冒険者や商人、それに家路の途中と思われる農夫がいた。しかし、特に怪しげな人物は見当たらない。

「申し訳ありません、ご主人様。匂いで捜してみましたが、不審な侵入者は見つけられませんでした」

後ろでミーナが謝ってきた。

「そこは気にしなくても良いぞ、ミーナ。こちらに犬耳族がいるのは、向こうも先刻承知だろうからな。魔道具か臭い消しか、何かそれなりの手を用意してきているはずだ」

「はい」

最高級の食材を用意できる連中だ。それくらいの物も簡単に用意できるはずだ。

ただ、このまま何もしてこないのか。それとも様子見が終わったら、交渉と来るのか。

どちらにしても少々面倒だ。

色々と考えていた俺は、大事な事を思い出しミーナに言う。

「おお、そうだ。全員に、リリィにおかしな事をしないように言っておけ」

ヴァレンシア王国の護衛——おそらく忍者だろうが、そいつが本領を発揮したら、うちのメンバーに死人が出そうだ。

「はい。でも、大丈夫だと思います。皆さん、リリィちゃんには優しいですから」

「ふむ、それもそうだな」

この宿に泊まっている者で、リリィをいじめるような奴はいない。ヤナータから買い付けた奴隷達にも俺の女に手を出したらブッ殺すと言ってあるから、問題はないだろう。そこまで命知らずでアホな奴もいないはずだ。

……いや、やはりちょっと心配だな。

「ミーナ、付いてこい」

「はい、ご主人様」

だいたい、根城に入り込まれて他人に監視されているのも俺の趣味じゃない。

俺はこちらから侵入者に対して次の手を打つべく、陛下へ向かった。

第三話　栄光と死と

まず、真っ先に相談すべきは、この『竜の宿り木邸』の主、エイダであろう。

彼女は宿の主人というだけでなく、かつて伝説のAランクパーティーだったと聞いた。

それなら何か良い手を思いつくか、あっさりと彼女が侵入者を追い払ってくれるかもしれない。

だが、俺の期待は見事に裏切られた。

「宿代、十ゴールド上乗せだよ、アレック」

「何でそうなる⁉」

「そいつはアンタ達の客って事だろう？　何を目的としているのかはアタシの知った事じゃないが、ここに入り浸ってるなら、ちゃんと金を払ってもらわなきゃね」

「いや、それなら直接本人に請求しろ。俺のパーティーメンバーじゃあないぞ」

「そうだけど、このアタシでさえ、入り込まれた事に気づかない手練れだ。となれば、捕まえるのは無理だろうね」

「諦めが早すぎるだろう、エイダ。『片目の荒鷲』、伝説のAランクパーティーの名が泣くぞ」

「伝説ってのは褒めすぎさ。ただね、アレック――」

そう言うと、女将エイダは、俺のうなじを太い腕でぐいと掴み、顔を近づけて凄んできた。

「こっちはそれなりの場数を踏んできてるんだ。相手がどの程度ヤバいかくらいは分かるんだよ。

この落とし前は、きっちりと、付けてもらうよ」

「く、放せ、くそっ」

リセマラ勇者のこの俺の腕力でびくともしない万力のような腕に、殺されるかと恐怖を覚えてしまった。

「ご主人様！」

ミーナが俺をかばうと、エイダを睨み付けたが、当のエイダは気にした風もなく厨房へ歩いていく。

「さて、晩飯の支度だ。今日の晩ご飯はレバニラ炒めだよ」

「俺はレバーは嫌いだ。別の肉にしろ」

「嫌なら、酒場で食うんだね」

「ふん、ろくな宿じゃないな。客の要望くらい受け入れろ」

「アンタだけが客じゃないんだ。それにさ、アレック。冒険者はね、体が元手だよ。強くなるには、たまには栄養の付く肉を食いな」

「チッ、ミーナ、酒場に食いに行くぞ」

「はい、ご主人様」

ミーナもレバーはやや苦手だと言っていた事があるので、彼女も連れて俺は街へ繰り出す事にした。

「くんくん」

ミーナが時々、立ったまま彼女の自慢の鼻で辺りの匂いを嗅いでいる。尾行を警戒したようだ。

「何か臭うか？」

「いえ、何も……」

「ならいい。気にするな」

「はい」

すっかり日が沈んだ夜の街だが、店の中から漏れ出る明かりによってどこも煌々（こうこう）としており、大通りはにぎやかだった。

「私はご主人様のお役に立てるのでしょうか？」

俺のとなりを歩くミーナがぽつりと言った。

「何を言ってる。役に立ってるぞ。今回の事は気にするな。あのエイダでもお手上げなんだ」

「はい、でも、前衛、いえ、護衛としては……」

生真面目な奴だ。俺は少し知恵を絞り、ミーナに言う。

「ミーナ、お前は俺を護衛できるほど強いのか？　俺の方が弱いと言いたいんだな？　異世界勇者のこの俺が」

「いっ、いえ！　そんな事はないです。ご主人様はお強いです」

「じゃ、俺がお前を守ってやるから、余計な心配はするな」

「は、はい……ありがとうございます……」

くそ、なんだか妙に面はゆいな。柄でもない事を言うんじゃなかった。

「よう、アレック。なんだ、その格好は。文無しになったのなら、オレらのパーティーで拾ってやるぞ」

ダンジョンで数回見かけただけの戦士が、気安く話しかけてきた。

「金はある。余計な心配だ」

「そうかい、邪魔したな、お二人さん」

戦士はそれだけ言うと去って行った。

「……最近、そういえば、私達、あまり馬鹿にされなくなってきましたね」

ミーナが言う。

「そうだな。まあ、この街に馴染んできたって事なんだろうな」

「なるほど」

『帰らずの迷宮』は遠く離れた国からも冒険者が訪れる有名ダンジョンであるから、そこに潜る冒険者達も、妙なプライドがあるのだろう。だから、よそ者の新入りに対しては、ここを舐めるなという威嚇のようなものが混じるようだ。あるいは、名うての冒険者でさえあっさりと簡単に命を落とす場所だから、それを気遣っての警告なのかもしれない。

そんな冒険者が集まり、一日の憂さ晴らしに酒を浴び、仲間と今日の稼ぎと勝利を祝い、稼ぎがなければ愚痴をこぼし、一人寂しく飲む奴がいるかと思えば、時には殴り合いの喧嘩となる場所——酒場にやってきた。

「入るぞ」

「はい」

俺はミーナを伴い、煌々とした喧噪の中に足を踏み入れた。

「乾杯ッ!!!」「うおー！」「やったぜ！」

なんだか知らないが、酒場はいつにも増して騒々しい活気と、浮かれたような熱気に満ちていた。

「カウンターにするぞ」

「はい、ご主人様」

ウェイトレスはいたが、この忙しい酒場で席案内を待っていたら食いっぱぐれてしまう。俺達はさっさと空いた席に座って、直接、厨房へ注文を出した。

「パンとチーズ、それに野菜スープを二人前だ」

「あいよ！」

「ミーナ、他に頼みたい物は何かあるか」

「いいえ、それだけでいいです」

「はいよ、お二人さん、上等な酒だ」

見た目は盗賊かというようなゴツい料理人が奥から出てくると、木のジョッキを俺達の前にドン！　と置いた。

「おい、ワインは頼んでないぞ」

俺はそいつを睨み付けて低い声で言う。

「安心しな。今日はクラン『聖杯の探索者』のお祝いだ。その酒は連中の奢りだよ」

「ふうん、そうか」

俺は奥のテーブル席を振り返ってみた。あちらでは装備の良さそうな連中が、ひと際楽しそうに笑ってはしゃいでいる。きっと彼らがそうなのだろう。

その一人、中央に座っていた白い鎧の男が、すっくと立ち上がった。まだ若い。赤毛の髪に整った顔立ちだ。

「ちょっと済みません、聞いて下さい、皆さん。僕は『聖杯の探索者』のクランリーダー、ガラード」

「「「知ってるぞ!」」」

「よっ、待ってました!」

「おい、そこ、静かにしろ。ガラードが何か言うぞ。パーティーリーダーじゃねえ、それをまとめあげるクランリーダー様だ」

「キャー、ガラード様ぁ!」

「カッコイイ……!」

……なんか鬱陶しい奴だな。アホ女共の声援にいちいち手を上げてうなずき、にこやかに笑っているのが、これまた癪に障る。

「ありがとう。ありがとう。やあ、ありがとう。では、もうだいたい話も伝わったと思いますが、僕ら『聖杯の探索者』はついに! 第七層のボス、レッドドラゴンを倒し、第八層への階段を発見しました!」

「「「おおっ!」」」「スゲえ! ドラゴンバスターの誕生だ!」「くそっ! 先を越された!」「畜生!」

口笛があちこちから飛び、歓声と感嘆、羨望、嫉妬、怒り、諦め、様々な感情がその場で渦巻いた。

「僕らは幸運が味方してくれましたが、この場所では、つい先月も全滅したパーティーがいます。第七層でなくとも、毎日のように誰かがどこかで死んでいます」

ガラードが言うと、急に歓声が静まりかえり、そこにいた冒険者達は、きっと自分の知り合いの顔を思い浮かべたのだろう、しんみりとした空気が流れた。

「彼らに黙祷を」

ガラードを始めとして、皆が目を閉じ、俺も黙祷を捧げた。

見知らぬ誰かの冥福を祈って。

同じ冒険者としてこの酒場、この椅子に座っていたかもしれない誰かのために。

「おい、もういいだろ、ガラード。長えよ。酒場でそんなしみったれた事をやるんじゃねえよ！　今日はてめえの祝いだろ！」

「はは、分かったよ、ジェイク。じゃあ、そういう事で、今日は僕らが酒を奢らせてもらいます！　さあ、じゃんじゃん飲んでくれ！」

「いやっほう！」「そうこなくっちゃ！」「飲むぜー！　死ぬほど飲んでやるぜー！」「樽だ！　エールを樽ごと持ってこいや！」

飲めや歌えの馬鹿騒ぎが始まったが、これはガラード達のお祝いだ。俺がそこまで付き合う義理はない。

「出るぞ、ミーナ」

「はい、ご主人様」

二人とも食べ終わったところで酒場を後にする。

クラン……か。

俺の知るゲーム通りの意味ならパーティーをいくつも束ねるリーダーの事だと思うが、よくよく考えてみれば、ヤナータから買った奴隷達にパーティーを組ませれば、俺も似たような事ができるかもしれない。

「やってみるか」

俺は静かな夜空の星を見上げて声に出してみた。

「はい、お供します」

俺が何をすると決めたかも分かっていないくせに——いや、先ほどの祝宴を見たミーナは俺が何を考えているか察したのかもしれなかった。

「宿に戻るぞ」

「はい」

そうとも、やってやろうじゃないか。

異世界勇者の能力と、今の仲間と共に——。

俺が心にそう決めると、不思議と足取りが軽くなっていた。

第四話　交渉

宿屋に戻った俺は、他人に頼る前に、まず自分で行動してみる事にした。

クランリーダーとなるからには、他人との交渉ができなくてはお話にならないだろう。

その前哨戦（ぜんしょうせん）のようなものだ。

「ミーナ。今すぐ星里奈とイオーネ、それにリリィを呼んできてくれ」

「分かりました」

部屋に全員がそろったところで、星里奈に指示を出す。

「星里奈、ここで、お前のスキル【エネミーカウンター】を使え。俺に従わない奴は全員敵だ」

「アレック……本当に良いのね？」

そのスキルを使えば、近くに『侵入者』がいるかどうかはっきりする。その場にいれば、即戦闘になる可能性もあった。

「問題ない。俺を信じろ」

「分かったわ」

奴の正体はすでに分かっている。姿こそ見えないが、ヴァレンシア王国の残党であり、彼らはリリィを王女として扱おうとしている。もちろん、一人しかいないって事はないだろう。複数いて、たまたま護衛役がここに侵入していると見た方が良い。あるいは、護衛役も何人もいるかもしれない。

だが、一つだけ確かな事がある。

元Aランクパーティー『片目の荒鷲』のエイダが俺に凄むほどだ。エイダの実力はレッドドラゴンを倒したガラードと同等かそれ以上だろう。以前、エイダを【鑑定】した時に、ドラゴンバスターの称号があるのを俺は見ている。

だとすれば、絶対に彼らを敵に回してはいけない。

「！　一人、この部屋にいるわッ！」

【エネミーカウンター】を使った星里奈が辺りを見回す。俺達も見回したが、やはり姿は見えない。

「おい、いるのは分かっているぞ。いい加減、出てきたらどうだ。姿を隠す意味があるのか？」

俺は言う。ここで無視されると他の手を考えないといけなくなるが、俺には確信があった。

ヴァレンシア王国側にも弱みがある。

それはリリィの意思だ。

彼女の意向を無視して動けるのなら、とっくにリリィを連れ出して王女に仕立て上げていた事だろう。

王女として信奉するからこそ、彼らはリリィの気持ちを無視できない。

そして——すでにヴァレンシア国王亡き今、ヴァレンシアの最高権力者はリリィであり、そのリリィをパーティーリーダーとして従えている俺の意思もまた、彼らは無視できないのだ。

「では問うが、姿を見せてなんとする？」

天井から男の声が聞こえてきたが、上か。

「【スターライトアタック！】」

「ば、馬鹿、やめろ！」「い、いけません！」

俺とイオーネはヒヤリとしたが、星里奈の一撃は、天井に傷を付けただけで終わった。

「ええ？　倒すつもりじゃなかったの？」

「アホか。どう見ても奴の方が格上だろうが。それに、奴は俺達の敵じゃないぞ。さっきのは発見するために敵と言ったまでだ」

「それ、気をつけて欲しいんだけど……」

「そうだな。そこは説明不足だった。俺のミスだ。悪かった」

「よかろう。敵とならぬという事であれば、この姿を見せよう」

星里奈が斬りつけた天井のすぐ脇の板がめくれ

……いや、これは布か?!

そこから黒装束の忍者が顔を出し、床にシュタッと降り立った。

「うわ、そこにいたなんて……」

「えー、さっきは平らに見えたのに、なんでぇー?」

「これも忍術……と言いたいところでござるが、魔道具にございます」

「おおー、忍術!」

普通なら秘密にするところだろうが、リリィが質問のように驚いたためか、律儀に忍者がその疑問に答えてきた。

さて、これで話ができるな。

「俺はこのパーティーを預かるアレックだ。リリィ、お前も俺のパーティーの一員だったな?」

「うん。そうだよ?」

「じゃ、そいつに、俺が交渉を望んでいると言え」

「そんなの自分で言えばいいじゃん」

お前が王女だから言ったんだがな。だが、それでも忍者の方はそれで良しとしたようだ。

「結構。では、何を交渉するか、言ってみるがいい」

「リリィがもう少し大人になるまでは、俺達のパーティーの一員として冒険を頑張ってもらう。お前もそれでいいな? リリィ」

俺はリリィにも確認を取る。

「いいよ。というか、私はずっとパーティーの仲間だと思ってたんだけど……違うの?」

「いいや。お前が望めば、ずっと一緒だ」

「うん! じゃあ、一緒で!」

リリィが嬉しそうに笑って言った。

「と言うわけだ」

「ううむ……リリアーナ様、それはよくよく考えた上でのご決断ですかな?」

「もちろん。だって、アレック達は私もよく知ってるし、アンタなんかより、ずっと話が分かるよ。ちゃんとご飯も食べさせてくれるし」

「食事でしたら、我々がご用意します」

「ダメダメ、イオーネが知らない人からもらったご飯は食べちゃダメって言ってたし」

リリィが言うが、あんまりお前、それ守れてないよな？　屋台のおっちゃんから団子をもらってたのを俺は見たぞ。まあいいが。

さらに続けて言うリリィ。

「だいたいさ、こそこそ隠れて何しようとしてるのかも分からないのって、悪者って決まってるじゃん！」

そう言って忍者をビシッと指さすが、リリィも自分の周りにうろつく者がいたのは気づいていたらしい。

「その点はお詫びのしようもなく。面目ございませぬ。では、リリアーナ様のご意向、しかと承った。上の者にも伝えて参ります。それでは御免！」

「うわっ！」「きゃっ！」

煙と共に消えていったが、そこは普通にドアから出ろよ。

翌日、俺の部屋に漆黒の執事服を着た老人がやってきた。いや、顔のしわや白髪を見ると確かに年季の入った老人なのだが、背筋の伸びや筋肉の付き方が少しおかしい。

コイツも相当な手練れと見た。

俺は【鑑定】を試みる。

Caution!
スキルにより閲覧が妨害されました。

そう来ると思ったぜ。忍者より『上の者』だからな。

「アンタが、あの忍者のリーダーか？　それとも、そいつの使いの者か？」

俺は問うた。

「いえ、私より上の者はもうおりません。よって、ここはひとつ、腹を割った話し合いという事で」

片眼鏡をしている執事が穏やかに答える。

「良いだろう。こっちとしては、リリィを今後もパーティーメンバーとして同行させたい。当然、その間は、ヴァレンシア王家の復興なんぞは、無しだ」

一応、『その間』と含みを持たせはしたが、彼らにとってそれは許容範囲なのかどうか。まずはそれも話し合いだ。

「それはヴァレンシア王家家臣としましては、誠に遺憾でございますが……リリアーナ様もまだお若い。心変わりも期待して、そちらの条件を呑むと致しましょう」

「ほう」

あっさりと折れたか。いや、そうじゃないな。ヴァレンシア王国としても、ギラン帝国に立ち向かう準備がまだ整っていないのだろう。

「ただし」

おい……こういう後付けの条件ってのが一番、厄介なんだが。

「何だよ」

「護衛に関しては、こちらの一存にお任せいただきたく」

「まあいいだろう。だが、俺の寝室を四六時中覗き見したりなんて、悪趣味な事はやめろよ」

「ご安心を。姫様の安全をお守りできるならば、それ以外についてはアレック様にご迷惑はお掛けしません。可能な限りこちらも配慮させていただきます」

「ほう？　なら、俺が資金を出せと言ったら？」

「それは難しゅうございますな。こちらも何かと金が掛かりますので」

「ほう」

「そうだろうな。分かった。なら、互いに干渉はしない、リリィの護衛も勝手にすれば良いが、冒険に関してはそっちも口を出さないでもらおう」

「承知致しました」

あっさりと話がまとまった。

あとは向こうが約束を守るかどうかだが、ヴァレンシア側がリリィを恭（うやうや）しく扱っている間は、問題ないだろう。

「あの、ええと、あなたは……」

話は終わったはずだが、ミーナがなぜか老執事に話しかけた。

「はい、ああ、私の名前でございますか、大変申し遅れました。私はセバスチャンと申します」

「セバスチャンさん、あの忍者の人とお話がしたいのですが」

「佐助（さすけ）でございますね。いいですとも。では、こちらへ。それと私を呼ばれるときはセバスでも結構です」

「はい。セバスさん。あの、ご主人様、私は佐助さんと話をしてきます」

「ああ」

何を話すのかは知らないが、まあ、ミーナの好きにさせてやろう。おかしな事ではないはずだ。

第五話　豪奢な茶会

「くそっ、リセマラ勇者の運はギャンブルに強いんじゃなかったのかよ。ポーカー限定なのか？」

数日後、闘技場の賭けで派手に負けた俺は愚痴りながら宿屋『竜の宿り木邸』に戻ってきた。

だが、宿に一歩入ったところで異変に気付く。

「んん？　何だこの絨毯」

床に敷かれた赤い絨毯が階段へと延びている。

「エイダ、改装でもしたのか」

「しちゃあいないよ」

「ああ？」

宿屋の女将が否定してきたが、余計に訳が分からない。

「ああ、アレック、ちょっとちょっと」

階段から降りてきた星里奈が俺を手招きする。

「何だ？　用件があるなら、口で言え」

「そうなんだけど、見てもらった方が早いというか……ううん」

「トラブルか？」

「トラブルではないと思うんだけど……」

歯切れの悪い奴だ。

「まあいい。ところで星里奈、この絨毯は何か知っているか」

「たぶん、アレだと思うわよ」

星里奈が視線で上を示して言う。

「アレ？　ああ……」

一つだけ思い当たる節があったので、俺は階段の上に延びている赤絨毯を見上げ、軽くため息をついた。


ともかく、確認はしておくべきだろう。パーティーメンバーが一人減るという事にもなりかねない。俺のハーレムのロリ枠が減るのも問題だ。

三階へ上がり、赤絨毯の道が終わっている部屋まで来た。

ノックする。

「どちら様でございましょうか」

部屋のドアが開いて、案の定、片眼鏡セバスチャンが顔を見せた。

「リリィと話がしたい」

「いいよー。アレックを入れてあげて」

「は」

この様子だと、セバスチャンがリリィを傀儡(かいらい)にして一人で取り仕切っているというわけでもないらしい。俺は少しほっとした。いくら王族とは言え、ギラン帝国相手に王家復興のための大立ち回りというのはリリィには荷が重過ぎるからな。

「邪魔するぞ」

部屋に入ると、豪華な内装に俺は一瞬、気圧（けお）されてしまった。どこからこんな金を持ってきたんだ、こいつらは。ベッドまで天蓋付きに変更したようだが、宿屋の女将に許可も得ずにとはあきれた奴らだ。そういう事をしていると普通は宿を追い出されるか、金を取られるんだぞ。

「姫様、お茶のお代わりはいかがでしょう」

メイドが白磁の急須を持ってリリィにお伺いを立てる。

「うん、もらうー」

「姫様、そこは、『頂きます』か、『頂くわ』で」

「うう、頂くわ」

「お客様もどうぞ」

「ふん」

小さめのテーブルに腰掛けようとすると、セバスチャンがわざわざ俺の椅子を引いて手伝ってきたが、こういうのは慣れてない奴にとってはかえって難しいな。

「そういえば、ここはミーナも相部屋だったろう。ミーナのベッドはどうした」

ミーナのベッドがないので、俺は不審に思って聞いた。

「邪魔ですので、ベッドは物置部屋に移させてもらいました。もちろん、ミーナさんの部屋も新たにこちらの負担でこの階に取りましたので、ご安心を。関係者の皆様にすでにご了承頂いております」

セバスチャンが恭しく言うが、部屋の配置換えだけはエイダの許可を得ていたようだ。だが、そこはクランリーダーの俺にも話を通して許可を取るところじゃないのかね？　まあ、ミーナが了承したというのなら、別に良いのだが。

「そうか」

「アレックもメロン、食べるー？　一切れならあげても良いよ」

リリィがテーブルに所狭しとメロンの皿が並ん

でいるのに、ケチくさい事を言う。

「俺はメロンは好きじゃないな。このクッキーをもらうとしよう」

「いいよー」

　テーブルの上に置いてある皿の一つに手を付け、食べる。うん、思った通り、美味だ。サクッとしていて、地球のコンビニ菓子とも互角に勝負できそうだ。現代のパティシエ相手だとどうだろうな。ま、それはどっちだっていい。

「さて、それで、お前らはこれから、どうするつもりなんだ？」

　俺は話の本題に入った。もしもリリィをヴァレンシア王国に連れて行くと言うのなら、こちらもリーダーとして拒否権を使うつもりだ。

「ご安心を。アレック様のご意向は承知しておりますし、姫様もここが良いとおっしゃっておいでですので、当面は冒険を続けて頂こうかと」

「だが、危険だぞ？」

　俺が持ちかけた話ではあるが、後から文句を言われても困るからな。そこは確認しておいた方が良いだろう。

「問題ない」

　シュタッと、俺の背後に天井から降りてきた忍者が言う。ドキッとするから、背後に降りてくるんじゃねえよ、オマエは。

「僭越（せんえつ）ながら、第八層程度までなら、この佐助で充分かと」

「ふん、どうだかな」

　リリィを護衛してくれるのはこちらも歓迎だが、こいつらはどうせ、リリィしか護衛しないはずだ。普段は姿も見せないし、初めからいないものとして勘定しておいた方が良いだろう。俺の命令を聞かないのだから、当てにはできない。

「メロン、んまー！」

「姫様、そこは『美味しい』と」

「うう、美味しい」

テーブルマナーの躾もやられているようだが、リリィが逃げ出さなきゃいいが。そこも口を出しておくか。リーダーとして。

「テーブルマナーについては、一時間の教育だけにしてやってくれ。あまり一度にやっても、コイツは身につかないぞ」

「そうだよぅ」

「致し方ありません。では、一日二時間の教育で、後は自由時間とさせて頂きます」

片眼鏡執事がきっちり時間を上乗せしてきたが、タフネゴシエーターだな。

「エー」

「ま、それくらいなら良いだろう。リリィ、嫌になったら俺に言え」

「じゃ、イヤー」

「早すぎだ。で、今、どれくらい経った?」

執事に時間を聞く。

「ちょうど、二時間経過したところでございます」

「なら、リリィ、それを食べ終わったら俺の部屋に来い」

「うん!」

俺とリリィが何をやっているかはこのジジイも知っているはずだが、それについては何も言うつもりがないようだ。

「避妊の実をお忘れなく」

メイドが小粒の黒い実を皿に置いた。

「んまー、あっと、『美味しいわ』」

避妊の実って旨いのかね? まあいい。

俺とリリィは連れだって部屋を出た。

「リリィ、お前、あの部屋で落ち着けるのか?」

壁紙まですっかり変えられていたが。

「うん、まあ、小さい頃にはあんな部屋だったし」

「なるほど、それもそうか」

「でも、ヒラヒラの服は動きにくいし、スカートを汚しちゃダメってうるさいから、着ないって言ったけど」

「ま、それでいいだろう」

テーブルマナーは身につくかもしれないが、冒険には何の役にも立ちそうにない。なら、無理する必要はどこにもない。ただ、彼らが用意した白いニーソはリリィも嫌ではなかったようで、今も穿いている。

俺の部屋に入ると、星里奈とミーナが様子を見に来たようでそこにいた。

「あっ、アレック、どうだった？」

「問題ない。リリィはこれからもパーティーの一員として冒険を続けるぞ」

「良かった」

「ふふーん、当たり前でしょ！　ご飯のためにお金を稼がないとね！」

リリィが胸を張ったが、ま、本人がその気なら、それが一番だ。旨い食い物が部屋にいるだけで食えるのだから、わざわざ金持ちで王族のコイツがダンジョンに潜る必要もないのだが。そこは内緒だ。

「えっと……」

「星里奈、リーダー権限だ。余計な事は言うな」

「そ、そうね。分かった」

「じゃ、今日はリリィとヤるぞ」

「はい、ご主人様」

「あの人達、怒らないの？」

星里奈が気にしたが、避妊の実を渡しておいて、するなと言う訳でもないだろう。

「避妊の実を俺の前で出してきたからな。了承済みだ」

「了承済みぃー」

リリィもにんまりと言う。

「うーん、まあ、本人が同意してるなら、まあいいか……」

「当然だ。ほれ、さっさと出て行け」

「わ、分かったわよ」

さあ、小さな王女様とプレイだ。

エピローグ　おしゃまな王女

これでリリィと二人きりだ。

「さて、ヤるぞ」

「うん！」

やる気満々の俺はリリィをお姫様抱っこで抱き上げてやり、ベッドに寝かせた。

刺繍の入った上質な絹のニーソを穿いているせいか、何となくリリィが良いところのお嬢様に見えて来るから不思議だ。馬子にもなんとやらだな。

「ほう、なかなかの肌触りじゃないか」

リリィの白い足を撫でてみたが、良い滑り具合だ。

「うん、コレ、穿いてても気持ちいいよー？　あ、そうだ！　にひっ、リリィ良い事を思いついちゃった」

「なに？　一応、聞いてやるから、言ってみろ」

コイツはよく悪戯もしてくるので、俺は警戒しながら聞いた。

「んーとねえ、これで。アレックはそこに座って、おちんちん出して」

「蹴るのは無しだぞ」

「しないってば。いいから早く早く」

警戒しつつ、俺が服を脱いでベッドに上がって座ると、リリィが器用に足の裏で俺の一物を撫でてきた。足コキというヤツだな。

「どう？　アレック。これって、気持ち良くない？」

「うむ。良い感じだな」

すでにおっきした俺の先端が、薄く滑らかな絹地と少女の足の温かさでこすり上げられ、なんとも言えない良い刺激が伝わってくる。

「んふー、固くなってきたね。それそれ」

「くっ。リリィ、片足じゃなくて両足でもっと包み込んでやってみろ」

　俺はもっと気持ち良くなろうと、改良点をアドバイスする。

「エー、難しいのにぃ。んしょ、んしょ」

　リリィは文句を言いつつも腰を上げ、俺の要望（リクエスト）に健気に応えようと、がに股で足を合わせてきた。足を開いているので、スカートから絹のパンツが丸見えだ。

「いいぞ、リリィ、その調子だ」

　俺はリリィの下着を鑑賞しつつ、小さな足がナデナデしてくるのをじっと我慢する。

「くっ」

「ふふー、まだ出しちゃダメだよ、アレック。それそれっ」

　リリィが足を激しく動かすが、時々失敗して、俺の一物から滑り落ちてしまう。だが、その不規則なタイミングが俺の予測を超え、さらなる意外な快楽を生じさせた。

「くっ、そろそろイクぞ」

「分かった。いつでもいいよー？」

　リリィも心得ていて、足をさらに素早く動かし、ラストスパートをかけてきた。

　少女が一所懸命に俺のためにイヤらしく奉仕してくる。これはそれだけでクるものがあった。

「くっ！」

「きゃっ！　あはは、出た出たぁ」

　ビュッビュッビュッと、それはまるで水鉄砲のように勢いよくリリィの顔にかかった。白濁の欲望にまみれ、リリィは艶めかしい大人の笑みを見せると、自分から服を脱ぎ捨てる。

「ニーソは穿いたままでいいぞ」

「うん。来て、アレック」

　仰向けになり、自分から足を広げ、くぱぁしてまでイヤらしくおねだりする少女。もはや妖女と言うべきか。

「まあ待て。そう急ぐな」

　しかし、俺は焦らない。

「エー？」

「先に、舐め舐めしてやろう。俺の顔に跨がってみろ。ケツをこっちに向けるんだ」

「こう？」

　リリィが後ろ向きの騎乗位の姿勢で俺の顔の上に乗る。そのお尻の前側、俺の鼻先に来るぷくっとしたツルツルの割れ目を、舌でたっぷりと味わう。

「んっ！」

　敏感に震えたリリィは両足を締めてくる。俺はさらに割れ目の先にある小さな突起を舌で探し出し、そこを重点的に責め立てた。

「ああっ、そ、そこぉ、いいのぉー」

　リリィが甘ったるい声を漏らす。さらに舐めていると、リリィも待ちきれなくなったようで、自分から俺の一物にしゃぶりついてきた。

「んちゅっ、アレックぅ、早くぅ、ねえ、もうリリィ、我慢できないよぅ」

「いいだろう。じゃ、入れてやる」

「あはっ」

　リリィをもう一度仰向けに寝かせ、俺はその小さな体に覆い被さり、正常位でゆっくりと、そのつぼみのような花びらに、太く固いおしべを挿入してやった。

「んはぁ……あふっ」

　うっとりした表情で悦ぶリリィ。そのあどけない唇に俺は吸い付き、舌も入れる。

「んっ、んちゅっ、んんっ、ぷはっ」

　短い舌で健気に応じてくるリリィだが、俺が腰を激しく動かすとすぐに余裕がなくなり、懸命に耐える一方となった。

「あっ、あっ、あっ、くうっ、アレック、アレックぅ！」

　首を横に振って、イヤイヤをするように振る舞

うくせに、しかし、リリィの両手は俺を放すまいとしっかりと俺の背中を抱きしめたままだ。

「イクぞ、リリィ」

「うん、うん、ああっ、イックぅ――――！」

全身を快楽の刺激に感電したように痙攣させ、リリィは体を弓なりに反って、それから気を失った。

リリィの体を布で丁寧に拭いてやっていると、彼女が目を覚ました。

「ふふっ」

「どうだ、リリィ、気持ち良かったか？」

「うん、超～気持ち良かった！」

「そりゃ良かった」

俺は彼女の艶のあるピンクの髪を撫でてやった。

「んふー」

幸せそうににんまりするリリィ。

コイツが将来、どのような道を選ぶかは分からないが、今はこれでいいだろう。

◇◆◇◆◇

翌朝、バキバキと鳴る体を軽くほぐして俺が階下に降りると、とんがり帽子のネネを皆が取り囲んでいた。

何かあったようだ。

んん……？

ネネの腹が妙にぽっこりしていて、妊娠したようになっているが……あいつに避妊の実を飲ませていなかったか？

「さ、ネネちゃん、隠しているものを出しなさい」

星里奈が腕組みをしつつネネに何か要求している。

「な、何にも隠してないです……あうう……あっ、出ちゃダメ！」

ネネのローブから、何かがひょっこりと顔を出した。白い毛に包まれた丸い頭に、ガチョウのような平べったいくちばし。

　デカいヒヨコ？　いや、コイツは確か……

「クーボを飼うなら、納屋にしておくれ。部屋が臭くなっちまうよ」

　宿の女将も腕を組んで、難しい顔になる。街でも時々見かけるが、コイツは馬の代わりに使う大型の鳥で、人を乗せて走る事もできる。

「グエッ、グエッ！」

　ピヨピヨと鳴けば可愛げもあるのだが、酔っ払いでも踏んづけたような鳴き声だな。

「捨ててこい」

　ネネがどこかで拾ってきたようだが、俺は外を指さし、きっちりと言う。

「あう」

「ちょっと、可哀想でしょ」

　星里奈が自分で問い詰めていたくせに、俺に文句を言った。

「そーよ、こいつだって焼いて食べれば、美味しく食べられるかも」

　レティが言うと、一羽と一人がシンクロしてビクッと震えた。

「グエッ⁉」「はうっ⁉　食べちゃダメなのです、レティ先生」

「ダメダメ、クーボは煮ても焼いても食えないってね、卵も肉も固くて苦くて食えたもんじゃないよ」

　ここの女将が言うなら、どうやっても食用にはなりそうにないな。

「あの、アレックさん、人に懐いたクーボは荷運びにも使えます。パーティーの役にも立つと思います。飼って育ててみたらどうでしょうか」

　ふむ……フィアナがそう言うなら、聞いてやるとするか。攻略対象の美少女僧侶（クレリック）ちゃんだからな。好感度を上げておくチャンスだ。

「いいだろう。ただし、ネネ、ちゃんと面倒を見るんだぞ？」

俺は飼い主としての責任を自覚させるつもりで言う。

「はいっ！」「グエッ！」

鳥まで返事をしてきたが、まあいい。人間の言葉が分かるなら、割と賢い動物のようだし。

「良かったですね、ネネちゃん」

イオーネも微笑んだ。

「はい」

ネネも嬉しそうに微笑む。

「じゃあ、納屋に連れて行け」

「あっ、あの、洗ったら、臭くなくなるかも。今もそんなに臭くないです」

一緒にいたいのか、ネネはクーボを抱きかかえながらそんな事を言い出した。

「ハッ、クーボを洗うだって？　とんだ物好きだねえ」

女将があきれるが、室内で飼う奴はいないのだろう。

「そうだッ！　餌にハーブを食べさせたら、匂いも良くなるかも！」

レティが言うが、お前、本気で食べるつもりだろう。弟子が泣きそうになってるからやめてやれ。

「じゃあ、まずは洗ってみましょうか。それでダメなら納屋ですよ？」

イオーネが優しく諭すように言う。

「はい」「グエッ！」

クーボは自分の事だと分かっているようで、一緒に元気な返事をしてきた。

「じゃ、おいで、松風（まつかぜ）」

「グエッ」

松風？　また微妙な名前を付けたな……。

「ネネちゃん、その子、松風って言うの？」

星里奈もそこが引っかかったようで聞く。

「はい！　松の木の下で風に吹かれて寒そうにしていたので」

「ううん、どうせならもっと可愛い名前にしない？」

「はあ……」「グエ……」

「星里奈、ネネが気に入ってる名前なんだ、動物くらい、好きにさせてやれ」

「そうね、分かったわ。じゃ、裏の井戸に行きましょうか」

「はいですっ！　行くよ、松風っ！」「グエッ、グエッ！」

ネネと松風が仲良く元気に宿の外へ飛び出していく。

さて、どうなる事やら――。

第六章　凮の黒猫

✧プロローグ　冒険者の足

「さ、今日こそは冒険に行くわよ！」

俺のベッドの前で元気良く言う星里奈。新調した銀の胸当てを装備した状態で、仁王立ちだ。

「借金もちゃんと返しなさいよ」

「チッ、分かったってたの」

まだ俺に抱きついて眠っているイオーネの腕をそっとどかして、俺はベッドから降りた。

昨日は星里奈とも五ラウンドやって俺も彼女も上機嫌だったのだが。

一つ、俺がうっかりしていた重大な——いや、些細な問題が発覚していた。


そのため、俺の所持金は現在、ゼロだ。

それどころか、借金まである。

……ヤナータに支払った奴隷の代金二十五万ゴールドを差し引いても、まだ所持金は十七万ゴールドあったのだが、星里奈が昨日、パーティーの分け前を要求した。

宝玉などのレアアイテムはすべて俺が管理していたのだが、うん、すっかり俺の物だと思い込んでたわ。星里奈もきっちり帳簿まで付けていてそれを見せられたが、六人のパーティーで割って、一人頭十万ゴールドを分配しなくてはならなかった。

ミーナ、星里奈、イオーネ、リリィ、ネネの五人で、合計五十万ゴールド。

ジュウガやフィアナ、レティは別だ。

二人とはヤナータの店の契約ですでに金は支払ったし、レティも前金一万でネネの師匠役をやってもらう約束だ。

つまり、契約による傭兵であって、仲間ではない。

俺の借金が増えては敵わないので、そーゆー事にしておく。

ミーナとネネは要らないと言ってくれたが、それは星里奈が許さず、ま、俺もこの二人に金をやらないというつもりはないからな。

なので、三十三万ゴールドは俺の借金という事になった。

パーティーとは共同事業者であり、仕事はその共同作業で成り立っているのであるから、仲間が山分けの報酬を要求するのは当然の権利である。

その辺はトラブルにならないよう、お互い、きっちり認識して約束を事前に交わしておかねばならないし、片方が言いくるめて不当に相手の取り分を安くしても良くない。

奴隷や傭兵、仲間の線引きはどこになるのか、そこは俺もまだ考え中だ。だが、ヤナータみたいにレアアイテムは全部俺の物、と言うやり方はしない。

俺にとっての対等とは、そういう事だ。

朝食を済ませ、俺も鎧を装備する。

さて、出かけるか――というところで、松葉杖のジュウガが鎧姿で目の前にやってきた。コイツはやる気があって良いんだが。

「じゃ、行こうぜ、アレック！『帰らずの迷宮』に！」

ニカッと無邪気に笑うジュウガに、星里奈達が困った目を俺に向けてくる。

「よし。だが、お前、それで剣が振れるのか？」

「あたぼうよ。見てな！　秘技、一本足剣術！」

そう言ったジュウガは片方の松葉杖を放り投げ、腰の剣を抜いた。切った足が左なのがまだ幸いで、そこまではジュウガもできるようだ。

練習もしたようだな。

「よし、じゃ、手合わせしてみよう。来い」

俺は剣を抜いて言う。

「むむ、よし」

ジュウガはまともな右足と左に持った松葉杖を使い、こちらにそれなりの速さで寄ってくる。

だが、俺が回り込むと、さすがに彼もすぐに向きを直すというわけにはいかなかった。

「くそっ、アレック、さっさと掛かって来いや！」

ジュウガが苛立って言う。

「威勢は良いが、俺が弓矢持ちなら、近づかずに射って倒すだろうな」

俺は静かに言う。

「卑怯だぞ！」

「違う、戦術だ。それに、モンスターが相手の時に卑怯と言ったところで、奴らは近寄っては来ないぞ」

「くっ、どうしろって言うんだ……」

うつむいたジュウガが、現実を前に、唇を噛む。

「工夫が必要だ。ジュウガ、道具屋に行くぞ」

「ああ？」

フィアナが地面に放り投げた片方の松葉杖を拾ってやり、俺達はジュウガを連れて道具屋へと向かった。

「筒（つつ）とベルトがあればいいかしらね」

星里奈も俺の買おうとする物はすでに分かっているようだった。

「どうするんだよ、そんなもん」

「義足だ」

「義足？」

この世界では一般的ではないのか、ジュウガだけでなくフィアナも首を傾げた。

「その松葉杖の代わりに、足にはめ込んで、失った足の代わりをさせるんだ」

「ああ、上げ底の靴なら、行けるかもな！」

ジュウガも仕組みが分かったようで目を輝かせる。

「だが、足首が動かない以上、踏ん張りは利かないし、バランスも取りにくい。以前とまったく同じというわけには行かないぞ」

期待させすぎてもガッカリさせるだけなので、俺は注意点を挙げておく。

「構わねえよ。とにかく親父、オレの足にはめられそうな靴はねえか？」

「そう言われてもねえ……」

道具屋の親父もジュウガの足を見て、アゴに手を当てて考え込んだ。

「頼むよ。金は必ず用意するから、なんとかしてくれ」

「分かった分かった、じゃ、使える物がないか、探してみよう」

店主と一緒に探してみたが、ちょうど良さそうな物は見つからなかった。

ジュウガが無理矢理ブーツを履いて立ってみたが、痛みで悲鳴を上げて転んでしまう始末。

このままでは無理だ。

「木工職人の所へ行くぞ。オーダーメイドで作ってもらう」

俺は言う。

「おお、その手があったか！」

道具屋にその道の職人を紹介してもらい、俺達は工房に行ってみた。

「ふむ、こう……筒やお椀みたいな形にすればいいんだね？」

木工職人の親方が説明を聞いて手振りで形を示した。俺はうなずく。

「そうだ。戦闘もこなせるように、筒はヒザまでの長さが必要だ。すぐ外れては意味がない」

「それなら、添え木をベルトで締め付けたらどうだい？　そっちの方がすぐできるよ」

親方が提案したが。

「いや、それでは形が緩んだり痛みが出たりする。足の全面に支えが当たるようにしないと。支点の分散だ」

「ほう、なるほどな」

「どれくらいでできる？」

「そうだねえ、彫り込みでやるなら、結構時間が掛かるし、この人の足の形にしなきゃ意味がないんだろう？　なら、二週間はそれに付きっきりになっちまう。それだと他の仕事もあるから……」

木工職人が渋い顔をするが、あまりやる気がなさそうだ。

「星里奈、金貨を出せ」

「ええ、じゃ、これ、前金でお願いします」

「むむ、一万も出すのか！　こいつはたまげたな。いやいや、銀貨で良いよ。それじゃさすがにもらいすぎだ。いいだろう。二週間、いや、十日で作るよ。この人もすぐ冒険に出たそうな顔してるしね」

「おお！　ありがとう、おっちゃん！」

「なに、今まで作った事もないような珍しい物だし、他に困ってる人の役にも立ちそうだし、商売になるかもしれん」

さすが職人の親方、ニーズの計算が速いな。

「じゃ、寸法を測るから、そこの椅子に座っとくれ」

「分かった！」

「じゃ、ジュウガ、お前は今日はそこで親方の手伝いをしろ。その方が早く冒険に出られるし、義足でダメなら、お前は木工職人の道も考えた方がいいからな」

俺は言う。

「冗談じゃねえよ。オレは不器用なんだ。じっと座って物を作るなんて性に合わねえよ」

ま、そんな感じだな。

「それはお前の選ぶ道だ。好きにしろ。ただし、俺に雇われてる身だ、今日くらいは大人しく言う事を聞いて見学しておけよ。どのみち、足の形を見せなきゃ、作ってもらえないぞ」

「分かったよ。じゃ、おっちゃん、ちゃっちゃと頼むぜ」

「ジュウガ、師匠と呼ぶんだ」

俺はこいつの態度が気になったので注意をしておく。

「ええ？」

「木工職人にならなくても、自分の義足は自分でカスタマイズした方が戦闘に役立つだろう。そのためには自分で義足が作れる技量が必要だ。不器用だのなんだの言い訳してないで、本気で冒険者を続ける方法を考えた方が良いぞ」

「冒険者を続ける方法か……分かったよ」

それが今のジュウガにできるかと言えば、すぐには無理そうだ。だが、今このまま気持ちだけで一緒にダンジョンに付いてこられても足手まといだからな。ハッキリ言って。

無理なモノは無理、そこはきちんと線引きすべきだ。

義足ができあがってきちっと準備してからの話だろう。

大人しくなったジュウガを工房に置いて、俺達はダンジョンへと向かった。

✧第一話　パーティー編成

『帰らずの迷宮』の入り口は、今日も活況のようで冒険者達があちこちで準備をしている。

「よーし、お前ら、他の人の迷惑にならないように二列で歩けよ。そこっ、喧嘩するんじゃない！」

どうして移動五分足らずで喧嘩が始まるのか。

俺は内心でため息をついた。

さすがに三十二人も底辺が集まると、移動も一苦労だ。これなら日本の小学生の方がまだマシだな。

これで奴隷紋がなかったら、収拾も付かないところだった。

「親分、今日は何層まで行くんですかい？」

三十二人のうちの一人、顔に傷がある男が聞いてくるが、雰囲気が出過ぎだ。

「その呼び方はやめろ。俺の名はアレック、アレック様と呼ぶように」

「へい、それで、アレック様、何層まで？」

「今日は第一層までだ。実力に見合わない階層には連れて行かないから、そう心配するな」

「おお」

他の者もそれが心配だったようで安堵した表情を見せた。

「ただし、宿代と食費くらいは稼いでもらうぞ」

「面倒くせえ」

「いくら稼げばいいんですかい」

「あっしは持病の腰が痛くてねえ……あいたたた」

なんでジュウガの時は威勢の良い返事をしておいて、俺に対してはこうなんだろうな？

腰が痛いと言ってる奴を【鑑定　レベル5】で見てみたが、こいつは仮病だった。たちが悪いな。

すでにヤナータから引き渡された時点でフィア

ナと星里奈に任せて怪我や病気はあらかた治療済みなのだ。治療が困難な本物の腰痛持ちもいるので、そこは俺も配慮するつもりだが、仮病は別だ。

こうなったらスキルでも取るか。

【統率　レベル5】　Ｎｅｗ！
【鬼軍曹　レベル5】　Ｎｅｗ！

合計403ポイントで良さそうなスキルを取った。

「聞け！　ウジ虫共！　お前らがこのまま奴隷として哀れにこき使われ続けるか、それとも一人前の冒険者になって自由を勝ち取れるかは、今日からの行動次第だ！

一日の宿代十ゴールド、食費六ゴールド、合計十六ゴールド以上の稼ぎを上げた者は、それを自分の貯金にして構わない！

一万ゴールドを貯めたら、俺との契約は終了、お前達は何をしようと自由だ！　昼寝したければ好きなだけしろ。喧嘩したければ好きなだけしろ。ダンジョンに潜る必要もない！」

三十二人の奴隷が静まりかえる。

「一万ゴールドは無理でさあ」

一人がぽつりと言った。

「すぐには無理だろうが、俺は一年でこの中から達成者が出ると見ている。いや、出なくても一番の稼ぎを上げている奴には、一年後に一万ゴールドのボーナスを俺が出そう。それで一番のそいつは自由だ」

「ホントかねえ？」

「どうだかな」

「信用するのは一年後でいい。それまでに、仲間の顔と名前くらいはしっかり覚えておけよ。特別ボーナスは最初の一人だけだ」

ニンジンはぶら下げたが、それで全員がキビキビ動くような奴らなら、誰も苦労しない。ま、事情もそれぞれあるだろうし、個人ではどうにもならない、不可抗力で今の地位にいる者も多いはずだ。ともかくこれでしばらく様子を見るか。

ひとまず次だ。

「じゃ、今から班決めをするぞ。一班が六人、それが全部で五つだ。二人余るから七人の班を二つ作る。それが一つのパーティーだ、いいな！」

この人数でぞろぞろダンジョンに潜っても、数の力は活かせない。狭い通路だと前衛が三人で頭打ちになってしまうし、こいつらは後衛が少ない。ヤナータも後衛で器用に支援ができるような要員をお払い箱にはしなかったようだ。

例外も何人かいるが、何らかの事情があってヤナータには価値無しと判断された者達だから、リーダーが務まるかどうかは怪しいところだ。

だが、現時点で俺には鑑定によるレベルしか判断材料が無い。

これだけの人数だ、面接なんてかったるい事、いちいちやってられないしな。

「班のリーダーはレベルの高い順に暫定だ。いずれ本人の希望や周囲の評価を聞いて適性のある者と入れ替える。マテウス、クライド、アイザック、ジード、アッシュ、少しばらけて前に出て手を上げろ」

五人のうち、何人かが肩をすくめ、やる気なさそうにバラけると、俺の指示通りにその場で手を上げた。

白髪のドワーフであるマテウスはこの中で一番レベルが高い。

俺よりも高いレベル31だが、結構な歳で腰痛持ちだ。戦士としてはあと数年で引退を迫られる事だろう。少なくともレベル通りの実力は発揮できないはずだ。

だが、年季の入ったコイツはリーダーにはふさわしい。

装備の着こなしも堂に入っていて、落ち着き払った様子を見ると冒険もこなれているだろうから、いちいちあれこれと教えなくても良いのだ。

各リーダーは俺と別行動で動く事になるから、冒険やダンジョンの経験は重要だ。

二番手以下は年齢も若くなるが、レベルも24以下となり、落ち着きの無さそうな奴や、装備に違和感のある奴もいる。

ま、入れ替えは面倒だし、どれも似たり寄ったりだし、今はこれで良しとしておくか。

最初は第一層で様子見だ。

「よし、あとは自分が良さそうだと思ったリーダーのもとに集合しろ。早い者勝ちだ。あぶれたら俺が調整する」

意外にもマテウスのもとにはあまり人数が集まらなかった。一方で四番手のリーダー、陽気に笑っているジードの所に十人以上が集まったが、人望もやっぱり判断材料になるかな。

「よし、調整だ、お前とお前はマテウスの所に行け」

「ええ？」

「そんな」

「言ったはずだぞ。早い者勝ちだ。俺の指示をよく聞いていないからそうなる。次から損をしたくなければ、俺の話をよく聞いてキビキビ動け」

ひとまずこれで、パーティーの真似事程度にはなった。

すでにこいつらの装備はいくらかマシな物に更新させているので、第一層でいきなり死人続出、なんて事にはならないはずだ。

「行くぞ」

六つのパーティーがぞろぞろと移動する。

「アレック、話は聞いたぞ。ヤナータの奴隷をたくさん買ったそうだな」

入り口の守りをする兵士が声を掛けてきた。何度も潜っているので、もう顔なじみだ。

「ああ。別に問題はないだろ？」

「もちろんだ。だが、そんなにたくさん買って、どうするつもりなんだ？」

「さてね」

特にどうこうする目的で買ったわけでもない。ただ、違う形の奴隷商人も良いだろうと思ったまでだ。

もし、俺のやり方が軌道に乗るようなら、たぶん、ヤナータが黙っていないだろう。

それは試してみないと分からないのだ。

ま、宿無しでパンもろくに食わせずに誰かをこき使う状況は見てて気分の良いものではないから、俺の周りだけでも風通しが良くなればそれでいい。


第一層で一班ずつ、ゴブリンの群れと戦わせてみたが、元々ここで戦っていた冒険者達だけあって、華麗な連携とまでは行かないものの、問題なく倒せた。


「よし、じゃ、各班はリーダーの指示に従って第一層で稼いでこい。日が暮れる時間になったら、宿に帰って良し。以上だ」

後は細々とした事は言わない。こいつらも考える頭があるんだから、話し合うなりするだろう。

奴隷のパーティーはそれで放置して、俺達は第三層へと向かう。

「大丈夫かしら？」

星里奈が心配して振り向いたが、薬草も持たせてあるし、この迷宮には薬草が生えている場所もあるから大丈夫だろう。

人数がそろっているパーティーで、おかしな事にはならないはずだ。

あいつらは第一層だしな。初めての冒険でもない。

✧第二話　第三層

第三層はやはり同じような石造りの迷宮だった。

ここからは新マップだ。

「気を引き締めていくぞ」

「「了解！」」

鼻が利く犬耳のミーナを先頭に、星里奈、イオーネと前衛が続き、明かり持ちのリリィが真ん中に立つ。その後ろにネネとレティの魔法使いの師弟コンビ、さらに僧侶のフィアナがそこに続く。最後尾が俺だ。

「待って、何かしら、あれ」

星里奈が指差した。見ると、通路には白い何か……ヨーグルトのようなものが網状に、辺り一面にぶちまけられていた。

「誰かがここでセックスしたとか？」

リリィが言うが、こんなにたくさん精液が出るわけがない。バケツ三杯分はありそうだ。

「だとしたら、アレックもびっくりの量ね」

「そうね、うふふ」

「いいえ！　ご主人様なら、これくらい、やればできます！」

できるか、アホ。

「お前ら、変な例えに俺を出すな。踏まないように気を付けて、先を進むぞ」

「「了解」」

気持ちが悪いので触らないようにしてやり過ごし、通路を進む。

「ご主人様、この通路の曲がった角に何かいます。人間ではありませんが、何の臭いか、忘れました……すみません」

ミーナが言うが、事前に敵の位置が分かれば随分と違う。

「気にするな。見れば思い出すだろう。全員、戦闘態勢を取れ」

「「「了解」」」

剣を抜いて、ゆっくりと通路を進んでいく。

リリィが角を曲がって通路を魔法のランタンで照らすと、敵の姿が明らかになった。

「あっ、アレは！」

「うわ、気持ち悪っ！」

「はわわ」

女性陣の何人かが怯んだが、このモンスターは俺も結構、来るモノが有った。

まずは落ち着いて【鑑定】だな。

〈名称〉ビッグスパイダー　〈レベル〉28

〈HP〉166／166

〈状態〉通常

【解説】

体長一メートルほどの大きな蜘蛛（くも）。

性格はやや攻撃的で、近づく者に対してアクティブ。

べとつく糸を吐いて獲物を動けなくしてから捕食する。

氷と炎の呪文も効果的だが、中途半端な炎は暴れさせるので危険。

レベルが俺達の平均より上というのが少々気になるが、数は二匹と少ないので、なんとかなるだろう。

「糸に気を付けろ！　動けなくなるぞ。レティは氷で攻撃しろ」

注意事項を報せてやり、俺はひとまず様子を見る。

「はい、ご主人様！」

「行きます！」

「任せて！」

ミーナ、イオーネ、星里奈の前衛三人が走り込んで行き、斬りかかる。

蜘蛛は割と俊敏に後ろに飛び退くと、口から白い液体を吐き出した。

「あっ！」

「きゃっ！　何よ、これ」

ミーナは上手く避けたが、星里奈が避けきれずに白い半透明の液体を頭から被った。

「星里奈！」

「星里奈さん！」

空中に表示されているウインドウのＨＰに注目したが、星里奈のＨＰは減っていなかった。

ただ、べとついて星里奈がまともに動けなくなっており、どうやらこれが蜘蛛の糸らしい。

さっきの通路のアレも、こいつの糸だったたか。

「ちょっとぉ！　蜘蛛ってお尻から糸を出すんじゃないの⁉」

もがきながら叫ぶ星里奈。

別に油断したわけでは無さそうだが、アレを避けるのは難しそうだな。

『へへへ、捕まえた捕まえた、活きの良い美味しそうな女の肉だー、ぐへへ』

「ネネ、変なアテレコはいらんぞ」

「ご、ごめんなさい。つい。蜘蛛さんが凄く嬉しそうだったので」

こんな連中に共感するのもアレだが、怖がってパニックになるよりはマシか。

【共感力☆】だな。

蜘蛛の方は、一撃で退治とはいかなかったが、ミーナとイオーネがそれぞれ攻撃を当てて一匹を倒し、もう一匹はレティの氷結呪文で片が付いた。

「なんでこの糸は消えないのよぅ」

モンスターは倒すと煙となって消えるのがこの世界のコトワリだが、糸は例外らしい。

「べとべとですね……」

「ええ、なんだかイヤらしいですね……」

「うわぁ……なんかエロいよ、星里奈」

モンスターが片付いた後、みんなで星里奈を囲んで観察する。

「どうにかしてよ。取れないし、くう」

「ちょっと下がってて」

レティが言い、前に出て炎の呪文を唱えた。するとと糸はあっという間に燃え上がり、綺麗に消えてしまった。

「よ、良かった」

ほっとした様子で星里奈が立ち上がる。

「糸は気を付けた方が良いな。だが……」

他の冒険者は、魔法を使えないパーティーもいると思うのだが、どうしているのだろうか。

俺はそれが気になった。

「ご主人様、他のパーティーが来ます」

考えているとミーナが告げた。

「そこの広い場所で待機だ。黙り込むなよ。ＰＫと思われる」

「そうですね」

少し大きな声で言って喋りながら待つ。

「よう、兄弟」

向こうから五人の戦士系のパーティーがやってきたが、彼らは二人が松明を持っていて、なるほど、この火であの糸を焼き切るらしい。

「あんたら、松明が切れてるなら、一本、くれてやるぞ?」

戦士が言う。それを見た別の戦士が首を振った。

「よせよ、連中、二人も魔法使いがいるぞ」

「ああ、そいつは便利だな。羨ましいぜ」

片方はまだ見習いなのだが、いないよりはバランスが取れるだろう。まあ、オール戦士でそろえた方が耐久力はありそうだが。そこはパーティーのスタイルや好みだろうな。

他のパーティーが通り過ぎた後、ブスッとふくれっ面をしていた星里奈が口を開いた。

「提案。アレックとポジションを代わりたい」

「却下。男の俺が糸を被っても、視聴者は誰も喜ばないぞ」

「視聴者って何よ……もう」

視聴者は主に俺だ。

「アタシはアレックがべとべとで、もがくのを見たーい」

リリィがニヤニヤするが、俺はごめんだ。

「ダメよ、リリィ。アレックさんの髪はとっても大事なんだから」

イオーネが小声で言うが、いや、そこまで大事でもないんだがな。ハッとした顔でコクコクとうなずくリリィも、ちょっとムカつくんだが。

「仕方ないなぁ。その髪に免じて我慢してあげるけど、一つ貸しね、アレック」

「ふん、いちいち言い方が気に入らんが、まあ、借りにしておいてやろう」

星里奈もどうしても我慢ができないという事があれば、俺が代わってやるしかない。まあ、俺がどうしても嫌でなければ、の話だけどな。

それからも蜘蛛はたくさん出て来たので、その度に前衛の誰かが動けなくなったが、戦闘に支障があるほどではなかった。

せいぜい、戦闘時間が一分かそこら、長引くだけだ。

「よし、今日は早めに切り上げよう」

スキルで時刻を見て、俺は頃合いだと思い宣言した。

「あーっ！　お風呂に入りたい！　今日はお風呂に入る！」

髪が乱れたせいか、ご機嫌斜めの星里奈が言うが、ま、お湯代くらいは出してやってもいい。あの宿に風呂やシャワーなんて上等なモノはない。たらいのお風呂だ。

しかし、問題は宿に戻ったときに判明した。

俺はかなり早めに切り上げたつもりだったが、それでも地上は夜更けになっており、いつもより二時間ほど帰還が遅れていたのだ。

「これは、やはり、第三層でキャンプをすべきだな」

遅い夕食の時に、俺はその話を切り出した。

「そうね、私も、いちいち戻るのは時間の無駄だと思ってたところなの」

反対するかと思っていたが、湯浴(ゆあ)み上がりの星里奈が言う。

「いいのか？　髪はすぐに洗えないぞ？」

「そこまで気にする事じゃないもの。でも、三日が限度ね」

それだと第五層くらいまでしか行けない気がするが、まあ、今は第三層の問題だけ考えるとしよう。

特に反対意見は出なかったので、まずはダンジョンで一泊してみる事になった。

ネネが少し心配そうな顔をしていたが、きちんと見張りを立てておけば、問題ない。

第三話　軍団の名前

俺が宿の自分の部屋に戻って、さあ今日はリリィとセックスの日だと楽しみにしていたら、邪魔が入ってきた。

よりによって、男だ。

「アレックさん、ちょっといいですか」

「えーと、クライドか。何の用件だ？」

まとめ買いした三十二人の奴隷の一人、その中のリーダーを任せている奴だった。背が高く、やせ気味の奴。武器は弓矢で背中に担いでいる。

陰気な顔で愛想笑いをした、そのクライドが言う。

「私のパーティーの事です。明日から、狩り場をもっと下の階層にしたいんですよ。第三層くらいでどうかと思うんですが」

「お前の班の、一番下のレベルの奴はいくつだ？」

「8です」

「じゃあ、ダメだな。そいつがレベル11を超えるまでは第二層も許可できないぞ」

「ええ？　そんなに安全策を採らなくたって、よほどのへまをしない限り、死にませんよ」

「よほどのへまをしてても死なないようにしてくれ。言っておくが、パーティーメンバーを死なせたら評価を下げるぞ。罰金だ」

「それじゃ、リーダーは他の奴にしてもらえますか」

「まあ待て、メリットも付ける。リーダー手当を付けてやろう。一日につき十ゴールド、無条件だ」

「たった十ゴールドですか。せめて百は欲しいですが」

「よく考えろ。一日で、他の一般の奴と違って十ゴールドの得があるんだ。ちょっとずつでも一年なら合計で三千ゴールドを超えるぞ」

「ダメですね。メリットが少なすぎです。十ゴールドなんて、すぐ稼げるし、それであいつらの面倒を見ろだなんて、割に合いませんよ」

「じゃ、二十ゴールドだ。それで一年で七千ゴールドを超えるからな。他にも、リーダーとして特にめざましい働きが有ったとメンバーから評価されるようなら、特別ボーナスを俺の査定で上乗せだ。お前が嫌なら仕方ないが、他のメンバーが手を上げるかもしれない。リーダーに立候補するかどうか、お前の班の他の面子に聞いてみてくれ」

　クライドはそれを聞くと、少しの間考えて言った。

「いえ、気が変わりました。二十で引き受けさせてもらいますよ」

「よし。ちなみに、今日はいくら儲かった？」

「うちの班は、全員合計で二百五十二ゴールドです」

そこから十六ゴールドの生活費六人分を差し引くと、一日約百五十ゴールドの儲けか。六人分の装備更新にはほど遠いが、維持費がクリアできるならまずまずだ。

奴隷パーティーの固定費がどれくらいになるのか、俺にもちょっと分からないが、ヤナータから三十二人を買いあげた代金五万ゴールドと、装備をまともにするための費用が一万ほど掛かっている。この計六万ゴールドが初期費用だとすると、元を取るためには治療代無しで二年ほど回せばいい事になるかな。

「上出来だ。無理はしてないな?」

「してませんよ。まだ顔合わせの段階で、暫定のリーダーだと聞いてますからね」

「ヤナータの店と比べると、どうだ?」

「そりゃあ、簡単には比べられませんよ。他のメンバーがどれだけ稼いでたかなんて、私は知りませんから」

「自分の範囲で、だいたいの感覚でいい。別に、ヤナータが十倍儲かっていても、同じだけ働けなんて俺は言わないぞ?」

「私の感覚では半分、いや、そこまでは差が付いてないと思います。他の冒険者のパーティーだって無茶はできませんしね」

ヤナータのレンタル奴隷は一般の冒険者のパーティーに貸し出す形なので、ペース自体はそれほど変わらないないか。奴隷だけのパーティーだと監視がいなくなるので、ノルマを課したとしてもそこまでは違いは出ないのかもしれない。

「そうだな。じゃ、この調子で明日からも頼む。ああそれと、三日働いたら、一日は休日だ。それを他の班にも伝えておいてくれ」

休息は絶対に必要だ。

「分かりました。それと……薬草の購入費を私が集めて、自分の班の分を管理してもいいですか?」

「他のメンバーが同意するなら構わないぞ。特に反対がない限り、決定権はリーダーが持つ。ただし、ちゃんとメンバーと話し合いはしてくれ。その方が不満が溜まりにくいからな」

「ええ、そうですね」

「揉めるようなら、俺に相談してくれ。他に何かあるか」

「いえ……今のところは」

「何かあれば、また明日、食事の時にでも伝えてくれ」

「了解」

クライドが戻っていくが、リーダーとして彼は見込みがありそうだ。

真っ先に要望を上司に伝えに来たし、リーダー手当を交渉して獲得するのにも成功したからな。

数の計算もできる感じだったが、その程度はこちらでも教育を受けるのか、あるいはスキルを持っているのか。

「アレック、あの男って………」

リリィがやって来たが、ドアの向こうを気にした。

「クライドがどうかしたのか？」

「あいつともベッドインしたの？」

「するかアホ」

「なんだ、良かった。いや、ひょっとしたら、あいうのも好みなのかと思って、ぷぷっ」

「うるせ。じゃ、さっさとヤるぞ」

「えへへ、いいよ？」

誰も入ってこないようにしっかり鍵を掛けてから、リリィの服を脱がせる。

「お前の胸、少し膨らんできてないか？」

「うん、ちょっと大きくなったかも。誰かさんが揉みまくってるし」

「いや、まともに食ってるから、太ったんだろう」

「そうかもね。太ったと言うより、前が痩せてたんだけども」

「そうだな。じゃ、今夜もたっぷり可愛がってやる」

「ふふっ♪　あはっ」

その小さい体を押し倒すと、リリィは早くも興奮して楽しそうに笑った。


翌日、朝食の時、イオーネが奴隷パーティーの帳簿を作ってみてはどうかと提案した。

「昨日、アイザックが私に儲けは誰に報告すればいいのかって聞いてきましたから」

「なに？　俺じゃなくて、イオーネに、か」

あいつ、まさか、俺のイオーネに目を付けてるんじゃないだろうな。せっかく俺がリーダーに任命してやったというのに。

「ええ、でも、アレックさんの部屋の前で諦めて戻ってくるところに私が通りかかっただけだから、他意はないと思います」

リリィとヤってる最中だったかな。鍵も閉めていたから、遠慮したのだろう。

「分かった。じゃあ、そうするか。でも、面倒臭いな……」

「私が帳簿を付けますから、任せて下さい。父の道場でも私が付けていましたから」

「そうか。今はどうしてるんだろうな？」

「フリッツに頼んであるから、付けてくれてると思います」

生真面目な奴だから、面倒だと思いつつも初恋の相手の言う事を断れなかったに違いない。哀れ、フリッツ。

「じゃ、風の黒猫軍団は、そのまま聞け。各リーダーは一日の儲けを宿に戻ったらイオーネに報告する事。あと、三日働いたら一日は休日とする。いいな」

「「おおっ！　やった」」

向こうのテーブルで食べていた、むさ苦しい連中が一気に明るくなった。

「クライドの言ってた事が本当だったか」

「だから言っただろ」

ま、休日は良いものだ。

「ねえ、その風の黒猫軍団ってなんなの？」

リリィが聞いてくるが。

「お前、忘れたのか。ここのダンジョンに入るとき、兵士がパーティー名を名付けてくれただろう」

「ああ、そう言えば。私、別の名前が良かったなぁ。それ、全然強そうじゃないし」

「俺もそう思うが、あいつらの名前みたいなもんだから、それでいいんだよ」

識別さえできればどうだっていい。俺は普段、そんな名乗り方はしないのだし。

「ぷっ、ぷぷっ、風の、黒猫、ひー、やめて、そんな似合わない名前」

目の前でぷるぷる震えて笑っている奴。

「レティ、お前、スキルポイントのプレゼントは一生無しな」

「ええっ！　ま、待って、今の無しで。悪かったわよ、悪うござんした」

謝り方もなってない。

どうしてコイツが未だにBランク魔導師なのか今、分かった気がする。

「あらら、可哀想。私、レティは一緒のパーティーみたいなものだし、あげてもいいんじゃないかって頼もうと思ってたところなんだけど」

星里奈が言うが、レティが俺のご機嫌を取らない限りはくれてやらんぞ。俺を見て笑った罰だ。

だいたいコイツは正式なパーティーメンバーでもないし、仮に正式なパーティーメンバーでもスキルポイントをプレゼントする義務などない。

俺が自分で稼いだポイントだからな。

「よし、じゃあ、装備が整ったら、出発するぞ」

食事を終えた俺は、しがみついて泣くレティを振りほどいて席を立った。

「「了解！」」

いつもの朝だった。

——俺はこの日、うちのパーティーに死人が出るなど、予想もしていなかった。

——第2巻・完——

Now Loading……

第三巻　第六章　風の黒猫

第四話　第三層にて

Extra

外伝　女勇者、星里奈が征く

※本エピソードの時系列は第1巻第一章「勇者、星里奈との対決」終盤のものとなります。

✧プロローグ　誤解の始まり

「やめてっ！」

女性の悲鳴が路地裏から聞こえた。

『これはッ！　星里奈さん！』

私の冒険を助けてくれるシステムヘルプ――この世界では妖精や精霊と呼ばれる類いかもしれない――のヘル子が私だけに聞こえる音声で叫ぶ。

「ええ！」

間違いないという感覚があった。【エネミーカウンター】を使うまでもない。私は悲鳴が聞こえた方向へ走る。

だが、路地の先は家で塞がれていた。

「ええ？　行き止まり!?　もう！」

【オートマッピング】で地図を表示させ、今度は反対側へ回る。その間にも男の悲鳴が聞こえたりと裏手では良くない事態が進んでいた。もどかしさを胸に、私は急ぐ。

ちょうどその家にアレックがいた。

「うえっ！」

振り返って私を見るなりおかしな声を出して狼狽えるアレック。

「ん？　ちょっと、その家で何してたのよ」

私は彼を問い詰める。王都を荒らす盗賊団と聞いていたが、まさか――彼が？

「いやいや、待て、誤解はするなよ、あっ、おい」

何をしていたのか答えようとしないアレックを強引にどかせて私は家の中に入った。

「なっ！」

そこには血を流して倒れている男性と、服を破かれた女性がいた。

そんな、この人が襲ったというの――？

私は怒りにカッとなった。いくらなんでも、同じ日本人の、しかも勇者がこんな悪事に手を染めるなんて、絶対に許せない！

「よせ！　おわっ！」

私は剣を抜き放ち、アレックに斬りかかる。

アレックは剣を抜いて防御しようとしたが、その前に私の素早い一撃が綺麗に決まった。

「つっ！」

「この外道！」

さらに私は追撃を加えようとしたが、今度はアレックが剣で防ぐ。

「だから違うと！　くっ！　話を聞け」

「聞きたくない！」

怒りに任せ、私は手を緩めることなく連続で攻撃していく。アレックはパワーもスピードも私より下だ。このままいけば勝てるが、彼が逃げようとしているのは私のスキル【直感】で分かった。

当然、私は路地に先回りする。

「逃がさないわよ」

「うわ、くそっ。おい、そこの女、事情を説明、くっ」

アレックが泣いている女性に話しかけたが、この状況で言い訳を試みるとは私も舐められたものね。

「脅すつもり？　させないわよ」

剣を振るって牽制してやった。

「ええい、エルヴィン達はどうした！」

アレックが辺りを見回しながら怒鳴る。

「む……それは今、関係ないでしょ」

パーティーを解散したというのはあまり言いた

くない。前に協調性がどうのこうのとアレックと言い争った手前、負けになる気がしたというのもある。

「んん？　俺は犯人じゃない。今、ミーナが兵士を呼びに行ってる。少し待て」

アレックが怪我をした左腕を押さえ、顔をしかめながら言う。

「そんな嘘で――」

「嘘じゃねーよ。とにかく待て。俺は逃げも隠れもしない」

「じゃ、さっき、逃げだそうとしていたのは何なのよ」

「あれは、この人の裸を見るのも忍びないと思っただけだ」

「ええ？　こいつが犯人ですよね？」

そこにいる女性は、悲嘆に暮れているのか反応してくれない。

「こっちです！　あっ！」

犬耳少女のミーナが兵士を連れてやってきた。

「む」

「ま、待って下さい！　その人は違います」

兵士もアレックが犯人だと思ったようで斬りかかろうとしたが、ミーナが止めた。

ええ？　それって、どういうことなの？

第一話　交渉

「ごめんなさい」

私はアレックに頭を下げる。ここはアレックが泊まっている宿屋の部屋だ。

あれからミーナに話を聞いたのだけど、あの家の女性を襲い男性を殺したのはアレックではなく、先に逃げたという別の盗賊だった。

つまり、アレックは無実で、犯人だと思ったのは私の勘違いだったということ――。

彼の腕は私の持っていたポーションでもう回復しているが、それで丸く収まる話ではない。

「ふう。ごめんで済めば、警察も裁判所もいらないよな。傷害事件と殺人未遂だろうが」

ベッドに座ったアレックが腕組みをしたまま、うんざり顔で言う。

「そ、それは、あなたが……」

「お前が勝手に勘違いしたのは、俺の落ち度なのか？」

「いいえ。私が悪いです……」

「だよな。別に、あの場で俺を犯人と疑うのは不思議じゃないし、問い詰めるなりして、女性を保護するために力尽くで行動してもいいが、事情は確認するのがまともな行動だよな？」

「むう、それは……」

「違うのか？　お前は容疑者っぽい奴を見かけたら、警察に通報せずにいきなり問答無用で刃物で襲いかかるのか？」

アレックが問うが、この世界では自分で身を守らないといけない感じだから過剰になるのは仕方ない気もする。だけど、私ももう少しきちんと確認すべきだったし、アレックに非は無いのだ。

「それは、日本ならそうするけど……」

「そうか、ここの流儀でやりたいというわけか。ミーナ、この場合こっちの世界じゃどうなるんだ？　俺は殺されかけたんだが」

「領主に訴えるか、冒険者ギルドに掛け合って話を付けてもらう事もできると思いますが、目には目を。斬り捨てても問題ないかと思います。ご命令とあれば私が」

ミーナもご主人様のアレックを傷つけられ、かなり怒っている様子。

斬り捨てられても問題がないなんて、ちょっとショックだ。

私はうつむいて床を見つめた。

「命までは取らないでおいてやろう。俺は他人を問答無用で殺しに掛かる野蛮人ではないからな」

「くっ」

「だが、この話、詰め所に持って行けば、どうなるかな。牢獄に入れられるか」

「ええ？」

牢獄だなんて……私は不安になった。

「どうしよっかなー」

「分かったわ。お詫びに、私の持っているお金を――」

「おいおい、聞いたかミーナ、こいつ、金で済ますつもりだぞ」

「人でなしですね。命を狙ったくせに」

「ぐ」

反論できない。

「……じゃあ、どうすれば、許してくれるの？」

私はアレックに聞いた。

「そうだな。お前の体で支払ってもらおうか」

その声に、背中がぞくりとした。女性の私が体で支払う、その意味するところは――

「え？　それは……くっ、私にパーティーに入れと言うことでは無しに……」

「いや、いいぞ。どうしてかは知らないが、お前は今一人のようだしな。俺のパーティーに加えてやってもいい。ただし、俺がリーダーだ」

「む、むう、それは……」

この男が、冒険を手伝うだけで許してくれるとは思えないのだけれど……。

「ま、そこは無理強いはしない。だが白石、お前は今、ひょっとしたらこの人はいい人で、パーティーでこき使うだけで許してくれるかも、なーんて、甘ったるい考えを持たなかったか？」

「それは、あまりない気がするけど……」

「正解だ。下手したら俺は死んでたし、生半可なことじゃあ許さんぞ」

「むう、どうしろと……」

「レイプだ。一度レイプさせろ。それで許してやる」

　とんでもないことを言い出すアレックに、私は戦慄した。

「は、はあ？　ちょっ！　何でそんな事をされなきゃならないのよ！　謝れと言うのは当然だけど、そこまでされる覚えは無いわ」

「いや、あるな。いいんだぞ？　殺人未遂で兵士に訴え出ても」

「む、それは……」

　私もこの世界の司法や法律には詳しくない。殺人未遂で訴えられたら、いったいどうなってしまうのか……、両手を鎖で縛られ、裸で鞭打たれたりするのだろうか。ひょっとしたら兵士に代わる代わる犯されてしまうのかも。泣き叫ぶ自分の姿が脳裏に浮かんで、私は思わず身震いした。

『さすがにそれはないと思いますけど、国によって待遇には割と差がありますからねえ。あ、弁護士は期待できませんよー』

　などとヘル子も突き放したことを言ってくる。

「ミーナ、殺人未遂はこの国の法律ではどうなる？」

「重い罪です。平民なら鞭打ちや牢獄入り、前科があるなら死罪もあるかと」

「ふむふむ」

「ええ……？」

「そこを、少し大目に見てやろうって言うんだ」

「待って。だからといって、むう、レイプなんてのは割に合わないわ」

　おかしな取引だと思うので、そこははっきりと言っておく。

「そうか。では、お前は俺を納得させるような償いの方法があるのか？」

　斬ったのは事実だし、もうこれは犯罪だと認めるしかないだろう。後はどう処理するかだけど……アレックが納得する方法を探した方が良さそうだった。

「むう……じゃあ、パーティーに加えてもらって、しばらく無償であなたの手伝いをするわ。ただし、性的な行為や犯罪行為には手を貸さない」

「おいおい、聞いたかミーナ。まるで俺が犯罪者みたいな言い方をしてるぞ、コイツ」

「反省が足りませんね。ご主人様は立派な御方です」

立派？　この男のどこがそんな風に言えるのかと、私は理解できずに困惑する。

「ええ？　ちょっと、ミーナ、あなた騙されてるんじゃないの」

「騙されてません！」

「騙してはないぞ。失礼な奴だ。名誉毀損だな」

「ううん、ごめんなさい……」

「お前の申し出は、全く話にならん。白石、お前がいきなり襲われて、その男がお前の友達になってやるから許してくれよってへらへら笑って言ったら、それでオーケーするのか、お前は」

「いや、それは、私はへらへらなんてしてない……です」

確かにアレックの言うとおり、仲間になるから許してくれというのは虫が良すぎた。

「じゃあ、少しは俺の納得できる、価値のある償いをしてもらおうか」

「それは、努力するけど……レイプは犯罪でしょ」

「罪を犯した奴が、いざ自分がやられそうになると嫌がって道徳や法律を盾にするのか。酷い奴だな」

「酷い奴です」

そう言ってミーナが積極的にアレックを援護してくる。

「むむ……本当にごめんなさい。でも、悪気があったわけじゃ……」

「おいおい、悪気が無かったら許されるのか？　俺があの時、受けに失敗していたら、もう取り返しは付かなかったぞ？」

「むう……それは、そうかもだけど、殺そうとまでは……」

「まあいい、俺もお前を殺すつもりは無いし、同じ日本人だからな。殺人未遂で訴えるのもやめといてやろう」

「……ありがとうございます」

「ただしだ、殺されかけた恐怖と、さんざんの侮辱については、俺もできた人間じゃあないからな、腹の虫が治まらん。でだ、セックスがダメだと言うのなら、裸くらいは見せられるよな？」

「むう、なんでそういう方向で……」

私が裸にならなきゃいけないなんて、想像しただけで何だか胸の奥から恥ずかしさがこみ上げてくる。

「お前が嫌がることだろうからだ。言っておくが、俺にはミーナがいる。お前より、ずっと良い体だ」

アレックが自慢げに言う。ミーナもちょっと誇らしげに胸を張ったが、これって――

「ええ？　この奴隷に、手を出したのね？」

「同意の上だ。な、ミーナ」

「はい。私の役割ですから」

この世界の奴隷に、アレックは立場を利用して性行為を命令したらしい。酷いことをする。

私は怒りが湧いてアレックを睨み付けた。だが、彼は悪びれもせずに言う。

「この世界の流儀だ。白石、お前が日本の慣習でやりたいというのなら、元の世界に帰ってから殺人未遂の裁判を受けてもらわないといけないな？だが、警察はここでの事件の証拠は集められない。被害者の俺にとっては激しく不利だ。違うか？」

「それは、そうかもしれないけど……ううん、私にとって不利じゃないの、それ」

「かもしれんが、事実、現実として、無理な話だ。お前まさか、帰れるまでそのまま棚上げにしてくれ、なんて頼むつもりだったか？」

「それは……できれば、そうして欲しいけど、あなたは納得しないんでしょう？」

「当たり前だ。俺もねちねちはやりたくないし、早くスッキリ解決したいからな。今日中に」

「早すぎると思うけど、ううん」

「文句があるのか、そこに」

「いえ、ありません」

「なら、今日中に片付けられる方法としてだ。レイプはどうしても嫌なんだな？」

「当たり前でしょ。だからそれは犯罪、むう」

「そうだな。犯罪だ。殺人未遂とレイプ、どちらも重罪だろうと思うが……ま、犯罪者は自分の罪より相手の罪をあげつらい、重く言うのが常かな」

「ぐ」

「なら、俺も鬼じゃないからな。少し妥協してやる。レイプは勘弁してやっても良いが、その代わり、お前の体を自由に触らせろ」

アレックに触られる、私は彼の手が体を執拗に這うことを想像してしまい、嫌悪感なのか期待なのかよく分からない感覚に襲われた。

「ちょっと。それも同じ事でしょう」

そう言いながらも自分の顔が火照っているのが分かる。ねちねちとしつこく中年男に言い寄られ、しかもアレックは私の体に興味があるようだ。

「いいや。セックスの本番はやらない。そこは俺が妥協して許してやろうと言うんだ。お前が抵抗せずともな。俺は殺されかけたのを抵抗して運良く助かったが」

それで許してくれるのなら……いや、ダメダメ、そんな体目当ての取引なんて絶対に呑むべきではない。

『星里奈さん、こんな条件呑んじゃダメですよ。あなたは【快楽の絶頂☆】なんてスキルがあるんだから、オナニーで今の自分の敏感さは分かってますよね？　これで男に触られたが最後、本当にどうなるか分からないっすよ？　この男も途中でやめてくれる保証なんて無いですよ！』

そうなのだ。だけど——アレックが私の体をその手で直に触ってきたらどうなるのか、私は興味を抑えきれなかった。男が触ったなら——。

「むう……じゃ、キスはしない、時間は一時間、あなたは裸にならない、噛んだり叩いたりしない、私も裸にならない——」

「待て待て、条件が多すぎるぞ。お前の裸は確定だ。ここは最低限、呑んでもらう」

「くっ、分かったわ」

妥協しちゃった——！

『えええ……？』

✧第二話　取引

「よし、じゃ、お前の条件でやってやろう。ただし、途中で俺に襲いかかったりするのは厳禁とさせてもらうぞ。そんな事をしたら、ミーナに殺させる。いいな？」

アレックが言う。

「それは、約束するけど、ただし、あなたも約束を守って。私の処女を取ったりしないでよ？」

「んん？　お前、処女なのか？」

「む、そうだけど……」

余計な事を喋ってしまった。少し失敗した。

「なんだ、キラキラネームだし、とっくに中学で捨ててるのかと思ったが」

「なっ、くっ、キラキラネームは関係ないでしょ！」

何で名前を馬鹿にしてくるのよ。

「そうか？　エルヴィン達にもファーストネームで気軽に呼ばせてただろう」

「あれは、パーティーの仲間だし、ケイジ君やエルヴィンがファーストネームで良いって言うから、そういうノリよ」

「まあいい。くく、じゃあ、星里奈、俺がお前を気軽にファーストネームで呼ぶのもいいんだな？」

「あなたはダメ」

「なぜ」

「それは、だって、なんかイヤらしいし……」

まるで恋人みたいだし。でも変ね、ケイジ君達にそう呼ばれても抵抗はなかったのに、この気恥ずかしさがなんなのか、自分でもよく分からない。

『おやおやぁ？　それって……』

「ふん、ま、一時間の間は呼ばせてもらうぞ。なんなら、恋人みたいにしてみるか」

「なっ！　じょ、冗談じゃないわ」

ボンッと音こそしなかったが、一気に私の顔が熱くなった気がする。

「ま、無理な話だろうし、そこは妥協してやるか」

「ちょっと、無駄に高いハードルを出して、妥協してやったみたいな感じで話すのは止めて」

「ま、お前が俺を斬って殺そうとしなければ、俺もこんな回りくどくて面倒な話を持ち出さずに済んだんだがな。警察さえいればな」

「うっ……」

そこを言われると痛い。

「じゃ、だいたい、条件は整ったな。お前が処女と言い張るならそれでもいい。処女膜は手を出さないでおいてやる」

処女じゃないと思われるのは心外だ。私がそんなに遊んでるように見えるのかしら？

「だから、本当だっての！　そこは嘘なんてつかないわよ……」

「分からんぞ？　処女だから大目に見て優しくしくして下さいという狡猾な計算かもしれんし、俺にはお前の本心は見えないからな」

「そうでしょうね、ふううう……」

「じゃ、始めるぞ」

「え、ええ？　今から？」

「当たり前だ。お前だって早く済ませてさっさと帰りたいだろう」

「それは、そうだけど、うう、何だってこんなことに……」

「俺を目の敵にしてたからだ」

「そういうわけじゃ……むう」

否定しきれない。

「じゃ、さっさと脱げ。俺が脱がせてやろうか？」

「む。自分で脱ぐわ」

アレックに触られるのは恥ずかしいので私は自分で鎧や服を脱ぎ始める。アレックはその間に扉の鍵を閉めた。いよいよだ――。緊張と重圧が部屋に充満する。

「ね、ねえ、全部じゃないと、ダメ？」

「ダメだな。俺もお前も、全裸という前提で話していたと思うぞ」

「そうだけど……うう」

「D・V・D！　D・V・D！」

アレックは拍子を取り、脱ぐのを躊躇っている私に早くするよう要求する。ミーナも意味不明な掛け声を真似するが……なんだか凄く嫌。

「『D・V・D！　D・V・D！』」

「な、何なのよ、DVDって、もう」

「じゃ、全裸でなくても良いが、その場合は、別の日にもう一度、一時間で、どうだ？」

「嫌よ」

どうせ触ってくるのは変わらないのだろうし、それなら時間は短い方が安全だ。

「そうか」

「当たり前でしょ。酷い提案ばかり……うーん、嫌がらせか……」

「いいからさっさと脱げ。脱ぐ時間はカウントしないぞ」

「時間の測定はどうするのよ」

「そうだな、スキルがあるはずだ。時計のスキルを取れ」

アレックが言うが消費は1ポイントだった。

【時計　レベル1】New!

「取れたわ」

「よし、じゃ、お前が脱ぎ終わってから一時間だ」

「分かった。じゃ、四時二十五分までね」

「ああ。隠すな」

「むむ。ええ？　くっ！」

私は覚悟を決め、胸を隠していた手を外して立った。

「むむ……」

アレックもミーナも私の体を見てくるけど、う……恥ずかしくて逃げ出したくなる。

「よし、じゃあ、その貧相な体で遊んでやるから、そこのベッドに座れ」

「ええ？　そんなに貧相な体じゃ……」

そんなことを言われたのは初めてだ。私はショックでぶつくさ言いながら、言われたとおりに座った。ぶるんと私の胸が揺れるが、この胸、クラスでも大きい方だったのに。

「じゃ、触るぞ」

「痛くしないでよ」

「そこは安心しろ。俺はそういう趣味じゃない」

「ふん。くっ、んっ！」

アレックが意外にも胸を優しく触ってきたが、それだけで私は変な声が漏れてしまった。

「ほう」

「な、何よ」

「いや、敏感だなと思っただけだ。悪くない」

「むう、いちいち感想、言わないで」

【快楽の絶頂☆】を私が持ってること、感づかれなきゃいいけど。それでなくても感想を言われると恥ずかしいし。

「ふん、それは約束には入ってないし、俺の勝手だ。お前もある程度は自由に喋って良いぞ。ただし、これは俺に対するお前の謝罪の行為だよな？」

「そうだけど、仕方なくよ」

「ああ。だが、本質は忘れるなよ」

「む。変な事をしないなら忘れないわよ」

「だといいが。噛みつきは無しだぞ」

「そっちがやらないならね」

「やらない」

アレックがまた胸を撫でてくる。筋張った男の手が私の乳房を包み込むように滑り込んでくる。

「んっ、あっ、くうっ！　な、なんで」

私は衝撃を受けた。なんでこんなに気持ちが良いの？　自分で胸を触るのとは全然違う。

「どうした？」

「う。触られるのは……な、何でもないわ」

「ま、自分でイヤらしく揉むよりは、ずっと気持ちが良いんじゃないのか？」

「なっ、わ、私はオナニーなんてしてない！」

私は思わず大きな声で否定した。まさかこいつ、私がオナニーしてるところを見てたんじゃないでしょうね？　もしそうなら、恥ずかしくて死ねるんだけど……。

「ふうん？　別にオナニーしてると決めつけたわけじゃ無いが、嘘は良くないぞ、星里奈」

アレックは私の嘘を見抜いているかのようだ。

その恥ずかしさと胸の強烈な快楽に、私はどうしようもない興奮と困惑を覚えた。

「うう……あっ、あんっ、ちょっ！　ちょっと待って」

「なんだ？」

　極めて不快そうにアレックは言う。

「う。だって、こんなこと、初めてで……も、もうちょっと、穏やかに触るというのは……」

「ダメだな。触り方については条件交渉には応じるつもりは無いぞ。お前の体は傷つけない。剣で斬られて血を流した俺の精一杯の妥協だ。そこを忘れるな」

「わ、分かったわよ……ええ、斬られるよりは、ずっとマシ、んんっ！」

　必死に耐える。アレックの指が動く度に、新たな快楽が私の肌の上を暴走していく。

「そうだろうな。まあ、誰かさんはイヤらしい体で、触られる方が辛(つら)いのかもしれんが」

「だ、誰がイヤらしい体よ、くうっ！　これは、あなたがイヤらしい手つきだから」

「まあ、そうかもしれんが、お前、よっぽどだな」

「なっ、くう……あっ、あんっ」

　触られる度に私の体が私の意思と無関係に反応してしまう。もうどうにも耐えきれなくなってきたところで、アレックは少し休憩を与えてくれた。彼がもう手を放しているというのに、私の胸はじんじんと変な感じだ。脇(わき)でミーナが息を呑み、興味津々といった風で私を見つめている。

「はあ、はあ、くっ、ここまでだなんて……」

「仕方ないな。インターバルは与えてやろう。ただし、お前の自己申告で、その分は時間に上乗せしてもらう」

「ええ？　むう、私の自己申告でいいのね？」

「ああ。いちいち計算するのも面倒だし、お前もそれで納得しやすいだろ？」

「後で一時間延長しないと許さないとか、そういう言いがかりはしないと約束して」

「いいだろう。聞いたな、ミーナ」

「はい。ご主人様は、そのようなあくどい手段は使われないと思いますが」

「むう。じゃ、早く済ませて」

そうでないと自分からはしたなく求めてしまいそうだ。いや、理性も持つかどうか……。

「ああ、一時間、たっぷりあるからな」

「くっ。あっ、んっ、んんっ、やあっ、そんな触り方、くうっ」

アレックが変な風に触ってくる。しかもだんだんと気持ちよさが増してきた。これって、まさか、私の気持ちいいポイントを掴んできてる——？

「ちょっ！　待っ、待って！」

「またか？　仕方ないな」

「うう、こんな触り方されたら、身が持たない……」

じんじんとする胸はもう限界だった。

「俺としてはできれば、今日中に終わらせたいんだが」

「わ、分かってるわよ。く……、もういいわ」

なんとか落ち着いたところで言う。

「よし」

今度は趣向を変えて、アレックが乳首をつまんでこりこりとしてくる。

「きゃっ！　あああっ！　ひうっ！　ま、待って！」

私は堪らず悲鳴を上げた。

「またか？」

「だ、だって、今の、そんな、乳首を……」

「お前の体のどこを触るかは決めてないぞ。まあ、どうしてもと言うなら、後日に一時間延長で、乳首は今日は無しにしてやってもいいが」

「じゃ、それで」

「んん？」

「こんなの、残り五十分も無理」

「そうか。ま、じゃあ、後日にまたな。忘れたとか、二度と嫌とか、それは受け付けないぞ」

「分かってるわよ」

「そこにうつぶせで四つん這いになれ」

アレックが低い声で命じてきた。

「うっ。ま、まさか」

処女を奪うつもり?!

「慌てるな。入れたりはしないぞ。触るだけだ」

「わ、分かったわ」

言われたとおり私は四つん這いになる。

「もっとケツを上げろ」

「むう」

「もっとだ」

「もういいでしょ」

「仕方ないな。じゃ、触るぞ」

「くっ、あっ、嘘、こっちもだなんて」

アレックに触られる度に、お尻が浮き上がるような気持ちよさが伝わってくる。

「ほほう、こっちもそんなに気持ちいいか」

「ぜ、全然、あんっ、気持ち良くなんて、ううっ、無い！　気持ち悪いんだから、あああっ！」

口ではそう言ったものの、どう見ても私が感じまくりだと思います。本当にありがとうございました。

太股やお腹も触られ、なすがままになっているが、アレックは肝心なところは外してくる。それが逆に辛い。

「はあ、はあ、はあ……」

「じゃ、仰向けになれ。早くしろ」

「う、待って……体が、上手く動かない」

「お前は俺が待てと言ったときには待たなかったがな。ほれ」

「きゃっ」

乱暴に仰向けにされた。

「くっ」

これだともう犯されても私は抵抗できない。何しろ体に力が全然入らないし。

「じゃ、ここだ」

「待っ、……うう、好きにしなさいよ」

「いいぞ。どこまでその強がりが持つかな。ここは一番、感じやすいところだぞ」

「そんなの、うあっ、ああっ、ひっ！　ああんっ！」

下の谷間を指でなぞられた。私は跳ねた魚のように身をよじることしかできない。

「ほれ、こんなに濡れてるぞ」

アレックが粘つく指を見せてきた。私のアレがそこにべっとりと。恥ずかしい――――！

「み、見せないで。これは、ち、違うわ」

「どう違うのか、ま、そこは許してやろう。さて、まだ四十分はあるな」

「え、ええ？　そんな」

私は愕然とする。もう何時間も触られていた気がしていたのに……。

「ま、約束は約束だからな。一生、俺の奴隷になるなら、ここで許してやっても良いが」

「冗談！　無茶苦茶よ。奴隷にした後でレイプするつもりでしょ、どうせ」

「よく分かったな」

「くっ、馬鹿にして……あっ、待っ！」

「んん？　またインターバルか？　さすがに、待つのも退屈なんだが」

「約束でしょ……はあー、はあー、い、いいわ」

「よし」

「うあっ！　ま、待って」

「おいおい、そうやって、全然触らせないつもりか？」

「そうじゃないけど、くう、はぁ、はぁ、キツいのよ……うう」

体ができあがってしまっていて、ちょっと触られるだけでイくようになってしまった。こんなの、もうダメかも。

「じゃ、提案だ。十分ほど短縮してやるから、少しの間は我慢しろ。インターバル無しだ」

「ええ？　十分、削るのよね？」

「そうだ」

「むう、じゃ、一分、いえ、三十秒だけ」

「根性の無い奴だ。まあ、それでいいだろう」

「くっ。こんなの、無理よ……」

「泣き言は後にしろ。三十秒はインターバルは無しだ。それで残りは十分ほど短くするぞ」

「ええ」

触られる。

「うあっ！　ま、待って、ああっ！　そんな！　くうっ、だ、ダメ、あ、ああーっ！　いっ！」

私の体が大きく痙攣し、目の前が真っ白になる。


「起きろ」

乱暴に揺すられた。

「う……はっ！　い、今、何を」

「安心しろ。触ってたらお前が勝手に気持ち良くなってイッっただけだ。それ以上は何もしてない」

「む、むう、本当に？」

「中に入れられた感じもしないだろ」

「痺れててよく分からない……はっ、い、いえ、そうね」

「まあいいが。じゃ、今日のところはここまでで許してやろう。本当はまだ三十分くらい残ってるが……」

「うう、じゃ、また日を改めて」

「ああ。明日な」

「ええ？」

「何か用事でもあるのか」

「それは、無いけど……もう少し先にしてもらえると」

「理由は」

「ううん」

「王都から逃げだそうとでも考えたか」

「そんな事は考えてないけど」

「じゃ、さっさと服を着て出て行け」

「わ、分かってるけど、くっ、体が……」

「仕方ないな。ミーナ、コイツに服を着せて追い出せ」

「はい」

「なっ！　ちょっ！」

「ま、運が悪ければ、その辺のごろつきにレイプされるかもしれんが」

「や、やめて！」

怖かった。知らない誰かに処女を奪われたらもう最悪だ。

ミーナは私に服を着せると、宿屋の食堂まで運び、そこに座らせてくれた。

「ここなら誰かを待っていると思われるだけで大丈夫だと思います」

「あ、ありがとう」

私は自分の体の火照りが収まり動けるようになるまで、ビクビクしながら待たねばならなかった。

第三話　奪われた処女

絶対にアレックの宿に行ってはいけない。

もしも、行ってしまったら、私は間違い無く自分から求めて、あの男の女になってしまうだろう。

あれ以上の快楽をこの体に刻み込まれてしまったら――

「ううっ」

私はその快楽を想像しただけで体がぶるっと震え、イキそうになってしまった。

とにかく、今すぐバーニア王国から逃げるべきだ。

アレックは怒って私を捜すだろうが、他の国まで行けば簡単には見つからないはず。アレックが王城に訴えたとしても、他の国まで私の指名手配が回ってくるとは考えにくいし。

うん、それがいい。

そうしよう。逃げてしまえ。

――だが、一時間後、私はアレックの宿の前に立っていた。

どうして……いや、分かっている。あの興奮が忘れられないのだ。

だって、あんな荒々しく男の手で胸を触られたり、揉まれたりしたら……くっ。

私は自然に自分の胸に伸びかけていた手を、慌てて元の位置に戻した。

こんなところでオナニーなんてしていたら、通りかかった誰かに犯されるかもしれない。

知りもしない相手に。

それはさすがに嫌だった。

「ほう、約束を守るとは驚いたな。犯罪者が」

ぞくりとする声が聞こえた。アレックとミーナが宿に戻ってきたようだ。

「くっ、何とでも言うと良いわ。じゃ、今日で終わりにしてよ」

私は顔の紅潮を、いや、歓喜の表情を覚(さと)られないよう、アレックから顔を背けて言う。

「そのつもりだが、逆恨みは勘弁してくれよ」

「よく言うわ、あんなコトしておいて……」

乱暴に体をまさぐられた記憶が蘇り、私は小刻みに震える。それは恐怖か、それとも期待か。

「ご主人様に危害を加えるつもりなら、私が相手になりますが」

ミーナが一歩前に出てきて言った。

「む。別に危害は加えたりしないから安心して。ただ、見損なっただけよ」

私は目をそらして言う。

そう、アレックにはミーナがいる。私なんて必要ないのだ。その事実に、心がどうしようもなく疼(うず)く。

「ふん、こちらに来た時も、いきなりグーパンチで殴ってきた犯罪者が」

「くっ」

謝っておけば良かった。アレックはかなり根に持ってしまったようで、もうその機会もなさそうだけれど。完全に嫌われてしまったわね。ふう……私の自業自得か。

部屋に入り、私は彼に背を向けたままで服を脱ぐ。

「来い」

「ああっ」

ベッドに乱暴に倒された。

アレックが胸から触ってくる。来た――

「んっ、あっ、はっ」

自然とイヤらしい声が出てしまうので、私はとっさに自分の口を押さえた。

「じゃ、インターバルの分は、お前で勝手に計算しろ」

アレックが言う。言われなくてもそのつもり。

残りは三十五分ほど。

「わ、分かってるわよ、んっ、あんっ」

アレックに、男に体中を自由に触られている。

私はその事実を認識し、その快楽と共に、戦慄する。

このまま触られたなら、私はどうなってしまうのか。

ううん、もう、かなりおかしくなっている。触られるのが凄く気持ちいい。もうずっとこのまま、アレックに触っていてもらいたいくらいだ。

今の私はどんな顔をしているのか。気になったので、【鏡面視界】のスキルを使う。

「――！」

そこには、だらしなく口から舌を垂らし、ビクビクと震えながら目を閉じて喜んでいるどうしようもない雌がいた。

なんなのこれ。

これが私？

嫌っ！

認めたくない。

そこには私の知らない白石星里奈がいた。

「はあ、はあ、ああっ！　くうっ！」

アレックの指が私の乳房を潰す度、私の体はその快楽に耐えきれずに弾ける。

「アンッ！」

私はもう声を抑える事も、口を押さえる事も忘れてしまっていた。

だって、気持ちが良いんだもの。それはもうどうしようも無い。

体の芯から熱くなり、それを全身が求めてしまっているのが自分でも分かるのだ。

「じゃ、もういいな、入れてやる」

アレックの声がして、何を？　と思ったら、ズブリと私の後ろからお腹の奥に何かが刺さった。

太くて固い棒。これは――アレックの体だ！

「えっ！　ちょっ！　話が違う！」

私は慌てて言った。

「む」

だが、アレックは私の中で荒々しく動いてくる。その度に、私は全身が快楽の衝撃に襲われた。目の前に火花が散って見えるほど、凄まじい快感。

未知の快楽。

「だから、動かさないで、くうっ――」

「ああ、悪かったな。ちょっと勘違いした」

動かれる度に、私の体が跳ねて、ビクビクと痙攣する。なにこれ、凄い！

固くて太いモノが私の中に侵入し、さらに強引に押し広げ、ズンズンと突き上げてくる。とうに腰はしびれ、そのお腹から伝わる振動だけで、私は感じてしまっていた。

「むう、だから、あんっ、こら、動かすな！　後で殺してやるんだから、ああっ！」

もう世間体とかどうだっていい。もっと突いて欲しい、そう思ったが、それでもこの男に屈するのは悔しくて、私の口からは思ってもいない言葉が吐き出された。

「やれやれ、おっかないな。だが、俺が動かしてると言うより、お前が勝手に動いてないか？」

「そ、そんなわけ、あんっ、ちょっ、やあっ、嘘」

確かに、私は腰を振っていた。自分で動いてしまっている。だって、き、気持ちが良い――！

意識が明滅し、頭がクラクラする。私の体からは、ヌチャヌチャと濡れた肉のこすれる音が絶えずイヤらしく聞こえてくる。

「じゃ、そろそろ、中に出すからな」

アレックが何でも無い事のように言ったが、私は怖かった。

妊娠？

まだ学生なのに？

しかも、相手は恋人でも何でも無い。

愛のないセックス。


いつかはクリスマスイブに、将来を誓い合った相手と、ホテルのベッドで……などと想像した事もあったが、全然違う。アレックはヤった後、私を捨てるはず。

「なっ！　ダ、ダメ、それはダメ！　いやぁ！」

それはとてもまずい事だった。私はもう、アレックの体無しには生きていけない。

こんな快感を連続で体験して、男を刻み込まれて、正気が保てるはずも無い。

「それ、たっぷり注いでやるぞ」

アレックが言うと、勢いよく、私のお腹の中に熱いモノが注がれてくるのが分かった。

体内が煮えたぎるかのよう。いっぱいに満たされていく。

「うう、ああ、熱いのが、くうっ、そんな……」

妊娠なんて、ダメなのに、これも気持ちが良い。

しかも、最高に、だ。もう全身がふわふわする。

「んん？　お前、避妊薬くらい、飲んできたんじゃないのか」

「飲んできたけど、あくまでそれは保険よ。ホントにするなんて、最っ低。この薬、どれだけ効くかも分からないのに」

「大丈夫らしいがな」

「信用できないわ、と、とにかく、もういいでしょ、抜いて」

　私はこのまま正気を失うのが怖くなり、懇願する。

「ああ、悪かった。てっきり、俺とヤりたいんだと思ってな」

　アレックがようやく私から離れてくれたが、そんな事を言う。

「な、なんでそうなるのよ、バカ！」

　私のイヤらしい顔を気づかれた？　うう。

「そりゃあ、インターバルの時間、十分も過ぎてもストップを掛けなかっただろう」

「ああ、そ、そんなに過ぎてたんだ。こ、これは、時間、見るの忘れちゃって」

　それは本当だった。全然、気づかなかった。

「ふうん。なら、すまなかった」

「むう、しおらしく謝ってるけど、わざと入れたわよね？　すぐ抜かなかったし」

　そこは本当はどうでも良かったのだが、恥ずかしさをごまかすために、私はアレックを責める。

「美人で名器で中が気持ち良かったからな、男としては不可抗力だ」

　美人……本当にそう思ってくれてるのかしら。嘘かもしれないというのに、なんだか嬉しい。いや、こいつの言う事なんて素直に信じちゃダメよ、星里奈。うん。騙されちゃダメ。

「よく言う……くっ、出てってもらえるとありがたいんだけど」

　体を隠したいが、腰が抜けて全く動けない。

「俺の部屋だが、まあいい。じゃ、ミーナ、湯浴みの用意だけしてやれ」

アレックはそう言い残して部屋から出ていってくれた。

✧エピローグ　すがる想い

翌日、私はまたアレックのいる宿に向かった。

昨日の壮絶な初体験を思い出して、顔から火が出そうになる。

強引な、ほとんどだまし討ちのレイプ——いいえ、私はこの宿に来たときからこうなることは分かっていたのだ。これも自分から望んだ事。そしてまた……。

アレックは私が来るとは思っていなかったのか、少し驚いた顔をした。ミーナも緊張した顔でこちらを警戒している。

「あなたに話があるの」

「で、話とは？」

「私をしばらく、あなたのパーティーに入れて欲しいの」

私は単刀直入に用件を告げた。

「どういう理由だ？　エルヴィン達はどうした」

「それが……」

ケイジ君とエルヴィンとは方針の違いで揉めてしまい、パーティーを一時解散としたことをアレックに正直に話した。

「そうか」

アレックは納得したように軽くうなずいただけ。

「私のせいだ、とは言わないんだ？」

「別に。お前もパーティーの一員だから、それなりに原因はあるだろうが、同じ世界から召喚された人間というだけの間柄、赤の他人だろ？」

「まあ、そうだけど、でも、同じ勇者として——」

「その勇者意識はさっさと捨てろ。この世界では役に立たないぞ」

「む……」

思い当たる節があったので、私は黙り込むしかなかった。

「俺のパーティーに入れてやっても良いが、リーダーは俺だ。それでもいいのか？」

「ええ。私はリーダーには向いてない感じがしたから」

私はパーティーをまとめ上げられなかったし、現に解散に追い込まれている。

「そうかね」

「みんなの意見をまとめようとするの、結構大変なのよ」

「ま、ケイジはそうだろうが……エルヴィンもなのか？」

「ううん、彼は妥協はしてくれるけど、不満が溜まってたようだし、何度かそういう話も出たわ。慎重に行きたいそうなのよ」

「まあ、当然だな。俺もそうだが」

「でも、少し行きすぎの感じがして……逆に、ケイジ君はどんどん先に進みたがるし、エルヴィンが魔法を覚えたいって言うから、そんな流れになったわけ」

「大体の事情は分かった。ま、少し様子を見て、大丈夫そうならお前もパーティーに入れてやろう」

「本当に？」

「そのつもりで言ってきたんじゃないのか」

「駄目元ではあったけど……あと、毎日レイプって条件は無しよ？」

「言ってないだろ。それともして欲しいのか」

み、見透かされた――⁉

「ばっ！　冗談！　誰がそんなこと……」

毎晩アレックに後ろから貫かれる事を想像してしまい、それだけでお尻と背中がゾクゾクする。

『星里奈さぁん、もう正直に言っちゃえばいいじゃないですか。私、もうあなた無しでは生きられないのぉ！　セックス大しゅきぃ！　って』

『う、うるさい』

もう、最悪！　ヘル子にまでバレている。私は暴走しそうな恥ずかしさに唇を噛んで耐えるしかなかった。

「ふっ。じゃ、その話はもう良いだろう。まずはステータスを見させてもらうぞ」

アレックが言い——だが彼は眉をひそめて首をひねった。

「んん？」

私のステータスを閲覧しようとしたのだろう。だけど、私は閲覧妨害のレアスキル、【淑女の嗜み☆】を持っているのよね。

「悪いけど、私のステータスは見ないでもらえるかしら。パーティーには加わるし、一員として役割は果たすけど、あなたを全面的に信用するわけでもないし、こちらの手の内を見せるつもりは無いわ」

「チッ。パーティーを組むなら、互いの能力くらいは把握しないと連携が取れないだろうが」

「それは実戦で、少し試せば良いでしょう」

「その実戦で、寝首を掻くのが目的か？」

「いいえ。私の方が強そうだけど、ミーナがいる限り、そう簡単じゃないでしょうしね。一応、最後はともかく、それなりに約束を守る奴かな……ううん、やっぱり止めておこうかしら」

少し迷う。アレックが本当にどうしようもない悪党なら、ミーナに命令して私を斬り殺してそれで終わりにする事もできたはずだ。だけど、この男が約束を守るかしら？

「どっちでも好きにしろ。じゃ、話はそれで終わりだな。俺とミーナは今日はもう冒険はしないから、明日の午後、街の門に集合だ」

「午前中は……ああ、道場へ通ってるそうね」

アレックがウェルバード剣術道場へ通っている事は聞き込みで調べている。

「耳が早いな」

「まあ、同じ勇者が何をしてるかは、気になったし……」

「ふうん。ま、俺が行き交う街の人を襲ってたとでも思ったか?」

「そ、そんなわけ無いでしょ」

この人ならやりかねないとは思ったけれど、今までの行動を見る限り、すべて私の思い込みだった。藪(やぶ)で女性をレイプしたという事件も、街中の住宅街で女性をレイプしたという事件も、その両方とも私の勘違いだったし。くっ、なんだか……ばつが悪い。

「信じる必要は無いが、俺が襲ったのはお前が初めてだ。ミーナも強制で寝たわけじゃないぞ」

その言葉にミーナが力強くうなずく。

「本当に?」

「しつこいな。後でミーナに直接聞いてくれ。じゃ、俺達は合意のラブラブセックスをやるから、早く出て行ってくれないか」

「それ、私にミーナと話をさせないつもり?」

「面倒臭い奴だな。じゃ、十五分だ」

「もっと」

「ええ? じゃあ、夕食の時でも良いだろ。後だ」

「ちょっと」

ミーナが力尽くで私を押すと部屋から追い出そうとしてくる。この感じだと、ミーナは別に命令されて嫌々動いている訳ではなく、自分からアレックに従っているようだ。私はため息をつくと諦めて部屋を出た。


翌日、午前中は道場に通ってきたアレック達と合流し一緒にフィールドで狩りをする。イオーネも一緒だ。

「せいっ!」

「よし、大体分かった」

アレックが私の戦い振りを見て言う。連携を確かめるための戦闘だったが、問題は無さそうだ。

「なかなか良い動きですね、星里奈さん」

イオーネも褒めてくれる。彼女は剣術道場の娘とあって動きが良い。装備も輝く鋼の鎧で、私よりも上だ。

「ふふ、ありがとう。イオーネさんも、さすが剣術道場の娘ね」

私も微笑んで彼女を褒めた。連携も問題はない。

私達はそのまましばらく狩りを続け、日が暮れてきたので街に戻った。


「ねえ」

アレックが宿に戻る時、私は彼に声を掛けた。

「なんだ？」

「私も、こっちの宿にしようと思うんだけど。一応、同じパーティーだし？」

「それは別に構わんが。空き部屋もあったぞ」

「そう、ありがとう」

パーティーメンバー同士、そこはすぐ連絡が付くから同じ宿の方が都合が良い。

べ、別にセックスがやりやすいとかじゃないんだからね！

『えぇー？　何ですかそのツンデレ』

ヘル子がいちいちうるさいが、ここは無視で。

イオーネは道場に帰っていったが、夕食も私とアレックとミーナの三人で食べた。

夕食を食べ終えた後、私はアレックの部屋に一緒について行く。

「何のつもりだ？」

「少し、親睦を深めるために、お話しましょ」

「無駄だ。俺はコイツとセックスする。出てけ」

「ちょっと」

そんな冷たい対応をされるとは予想していなかったので、私は納得がいかず、追い出しに抵抗した。するとアレックは構わず、ミーナを抱き始めた。

「あ、あの、ご主人様、見られてる——あんっ」

「そこの覗き魔はお前を無理矢理ヤってるんじゃないかと疑ってるからな。ミーナ、俺を愛しているところを見せつけてやれ」

「分かりました。では、失礼して……んっ」

アレックにまたがり、自分から腰を動かし始めるミーナ。

「え？　ええ？　じ、自分から……」

凄い……そんな事、女の子がしてもいいんだ……。私は戸惑いつつも、彼女の動きに見入ってしまった。

アレックは平然とミーナの胸にしゃぶりつき、腰を力強く打ち付ける。

「あんっ！　ご主人様ぁっ、ご主人様ぁっ！」

堪らずミーナが甘い喘ぎ声を上げ始めた。

私も、ここに欲しい……。指が湿り気を帯びた下着の中に滑り込む。

「んっ、あんっ、うう、もうちょっとなのにぃ」

もう私はイヤらしい声が漏れ出るのも気にせず、しきりにそこをいじっていた。イけそうなのに、イけない。もうオナニーだけでは満足できない体にさせられてしまったようだ。

「来い」

アレックが私を抱きかかえてベッドに向かう。

「きゃっ、ダ、ダメ、私、そんなつもりじゃ……！」

「誘ってるようにしか見えなかったぞ？」

「ち、ちが、やっ、ちょっと、ホントに、ダメ、あん、今、触られたら、んんっ！」

抵抗できない。アレックが私をそのまま触り、中に挿入してきた。

「んっ、あああ……また、くう、あなたのが、うう、奥まで入ってる」

熱い肉棒が滑らかに体の奥に侵入してくると、私の敏感な部分をこすりあげ、とてつもない快楽が生まれてくる。これよ！　これが——！

「欲しかったみたいだな？」

　アレックが背中越しに低い声で囁く。まるで悪魔のように――。私はその声だけでイキそうになってしまった。

「そ、そんなわけない、そんなわけないけど、んんっ、あんっ、これ、ダメぇ」

　腰を動かされる度に、ビクビクとお腹が痙攣し、私の意識が飛びそうになる。私は必死に意識にしがみつき、そして肉体から次々とあふれ出る快楽を貪った。

「よく言う。もう自分から腰を動かしやがって」

「あんっ、ち、違うの、これ、気持ち良すぎて、ダメ！　ホントに、こんなの、おかしい、好きでもない相手に、やだ、抜いてぇ！」

　私は快楽に際限なく溺れていくのが怖かった。

　アレックが唇を近づけてくる。キスだ――。私は砂漠の真ん中で恵みのオアシスを見つけたように彼の唇にすがった。

「好きでも無いのに感じまくりか。淫乱な奴め。ほら、イけ」

　前から後ろから、乱暴に突き上げられるこの屈辱と快感――。まるで私自身が彼の玩具のようだ。そんな扱いでも私の肉体は打ち震えるほどの喜びと幸せに包まれていた。絶対におかしい。おかしいけど、もう理由を考える余裕など無い。ただただ、私は悪魔のような男に犯され続け、それに自分から腰を振って身を委ね、雌の獣として最後に絶頂を迎えていた。

「いやっ、こんなの、こんなの、絶対感じちゃ、あんっ、いけないのにぃ、どうして気持ちいいのぉ、あ、あああぁーっ！」

　顔に精液をぶっ掛けられ、私はああはなりたくないと思っていたＡＶ女優のように貶められ辱められ、それを――心底喜んでいた。

書き下ろし短編１　イオーネの乳

朝食を取ろうと思い、宿の食堂に向かうと、イオーネと星里奈が何やら深刻そうな顔で話し合っていた。いや、深刻そうにしているのは星里奈だけで、イオーネの方はそこまででもないか。

「何かあったのか？」

俺はテーブルの二人に声を掛けてみる。

「うっ、アレック……」

星里奈が俺を見るなり、ばつが悪そうに眉をひそめた。

「俺に話したくない事なら、勝手にしろ。だが、今から俺は朝食の時間だ」

別のテーブルに座って言う。

「いえ、別にアレックさんに話せないような事でもありません。このところ、私の胸が何だか少し張っていて……」

イオーネがやや困り顔で説明した。

「体の調子が悪いのか？　医者には診せたのか？」

「いえ、体調は問題ありません。ただ、その……下着（ブラ）が濡れてしまう事があって」

「んん？」

「きっと妊娠よ、それ。誰かさんが変な事するから」

星里奈が俺をじろりと見て言った。

「待て、妊娠はともかく、変な事とは何だ。ヤるのを悪く言われる筋合いはないぞ」

「それは……そうかもだけど、妊娠だとしたら、イオーネはしばらく冒険できないわね」

「ごめんなさい」

「いや、謝る事はないぞ、イオーネ」

ただ、親父さんのウェルバードにどう伝えるか、あの先生がニコニコと笑顔で剣を抜いてきたらしゃれにならん。

「ああー、どうしよう！　赤ちゃんが産まれたら何が必要になるかしら。まず、おむつでしょ？　それから……哺乳瓶！」

星里奈が言うが、哺乳瓶はこの世界にあるのかね？　俺達が考えるより、ベテランの乳母に聞いてみるのが良さそうだ。

「いえ、ふふ、星里奈さん、そこまで慌てなくても、まだお腹も大きくなっていませんからすぐには産まれてきませんよ」

イオーネが自分のお腹を優しく撫でて微笑むが、相変わらず彼女は落ち着いている。

「そ、そうだった。でも、男の子かしら？　女の子かしら？　あ、【鑑定】すればいいわね」

「おい」

そーゆーのは夫婦で性別を事前に知りたいかどうかを話し合って決めるものであって、母親でもないお前が横からしゃしゃり出てベラベラと喋るものじゃないだろう。

「あれ？　……妊娠はしてないみたい」

「んん？」

「あら」

念のため、俺もイオーネのお腹を鑑定してみたが、特に異常はなかった。妊娠していれば【鑑定】で確実に判断できるという直感がある。赤ん坊は、新しい一つの命だからな。

「じゃあ、違うみたいね。でも、病気でもないみたい。良かった」

星里奈が微笑んだ。ま、病気でないなら安心だ。

「私は、服を着替えてきます」

イオーネが席を立った。

「うん。アレック、覗いたらダメよ？」

星里奈が俺を見て言うが。

「俺が覗くかどうかはお前に指図されるいわれはないぞ、星里奈。俺の女だから、俺が覗きたいときに覗く」

バーンと、そこは腕組みと足組みをして、スタイリッシュにふんぞり返って言ってやった。

「最低の男ね……」

「私は構いませんけど」

「ええ？」

「ふふっ」

からかうようにクスッと笑うイオーネの許可も出たのだ、ここは飯を食っている場合じゃないな。

俺は席を立つ。

「何か言いたそうだな？　星里奈」

「別に、イオーネが良いっていうなら、いいもん」

少しすねた様子だが、そこはちょっと可愛い奴だ。星里奈はまた今度、抱いてやるとしよう。


「では、アレックさんの部屋に行きましょうか」

「ああ」

俺の部屋に入り、二人とも服を脱ぐ。もうイオーネとは何度かヤっているので、彼女も気恥ずかしさは薄れてきたのか、戸惑った様子はない。

「おお、本当に濡れてるな」

「ええ……」

イオーネのブラの先端が、母乳なのか布が濡れて乳首に張り付き、わずかに透けていた。

「どれ」

「あんっ」

指で濡れた部分を触って、その味を確かめてみる。

「やっぱりミルクだな」

「はい……」

「まあ、体調が悪くなるようなら、後で方法を考えるとしよう。ヤるぞ」

「はい」

イオーネはうなずき、ブラを外した。はち切れそうになっていたたわわな果実が布から解放され、ぶるんっと迫力の揺れを見せてくる。巨乳、いや、ここまで来れば爆乳と呼んでもいいかもしれないが、大した物だ。

「では、どうしましょうか」

「まあ、焦るな」

「あっ……」

俺は立ったままでイオーネの唇を奪い、その大きな胸を揉んだり触ったりしていく。

「んっ、はぁっ……」

イオーネは両肩をすぼめて身を小さくしながら、しかし、俺のキスには積極的に応じてくる。

俺は右手をイオーネの背後に回し、背中から柔らかなお尻へと滑らせていく。

「んっ！　あっ、ン……」

小さな喘ぎ声を漏らしていたイオーネは、次第に気持ち良くなってきたようで、その豊満な身体を俺に投げ出すように預けてきた。俺は遠慮する事無くその白い肌にむしゃぶりつき、そのまま彼女を乱暴に押し倒す。

「きゃっ」

倒れた際に、イオーネが後ろを気にして軽く悲鳴を上げたが、問題ない。そこはベッドの上だ。

イオーネの胸に乗っかっている、妖しげに光沢を放つ二つの大きな果実。俺はそこに正面から顔を埋めたが、ほどよい弾力があり、それでいてどこまでも柔らかく心地よい。その果実の先端、桜色の突起を舌で転がしたり押し込んだりしながら舐めてやると、イオーネは堪らなくなったのか、イヤらしい声を大きく発すると、俺の頭にしがみついてその腕に力を込めた。

「ああんっ！　やっ、ダメです、そこをそんなに舐められたら、私は――あぁーっ！」

敏感な乳首で、大変よろしい。

俺はさらに調子に乗り、乳首に吸い付く。すると、甘みのあるミルクがいくらでも出てきた。

「ダ、ダメ、吸わないで……ンンッ！」

　それさえも快楽なのか、イオーネはイヤイヤをするように首を横に振って身をよじり、淡い金髪を振り乱す。

「なかなか旨いおっぱいだ。イオーネ、自分の両手で胸を挟み込むようにしてみろ」

「こうですか？」

　その挟まれた巨胸の間に、臨戦態勢となっている俺の一物を挿入してみた。

「んっ」

「ほう、これも行けそうだな。もっとしっかり挟み込め」

「は、はい。あんっ」

　挟み込むだけでも感じてしまうようで、イオーネにも困った物だ。

「よくそんなイヤらしい体で、今まで犯されずに済んできたな」

「自分の身は、自分で守れますから、んっ、ああっ」

「それも俺に会うまでだったがな」

　俺は激しく腰を動かし、イオーネの胸を揺らす。

「んあっ！　あっ、あっ、それは自分でっ、ンンッ！」

「どうだかな。【魅了】のスキルでやられただけかもしれないぞ」

「それでも、んっ、構いません。私が男を、アレックさんを欲したのですから。はぁんっ」

「幼なじみのフリッツが聞いたらなんと言うやら」

「フ、フリッツは関係、んっ！　ありません、あっ、あっ、くうっ！」

　イオーネは胸の刺激だけでイってしまいそうになっている。俺も高まってきたので、さらに激しく動かし、ラストスパートに入る。

「あんっ、あっ、あっ、あっ、ダ、ダメ、もう

「……もう、イキそう、アレックさん！　中に……中にあなたのを、くっ、出して、下さい、ンッ！」

そう叫ぶイオーネは、子供を欲しがっているのだろうか？

「いいだろう、そんなに欲しいなら、ほら、たっぷりとくれてやる」

「ああっ、んん～っ！」

俺とイオーネは二人で最高潮に達し、二人ともも勢いよく白い液体を出した。

「ふう、凄いな、イオーネ、乳が潮吹きみたいになってたぞ」

「うう、言わないで下さい、アレックさん、なんだか恥ずかしいです……」

普段は澄まし顔の彼女が、頬を赤く染め、弛緩したエロ顔で艶めかしく微笑んだ。

「イオーネ、もうヤった仲だ、俺に敬語を使う必要はないぞ？」

「いえ、これは口癖のようなものですから」

「じゃあ、アレックと呼び捨てにしてみろ」

「ええと、アレック……うう、ダメです、恥ずかしい」

自分の口元を手で押さえて視線をそらすイオーネは、豪胆な剣士でダイナマイトボディのくせに、こういうところだけ初々しい奴だ。

「ま、今すぐでなくてもいい」

「はい。二人だけの時は、もっと甘えられるように努力してみますね」

普段は表情をあまり変化させないイオーネが、はにかんで上目遣いに言った。

「ああ、だが、次は騎乗位だ。まだ本番はこれからだぞ、イオーネ」

「は、はい、くっ」

イったばかりのせいか、体を上手く動かせないイオーネに手を貸してやり、彼女をゆっくりと俺の上に乗せる。

「くうっ、アレックさんの大きい物が入って……んんっ！」

我慢するように目を閉じたイオーネが最後まで挿入を完了する。

「さあ、揺らすぞ」

「は、はい、ああっ、あんっ、くうっ、はぁっ、あふっ、はぁあんっ！」

下から激しく突き上げてやると、イオーネの胸が上下に弾み、凄い形になっている。

最初は彼女も自分で腰を動かそうと頑張ってはいたものの、次第に力が抜け、俺が一方的に責め立てる形になっていく。

「ああっ、もう、イキそう、だめぇっ、アレックさん、は、早く、早く、下さいっ！　お願い、アレック！　ああんっ！」

こちらもギリギリまで耐えて焦らしてやったが、イオーネが快楽に耐えられなくなったところで、タイミングを合わせる。

「アあああ――っ！」

彼女の痙攣する肉体をがっちりと掴み、一番奥に俺の熱い物を勢いよく注いでやった。

「うお」

意識を手放したイオーネのおっぱいが俺の顔に降りかかってきたが、しばらく休ませてやるか。

俺は柔らかなおっぱいを頭に乗せたまま、少し眠る事にした。

書き下ろし短編2　凄腕執事の葛藤、甘やかしてはならぬ

「余の最後のワガママだ。もはやこのヴァレンシアの陥落は避けられぬ。死は覚悟しているつもりだが、どうにもアレの事が気になって仕方がない。年老いて産まれた一人娘だけに、少々甘やかしすぎた」

「は……」

両陛下が目に入れても痛くないほど王女を溺愛されていたのは事実で、そのせいかどうかはともかく、歳の割に王女殿下は少々幼く思えるご性格かもしれなかった。

「余も連れて逃げ延びるとなれば無理があるが、お前一人ならば、この城から抜け出すのも造作はあるまい。ヴァレンシアの血筋を保っておけば、ギラン帝国を追い払い、国の再興も考える事ができる。

高級宿の一部屋で、目元の片眼鏡を押さえた私は感激に打ち震えていた。

生きておられた――！

ギラン帝国の侵攻で大混乱に陥った際の事である。国王陛下のご命令により、リリアーナ王女の身の安全を優先させ、少数の護衛を付け一足早くヴァレンシアの王都を脱出して頂いた。続いて王城陥落も間近となり、国王王妃両陛下にもお逃げ遊ばせ頂こうと考えたが、お二人は「国滅ぶなら、我が身もろとも」と仰せになり、頑として玉座をお捨てになろうとはしなかった。

「セバスよ、ここはもう良い。娘を、リリィを頼む」

「しかし、陛下……」

きよう」

「そうかもしれませぬ」

この我が身は徹頭徹尾、国王に仕えるべき執事であるが、ヴァレンシアの再興も捨てがたい希望、国王と我が願いであった。

「あの子を頼みますね、セバスチャン」

「は、王妃様、この老骨めにお任せを。身命に代えましても必ず」

「では、行け、セバスよ」

「御意」

後ろ髪を引かれる思いであったが、時は一刻を争う。

すでに廊下から剣を打ち合う音も聞こえ始め、自分の力量をもってしても、抜け出せるかどうかというところだ。

「よし、玉座の間はこの先だッ！　このまま押し通れッ！　狙うは国王の首ぞ！」

ギランの騎士が廊下の先で部下をけしかけていた。

「招かれざる客をこのまま通すわけにも行きませんな。【執事流接客術、おもてなし】」

跳躍と共に常人の目には見えない極細の鋼線を袖から飛ばし、騎士の鎧ごと寸断する。

「あ？」

騎士は己が斬られた事にも気づかなかったであろう。己の視線がズレたのを不思議そうな表情で見つめ、立ったまま事切れていた。

「な、何奴ッ！」「何でコイツ、宙に浮いてるんだ!?」

革靴の底に貼り合わせた竜の鱗、それで鋼線を踏んでいるだけなのだが、この場でそれを見抜ける技量の戦士はいないようだ。

「これでしばらくはここを封鎖できますかな。陛下、王妃様、なにとぞご無事で」

それは叶わぬ願いと知りつつも、私は先を急いだ。

両陛下から託された最後の希望、リリアーナ王女を護らんがため——。

だが、世はままならぬモノ。

リリアーナ王女の御一行が上手く敵の包囲網を切り抜け、ヴァレンシアの国境を南に越えたところまでは掴めたが、途中でぷっつりと足取りが分からなくなってしまっていた。

「佐助、お前には王女に付いているよう指示したはずだ。どうしてこうなっている?」

私は姿を見せぬ忍者に向かって問い詰める。

「申し訳ござらん。国境を越え、バーニア王国へ入ったところで、近衛(このえ)騎士から『こちらはもう問題ないから陛下を頼む』と。身分さえバレねば……と拙者も甘い判断をしてしまったでござる」

悔やまれる判断だが、そういう理由ならば佐助を責め立てるわけにも行かなくなった。ギラン帝国の追っ手に捕まったのでなければ、腕前と装備から考えて、彼らだけでも切り抜けられたはずなのだ。

「とにかく、捜索を続けてもらおう。これで姫様に万が一の事でもあれば……ううむ」

陛下のご命令に背くばかりか、ヴァレンシア再興の柱を失ってしまう。

「承知。この失態は必ずや成果にて償いを。御免!」

佐助ならば姫が生きておられる限り見つけ出してくれるに違いないと信じていた。その待ちわびていた一報が届いたときには、いきなり頭上に新年の朝日でも落ちてきたのかと思えるほどの、まぶしい希望の光が見えたのだった。

「しかし、執事殿、姫様が同行しているパーティーメンバーに不審な男がおりまするぞ」

神に感謝の言葉を捧げて祈る私に、佐助が懸念を口にした。

「男？　それはどのような者なのだ？」

ギラン帝国の手の者だとしたら大事だが、それならば佐助が戻ってくる前に彼だけの判断で何か手を打ってきたはずであった。

「周りに何人も女を侍らせ、むむ……なんと申せば良いか……とにかく、今ひとつ冴えない男でござった」

「女好きか。だが、金品で女の関心を引くのも男の手管。そうけなすほどの事でもあるまい」

「ふう、執事殿ものんきな事を。その女の中に姫様が入っているとしても、同じ事を言えるでござろうか？」

「なにっ⁉」

思わずカッと目を見開いて天井に張り付いた佐助を睨み付けたが、彼は微動だにしない。忍としてそのような心理的な修行を積んできたからだろうが――いささかこの老体には堪えるものがあった。

姫様に悪い虫が付いているなど。おお！　なんという事だ！

「どうしてすぐに処理しないのだ、佐助」

「姫様がその男を気に入っているように見えたでござる。陛下が崩御された今、我らの主は姫様でござる。その主のご意向を無視して手に掛けて、その怒りを買えば……後々、面倒な事になるのではなかろうか」

「なるほどな……ううむ」

言われてみれば、なるほど、すでに面倒な事であった。

「どうすべきでござろうか？」

「少し様子を見よう。その男が姫様に危害を加えるようであれば、構わん。私の責任で姫様には後ほど謝罪申し上げる。手を打て」

「承知」

それからさほど日にちを置かず、不審な男――アレックは向こうから交渉してきた。

直に話してみて分かったが、この者、それなりに頭は回るようだ。姫様の伴侶としては絶対に認められぬ相手であるが、姫様が我々よりアレックを頼ると断言されてはもはやどうしようもなく、こちらの負けであった。

「それに姫様はまだお若い。ヴァレンシア再興の準備にも時間は必要……となれば、一時的に御身をアレックに預けるのも一つの手か……」

ふがいない事ではあるが、物事には優先順位というものがある。リリアーナ王女に王となって頂くためには、まず国と座る玉座が必要であろう。

だが、その代わり――

「姫様、立派な女王となって頂くため、このセバスチャン、心を鬼にして鍛え上げる所存でございますぞ」

そう宣言する。

「エー。そんな事より、メロン食べたい」

「む。すぐにご用意して差し上げろ」

「……セバス様、それは少々、甘やかしすぎでは？」

メイドが疑問を挟んできたが。

「何を言う、これまで姫様は大変な状況にあられて、ご心労もいかばかりであったか。察するにあまりある。お食事も本来、我らがご用意すべき立場であったのだぞ？　それをデザートの一つや二つ、育ち盛りなのであるから、存分に召し上がって頂くべきであろう」

「分かりました」

「やったー！　メロン～！」

姫様の満面の笑みを見ると、自然と顔が緩んでしまう。私はすぐさま表情を意識して戻すと、咳払いした。

「オホン、それでは礼儀作法からお教え致しますぞ」

「エー。そんな事より、クッキー食べたい」

「佐助、ご用意して差し上げろ」

「承知！」

「やったー！　クッキー！」

　さすがは名君の血筋と言うべきか、なかなかに姫様も手強い。

　前途多難な大仕事のさなか、しかし私の心は穏やかに晴れやかに、やる気がふつふつと湧いてくるのであった。

アレック

ステータス

〈レベル〉27　〈クラス〉勇者/水鳥剣士
〈種族〉ヒューマン　〈性別〉男　〈年齢〉42
〈HP〉296/296　〈MP〉133/133
〈TP〉247/247　〈状態〉通常
〈EXP〉70841　〈NEXT〉3159
〈所持金〉1000

基本能力値

〈筋力〉24　〈俊敏〉23　〈体力〉24
〈魔力〉23　〈器用〉23　〈運〉23

スキル 現在のスキルポイント:10639

（※2ページ目）
【水鳥剣術 Lv5】【話術 Lv5】【ファイアボール Lv1】【矢弾き Lv5】【冷静 Lv1】【オートマッピング Lv5】【毒耐性 Lv5】【麻痺耐性 Lv5】【精神耐性 Lv5】【石化耐性 Lv2】【即死耐性 Lv1】【ポイント贈与 Lv5】【統率 Lv5】【鬼軍曹 Lv5】

パーティー共通スキル

【獲得スキルポイント上昇 Lv5】【獲得経験値上昇 Lv5】【レアアイテム確率アップ Lv5】【先制攻撃のチャンス拡大 Lv5】【バックアタック減少 Lv5】

ミーナ

ステータス

〈レベル〉27　〈クラス〉水鳥剣士
〈種族〉犬耳族　〈性別〉女　〈年齢〉18
〈HP〉338/338　〈MP〉54/54
〈TP〉142/142　〈状態〉通常
〈EXP〉68342　〈NEXT〉2956
〈所持金〉98011

基本能力値

〈筋力〉12+20　〈俊敏〉14　〈体力〉10
〈魔力〉2　〈器用〉7　〈運〉34

スキル 現在のスキルポイント:802

【飲み干す Lv1】【おねだり Lv1】【鋭い嗅覚☆ Lv4】【忍耐 Lv4】【時計 LvMax】【綺麗好き Lv4】【献身的 Lv3】【物静か Lv3】【度胸 Lv2】【直感 Lv3】【運動神経 Lv4】【動体視力 Lv3】【気配探知 Lv3】【アイテムストレージ Lv1】【薬草識別 Lv1】【薬草採取 Lv1】【差し入れ Lv1】【状況判断 Lv3】【素早さUP Lv3】【幸運 Lv5】【かばう Lv3】【フェラチオ Lv3】【パーティーのステータス閲覧 LvMax】【罠の嗅覚 Lv3】【毒針避け Lv3】【罠外し Lv3】【ジャンプ Lv1】【水鳥剣術 Lv5】【暗視 Lv1】【悪臭耐性 Lv1】【オートマッピング Lv1】

Hステータス

〈H回数〉33　〈オナニー回数〉26　〈感度〉78　〈淫乱指数〉13
〈好きな体位〉正常位
〈プレイ内容〉3P、ストリップ、ワンワンプレイ

星里奈

ステータス

〈レベル〉28　〈クラス〉勇者/剣士
〈種族〉ヒューマン　〈性別〉女　〈年齢〉18
〈HP〉366/366　〈MP〉175/175
〈TP〉294/294　〈状態〉通常
〈EXP〉72130　〈NEXT〉10870
〈所持金〉224150

基本能力値

〈筋力〉26　〈俊敏〉26　〈体力〉26
〈魔力〉25　〈器用〉25　〈運〉25

スキル 現在のスキルポイント:910

Caution!

スキルにより閲覧が妨害されました

Hステータス

〈H回数〉25　〈オナニー回数〉2607　〈感度〉99　〈淫乱指数〉87
〈好きな体位〉後背位
〈プレイ内容〉青姦、出歯亀プレイ、緊縛プレイ、放置プレイ

リリィ

ステータス

〈レベル〉26　〈クラス〉王族/シーフ
〈種族〉ヒューマン　〈性別〉女　〈年齢〉**
〈HP〉121/121　〈MP〉62/62
〈TP〉60/60　〈状態〉通常
〈EXP〉69246　〈NEXT〉1754
〈所持金〉102150

基本能力値

〈筋力〉6　〈俊敏〉8　〈体力〉3
〈魔力〉4　〈器用〉3　〈運〉5

スキル 現在のスキルポイント:1162

【高貴な血筋☆ Lv5】【ワガママ Lv3】【マナー Lv1】【ゴミ漁り Lv2】【スる Lv2】【逃げる Lv2】【スリング Lv3】【アイテムストレージ Lv1】【回避 Lv2】【ヘイト減少 Lv5】【体力上昇 Lv5】【サボる Lv3】【遊ぶ Lv3】【様子を見る Lv1】【かくれんぼ Lv5】【他人に押しつける Lv5】【オートマッピング Lv1】

Hステータス

〈H回数〉25　〈オナニー回数〉0　〈感度〉76　〈淫乱指数〉42
〈好きな体位〉???
〈プレイ内容〉足コキ、日焼けプレイ、フェラチオ、顔面騎乗位

イオーネ

ステータス

〈レベル〉27　〈クラス〉水鳥剣士
〈種族〉ヒューマン　〈性別〉女　〈年齢〉20
〈HP〉279/279　〈MP〉104/104
〈TP〉276/276　〈状態〉通常
〈EXP〉70407　〈NEXT〉3393
〈所持金〉101740

基本能力値

〈筋力〉17　〈俊敏〉17　〈体力〉14
〈魔力〉8　〈器用〉19　〈運〉18

スキル 現在のスキルポイント:562

【角オナニー Lv4】【素早さUP Lv3】【心配り Lv4】【優しさ Lv4】【理性 Lv2】【正義の心 Lv2】【直感 Lv3】【反射神経 Lv4】【運動神経 Lv3】【気配探知 Lv3】【水鳥剣術 Lv5】【差し入れ Lv3】【見切り Lv3】【カウンター Lv3】【アイテムストレージ Lv1】【幸運 Lv5】【冒険の心得 Lv1】【女の魅力 Lv1】【心眼 Lv1】【誘惑 Lv5】【パイズリ Lv1】【パフパフ Lv1】【膝枕 Lv5】【水鳥剣奥義 スワンリーブズ Lv5】【水鳥剣奥義 鳰 Lv5】【オートマッピング Lv1】

Hステータス

〈H回数〉22　〈オナニー回数〉59　〈感度〉73　〈淫乱指数〉22
〈好きな体位〉正常位
〈プレイ内容〉騎乗位、母乳プレイ、パフパフ

ネネ

ステータス

〈レベル〉19　〈クラス〉魔術士
〈種族〉犬耳族　〈性別〉女　〈年齢〉**
〈HP〉115/115　〈MP〉202/202
〈TP〉72/72　〈状態〉通常
〈EXP〉57735　〈NEXT〉765
〈所持金〉102150

基本能力値

〈筋力〉5　〈俊敏〉5　〈体力〉4
〈魔力〉7+1　〈器用〉9　〈運〉19

スキル 現在のスキルポイント:865

【共感力☆ Lv4】【優しさ Lv3】【悪臭耐性 Lv1】【ファイアボール Lv2】【ヘイト減少 Lv1】
【体力上昇 Lv5】【矢弾き Lv1】【アイテムストレージ Lv1】【幸運 Lv5】【オナニー Lv1】
【痛み軽減 Lv1】【オートマッピング Lv1】【ブラインドフォール Lv1】【騎乗 Lv1】

Hステータス

〈H回数〉15　〈オナニー回数〉3　〈感度〉64　〈淫乱指数〉11
〈好きな体位〉座位
〈プレイ内容〉ノーマル、フェラチオ、バター犬、声出し禁止プレイ

あとがき

水着回、いかがだったでしょうか？

お久しぶりです。まさなんです。
またここで皆様とご挨拶できるのはとても幸運で夢心地な気分です。本書をお手にとって頂き、伏してありがたく思います。

中世ポリスの方々からは「中世に現代素材があるのはおかしい！」というレビューが付くかも……とビクビクしています。結論から言えば、ダンジョンのランダム宝箱を通して、一巻序盤で登場したあの眼鏡っ娘神が粋な計らいをした——という設定なのですね。そこは世界を統べる異世界の神々ですから、人智が及ばぬミラクルが顕現しちゃうのです（キリッ！）

異世界モノに限らず、漫画や小説やアニメなどの物語にどこまでリアルを追究するか、これは作者や読者によっても考えが微妙に異なってくると思うので、一つの作品やシリーズで最大公約数のようなものを解答するのは、至難の業かもしれません。

しかし、それ以上に物語の内容が面白ければ、疑問点など割と簡単に吹き飛んでしまうわけで、そんな期待感を共有できればなぁと一作者として願っております。

一巻に引き続き美麗なイラストに仕上げてくださったB-銀河先生、真摯にきめ細かな作業をして頂いた編集K様、紋章などを豪華な装丁デザインにして頂いたデザイナー様、その他様々なご支援を頂いた皆様に深く感謝を。

それからWebに限らず、たくさんのレビューや感想を頂きましてありがとうございます。最初に五つ星をもらったときには感動のあまり号泣してしまいました。

　この第二巻では新章に加えWebでは描写しきれなかったアレックのクランへの憧れのきっかけなど、シナリオ上では重要な点を良いシーンで綴る事ができたのではないかなと自負しております。ポーカー対決はノリノリで実に楽しかったです。


　それから、ツイッター上ではちょこちょことお報せしているのですが、コミカライズ担当の薬味紅生姜先生によるコミック版『エロいスキルで異世界無双』が、いよいよ今年の十月くらいに配信されるそうです！

　可愛いキャラや背景の細かい描き込み具合、そして状況を分かりやすくする小道具の使い方や、迫力のあるアクションシーン、シナリオの再構成などなど、プロの漫画家さんのお仕事に良い意味でビビっております（汗）かなり、えっちぃですよ。

　掲載される『コミックライドAdV（アドバンス）』ともども、エロ無双シリーズをよろしくということで。

　セブ島の別荘から、ワイングラスを傾けながら
——と締めくくって読者を煽る野望を胸に秘めて、
狭い六畳一間より。

イラスト：薬味紅生姜

GC NOVELS

2020年10月8日初版発行

著者 まさなん

イラスト B-銀河

発行人 武内静夫

編集 川口祐清

装丁 森昌史

印刷所 株式会社エデュプレス

発行 株式会社マイクロマガジン社
〒104-0041 東京都中央区新富1-3-7 ヨドコウビル
［販売部］TEL 03-3206-1641／FAX 03-3551-1208
［編集部］TEL 03-3551-9563／FAX 03-3297-0180
http://micromagazine.net/

ISBN978-4-86716-058-9 C0093

本書は小説投稿サイト「ミッドナイトノベルズ」（https://mid.syosetu.com/）に掲載されていたものを、
加筆の上書籍化したものです。

ファンレター、作品のご感想をお待ちしています！
宛先 〒104-0041 東京都中央区新富1-3-7 ヨドコウビル
株式会社マイクロマガジン社 GCノベルズ編集部「まさなん先生」係「B-銀河先生」係